有學

国家社会科学基金青年项目

明清叙事文学插图的图像学研究

颜彦 著

浙江古籍出版社

古代文学插图研究的前沿性成果

——《明清叙事文学插图的图像学研究》序

看到颜彦的新著《明清叙事文学插图的图像学研究》书稿，我倍感兴奋和欣慰！

我与颜彦结缘于她大三准备撰写本科毕业论文之时。她北京语言大学本科毕业之后以优异成绩考取本校古代文学专业硕士研究生；硕士毕业后又以“盲考”的方式无缝接轨，顺利拜在北京师范大学郭英德教授门下攻读博士学位。

所谓“盲考”，是说她考前考后几乎未与郭先生联系。考试成绩出来之后，英语过关，两门专业课均为80多分。她沮丧地告诉我，“专业课都没有及格，没有希望了”。就在为是找工作还是全心全意复习来年再考而纠结时，她接到了北京师范大学研究生院老师的电话，告知“拟录取”，问她是否决定上。这个消息带给她的，与其说是惊喜毋宁说是错愕！原来，两门专业课的分值均为100分，而不是她以为的150分！确定录取后不久，我与郭先生同时参加北大中文系一位博士生的论文答辩，说及此事，郭先生打趣说：“怎么会有这么可爱的傻姑娘！”

作为颜彦本科论文和硕士论文的指导老师，我很荣幸地见证了她走上学术之路的初心以及迅速成长的过程！

颜彦的本科论文《论〈老残游记〉的叙事艺术》(2005)和硕士论文

《〈三国演义〉嘉靖本与毛评本比较研究——以人物形象为中心》(2008)均得到评审老师和答辩老师的一致肯定,被评为“优秀”论文。在她欢天喜地准备开始读博生涯时,我跟她提及,北京大学刘勇强教授有位硕士生毕业论文做的“《西游记》插图研究”,做得很好。颜彦当即表示出了浓厚的兴趣,而且,我们都认为,古代小说插图是一个有意义的、值得进一步拓展的课题。

后来,她在导师郭先生的指导之下,选择以“中国古代四大名著插图研究”为博士论文题目。经过三年的刻苦努力,她交上了优秀的答卷,顺利通过答辩取得博士学位,并以博士论文为基础合理延伸研究范围,先后获取 2011 年教育部人文社会科学青年基金项目“中国古代小说插图研究”及 2012 年国家社科青年基金项目“明清叙事文学插图的图像学研究”。前者的结项成果以《中国古代四大名著插图研究》为题已于 2014 年由社会科学文献出版社出版;后者亦于 2018 年以“良好”的成绩结项,本书稿即是在参考成果鉴定专家的意见进一步修订之后的项目成果。除了这两部颇为厚重的专著,颜彦在博士后期间还完成了“国家图书馆藏元刻善本书志”项目的研究,出站后留在国家图书馆古籍馆工作,又结合本职工作,于 2020 年再次获批国家社科基金项目“西谛藏图谱文献整理和研究”。以她扎实的专业基础、锐敏的学术悟性以及勤奋认真的治学态度,相信一定会圆满完成研究计划,为学术事业做出新的贡献!

从 2005 年本科毕业至今,转眼十六年,颜彦从一个向往学术的花季女孩,成长为术有专攻、成果颇为可观的年轻学者,我在为她骄傲、为她祝贺的同时,也真切体会到了看到种子发芽并茁壮成长的喜悦与感动!这份喜悦与感动,属于教师职业的专属“福利”!

回到明清叙事文学插图的话题。20 世纪初,鲁迅、郑振铎、阿英等学者开始认识到古代文学作品中插图的重要作用和价值,着手插图资料的搜集、整理和初步的研究。至 1980 年代,学者们在充分整理插图文献资料的前提下，主要从插图的分期、刊刻系统、地域特色、刊刻技术等方面，对古代插图史做了爬梳和概述；1980年代开始，随着国内古代文学相关理论建构的逐步成熟以及国外文学文化理论的引入，对古籍插图研究的视域逐渐扩大，从几个比较单一的问题发展为多向度的探讨，研究方法也从文献整理分析为主发展为多学科方法的交叉运用；1990年代以降，结合中国古代传统文学文化观念并借用西方相关理论对插图的思想内涵与美学意义进行深入的、有新意的分析，更是成了学术热点之一。正是在此种学术背景之下，颜彦满怀热情地踏入了古代小说插图研究这一方兴未艾的学术领域。

颜彦在《中国古代四大名著插图研究》一书中，在充分了解并借鉴既有研究成果的基础之上，针对存在的不足，梳理了明清小说插图的发展脉络，并创造性地提出了三种“插图的阅读方式”，即图文对照阅读、插图本之间联结阅读、小说插图与其他艺术形式图像的比较阅读，以此作为理论框架，选取古代小说四大名著《三国志演义》《水浒传》《西游记》《红楼梦》为典范文本，梳理了这几部小说插图的源流；再立足于图文关系，从图像结构、图像主题、图像叙事、图像风格等几个方面，揭示了每一部名著的插图所蕴含的独有的艺术特征和文学表现力；同时注意将古代小说插图与传统绘画之间进行比较，尝试在古代文化观念、审美思维、艺术追求等文化语境中，阐发小说插图独特的艺术表现力和审美价值。这一研究成果为古代小说插图甚至古代文学插图研究提供了极具参考意义的范式。可是颜彦并没有满足于此，而是提出了完整勾勒插图发展史以及建构其自身理论话语体系的学术目标。正是在这一目标的指引之下，她经过数年的潜心钻研，又完成了《明清叙事文学插图的图像学研究》一书，将古代文学插图研究又切实推进了一大步。

在这部新的书稿中，颜彦将研究对象从古代四大名著扩展为以小说和戏曲为代表的明清叙事文学作品，充分借鉴现代图像学理论与方法，在视觉文化的整体格局之下，一方面通过有序的关联和编码重新认识图像的结构特性和功能价值，并通过分析和整合图像素材发现隐含其中的本质特征和规律；另一方面，努力跳出固有的模式和话语，在新的文化框架和机制中发现那些被遮蔽的富有生命力和挑战性的因素，阐释其丰富的内涵。

在具体论述中，颜彦围绕图像认知、图像结构、图像叙事、图像风格、图像传播等五个问题，总结了明清时期插图在表意、叙事、传情、表征等诸多方面的特性、规律及范式意义；分析了插图再现文本故事与实现视觉符号独特意旨的双重意义；考察了插图对社会历史风貌的影射和还原作用；并着眼于小说戏曲插图与其他文体刊本之间的比较、刊本插图与传统绘画之间的互动以及图像生产、消费、鉴赏、收藏等传播链条上各个环节的独特意义，尝试从整体上把握、建构视觉文化的格局。颜彦不仅在这几个问题上都有纵深的挖掘，而且尽可能照顾到了它们彼此之间的联结与互动，从而丰富了论述的层次。

正如颜彦在本书稿"结语"中所指出的："就中国古代叙事文学的阐释和建构而言，图像学研究无疑打开了一扇大门，因为它对于意义的分析和解读始终依凭着文学、文化、历史、社会、视觉等多元体裁和媒介之间的相互依赖和相互作用的关系。换言之，即对叙事文学插图进行图像学阐释时，很多时候都将其与其他某个或多个领域的知识和观念进行互文性联系和判断。"这种跨学科的研究虽然面临很多困难，但是，其宏阔的视野以及理论的自觉无疑极大地提升了图像研究的学术品格，同时也为叙事文学研究提供了新的视角。

毫无疑问，正是西方图像学理论的兴起和译介为 1980 年代以来国内古代文学插图研究进入新阶段提供了契机和直接的理论资源。颜彦在雄心勃勃地尝试着"建构古典文学插图理论体系"的时候，也理所当然地借鉴了大量西方的图像学以及叙事学、艺术学、符号学、认知学等相关理论，从而使得她的研究往往能够透过具象进入抽象的逻辑思辨层次、得出富有理论概括性的结论。

难能可贵的是，颜彦在借鉴西方理论时始终保持着清醒的头脑和高度警觉性，比如说，她在借用西方图像学理论时特别强调西方图像学与中国传统古典文学插图在研究对象本质上的差别。从海德格尔的“世界图像时代”到 W. J. T. 米歇尔的“图像转向”，再到尼古拉斯·米尔佐夫的“视觉文化时代”，都是针对媒体、网络、影视等流行文化中的现代图像而生长出来的理论，中国古典文学图像针对的则是几百年前甚至几千年前传承不变的静态图像，即使经历了木刻、石印、铅印、铜印等技术更新，刊本插图的静态文本属性以及古典审美风格并未改变，源自西方的现代图像学与中国传统插图在图像诞生的技术方式、存在的媒介方式、阅读的感知方式等诸多方面都存在巨大差异。颜彦对此有非常清楚的认识，因此，既看到了西方现代图像与中国传统插图作为视觉图像组成部分的共通性，更看到了二者的巨大差异性，从而强调中国古典文学插图的研究应该以静态文本属性为核心，从图文关系的角度去建构和阐释独具民族特色的图像理论。这一思路和方法无疑是十分正确的。

在自觉远离观念先行、生搬硬套西方理论的陷阱之后，颜彦将自己的研究建立在扎实的文献基础之上。其《中国古代四大名著插图研究》一书有四个附录，分别是《插图本〈三国志演义〉版本叙录》《插图本〈水浒传〉版本叙录》《插图版〈西游记〉版本叙录》《插图本〈红楼梦〉版本叙录》，总计近十万字。这些版本中的绝大多数都经过颜彦目验，其中包括数以千计的小说插图。在这部新书稿中，据文末所附“图版目录”统计，全书有多达 251 幅的插图，都是颜彦费心搜罗、精心挑选出来的。这些大量的第一手资料，足以说明颜彦的研究言之有物，做到了她自己期许的“切合中国古典文化的特质”“朝着建构具有自身民族性和身份特性的理论方向发展”。

颜彦的《明清叙事文学插图的图像学研究》无疑属于中国古代文

学插图研究领域的前沿性成果,可喜可贺！而且,期待她为中国古代文学插图的理论话语体系的完善不断做出新的贡献!

毫不夸张地说,颜彦已然是学术界一颗冉冉升起的新星,相信她会越来越璀璨夺目!

是为序。

段江丽

2021 年 5 月 7 日,于海淀墨砚楼

目　录

绪　论　视觉时代背景下古籍插图的再认识

两个方面的研究趋势和相关思考促使我选择这样一个选题：

一是古籍插图文献资料的整理和相关图像史的勾勒。20 世纪以来，郑振铎、鲁迅、阿英、郭味蕖等学者开始留意中国古籍插图，着手进行插图资料的搜集和整理、插图特征的总结、插图功能的判断以及相关插图史的撰写等工作，《中国版画史图录》《中国古代木刻画史略》《连环图画琐谈》《清末石印精图小说戏曲目》《漫谈〈红楼梦〉的插图和画册》《中国版画史略》[①]等浓缩着前辈学人智慧结晶的文章和专著相继应运而生。这些成果的取得让我们意识到，中国古代存在着体量巨大的古籍插图，而且它们被按照时间和地理的坐标区划安放在了相应的图像史位置上，通过有效的组织和结构，古籍插图是可以形成具有内在秩序和联系的有机系统的。这些学者在插图研究领域所取得的成果为后来古籍插图研究的继续深入开展打下了扎实的基础，特别是在图像资料的整合、图像史书写的体例和方式上具有范式的意义和价值，今天我们所进行的很多尝试和探索仍然依赖这些富有真知灼见的成果。如薛冰的《插图本》、肖东发的《插图本中国图书

---

① 郑振铎《中国版画史图录》，上海中国版画史刊行社，1942 年版；《中国古代木刻画史略》，人民美术出版社，1985 年版。鲁迅《连环图画琐谈》，《鲁迅全集》，人民文学出版社，2005 年版。阿英《清末石印精图小说戏曲目》《漫谈〈红楼梦〉的插图和画册》，《小说四谈》，上海古籍出版社，1981 年版。郭味蕖《中国版画史略》，朝花美术出版社，1962 年版。

史》、徐小蛮及王福康的《中国古代插图史》[①]等著作都是沿着这条线索的进一步深入和拓展。笔者对插图本四大名著版本叙录的编纂也是在充分吸收和借鉴前人成果的基础上而形成的[②]，而这也成为后续研究中不可或缺的重要原始资料的储备。

二是视觉时代背景下图像学研究的热潮。图像学视域中的古籍插图探讨，试图通过图像志框架内的规约重新审视传统文献插图，一方面通过有序的关联和编码重新评定图像的结构特性和功能价值，一方面将静态的图像文本置于社会生产和流通的动态活动中，考察其作为“物”的交往关系，从而实现静态的文本分析到动态的视觉考察的话语转换。图像学的研究思路促使插图文献跳脱了传统以资料分析和归类为主的研究模式，代以理论体系、观念框架等相应理论模型的阐释和建构。西方学者在这个向度上的探索已经取得了不可小觑的成果，1939 年潘诺夫斯基(Erwin Panofsky)《图像学研究》[③]的出版标志着图像学成为独立的艺术史研究的重要学科，此后，W. J. T. 米歇尔(W. J. T. Mitchell)《图像理论》[④]、尼古拉斯·米尔佐夫(Nicholas Mirzoeff)的《视觉文化导论》[⑤]、贡布里希(E. H. Gombrich)的《艺术与人文科学》[⑥]等论著相继出版并引起广泛关注和讨论。图像学视角下的研究让我们认识到视觉材料所依托的观看话语以及艺术生产的社会史的重要意义和价值。以图像资料为纽带，其所关联的图像制作、图像阅读、图像流通、图像鉴藏等一系列视

---

① 薛冰《插图本》，江苏古籍出版社，2002 年版。肖东发《插图本中国图书史》，广西师范大学出版社，2005 年版。徐小蛮、王福康《中国古代插图史》，上海古籍出版社，2007 年版。

② 参见拙著《中国古代四大名著插图研究》，社科文献出版社，2014 年版。

③ [美]欧文·潘诺夫斯基《图像学研究：文艺复兴时期艺术的人文主题》，戚印平、范景中译，上海三联书店，2011 年版。

④ [美]W. J. T. 米歇尔《图像理论》，陈永国、胡文征译，北京大学出版社，2006 年版。

⑤ [美]尼古拉斯·米尔佐夫《视觉文化导论》，倪伟译，江苏人民出版社，2006 年版。

⑥ [英]E. H. 贡布里希《艺术与人文科学：贡布里希文选》，浙江摄影出版社，1989 年版。

觉实践共同构成了特定历史时空的视觉文化语境。对这个语境的关注和审视可以促使我们对已有的图像资料重新取舍和整合，对已成定论的某些观点赋予新的视角和思考，从而在新的文化框架和研究视域中进行破与立的探索和挑战。所幸，笔者在《中国古代四大名著插图研究》中所做的尝试得到了学界专家和同仁的肯定和好评，以及后续研究深入开展的意见和建议，这让我更加坚定了关于插图与图像学研究的信心，相关思考和讨论能够沿着学理性的思路继续深入和拓展。

一、图像的特性

本书是一个关于在中国古代特定历史时空诞生的刊本插图的选题，圈定的视觉资料对象以小说戏曲等叙事文学刊本插图为主，写作的焦点集中在图像认知、图像结构、图像主题、图像叙事、图像风格、图像传播等几组议题，既展现插图在传统文化语境中的原生特质，也体现其在现代全球视觉文化语境中的意义更新。笔者在展开论述并试图使论述具有说服力时，发现这一系列问题不管在哪个维度上展开都无法离开两个基本点，首先就是我们如何确定和判断插图的特性和功能，这是进行学理性思辨的前提基础和先决条件，不弄清楚这个问题，往往会在理论框架中迷失方向。

“图像是人类对自然世界的模仿和想象所创造的另一种表现与传达的方式”[①]。图像自原始先民时期便以岩壁画、器具画等多种形态呈现出来，在此后几千年的历史中不断丰富升华，成为人类生活中必不可少的生活必需品和艺术品。小说戏曲插图首先隶属于古籍插图，作为图像的一个分支，它具备图像的一般属性，但同时，作为植根于中国传统文化土壤中的艺术形态，又具有区别于其他艺术形式的

① 常宁生、顾华明《总序》，见[美]史蒂芬·梅尔维尔、比尔·里汀斯编著《视觉与文本》，郁火星译，江苏美术出版社，2009年版，第1页。

独有特性，了解这些特性，我们才能真正走进图像的世界。

1. 可视性

可视性是图像的一般属性，这一属性促使中国图像的话语表达能够和世界范围内其他艺术形式之间架起沟通的桥梁，无论在艺术享受方面还是在学术研究层面都有了产生共鸣的可能性，从而促进古籍插图在世界艺术文化背景下的话语分享。英国批评理论学者马克科姆·巴纳德（Malcolm Barnard）定义“视觉产品”为“人类生产、表现或创造且又有或被赋予功用、传达美学意图的人和可视的东西”[①]。从广义上看，视觉产品指向一切可视性的人和物，从狭义上看，这些可视性之产品则会因为不同国家、民族的差别在“被赋予功用”“传达美学意图”上具有各自特征，而这正是图像学领域所要探讨的重要内容。

图像被创作出来首先要满足观看的需求，但是可视性并不简单等同于可以观看，这里面涵盖着丰富的“观看之道”。观看作为一种行为方式，从动作指向性来看联系着读者和文本，而插图的创作又有出版者、绘刻者的参与，因此这一看似单向性的读者观看行为实际上包含着复杂的参与身份，于是也就孕育着多重社会身份的指向性。换言之，插图视觉性的呈现并非仅限于静态的图像文本，从图像生产到读者阅读的整个链条中内含着多种不同分工体系下的权力指征。正如当代艺术理论批评家彼得·波拉（Perter Bolla）所言：“观看活动不仅在特定的物理环境中发生，而且处于视觉本身的文化氛围中。也就是说处于由文化样式创立的虚拟空间中。因此，任何视觉经验都积极地打上了等级、阶层和性别的烙印。”[②]插图作为一种可视化的

---

① [英]马克科姆·巴纳德《艺术、设计与视觉文化》，王升才等译，江苏美术出版社，2006年版，第2—9页。

② [英]彼得·波拉《视觉的可视性：沃克斯豪花园与观者的定位》，见[美]史蒂芬·梅尔维尔、比尔·里汀斯编著《视觉与文本》，第328页。

产品，其完型状态呈现出来的样貌实则暗示着阅读行为中的一系列关系，诸如给谁看，谁来看，看什么，怎样看。这些问题说来简单，实际上则涉及小说戏曲插图作为视觉产品在生产和消费环节中的流动和转换。

举例来讲，如果我们翻开明崇祯间人瑞堂刊本《隋炀帝艳史》、明刊本《李卓吾先生批评三国志真本》，那样装饰华丽的室内设计、美轮美奂的园林布景，在布衣百姓的躬耕生活中是难以实现的。这样的图像建构实际上是圈定了上层精英群体的生活表现领域，图像空间的展示无疑是存在权力倾斜的。对市民阶层而言，图像阅读满足了他们对贵族生活的想象和向往；对精英阶层而言，图像则是以自反的方式映射着自身群体的生存状态。

因为观看方式的不同，图像提供的视觉内容是以假设性的读者虚拟的阅读行为和阅读心理为前提的，一幅插图的绘刻是要让读者驻足凝视、陷入沉思，还是让读者迅速浏览、快速转变思维？人类的注视有时很直观，容易被表象所欺骗，有时又很犀利，可以分辨图像背景后隐喻的深意。小说戏曲插图的绘制以固有文本为依据，文本内容虽然在界定图像内容上具有重要的决定权，但是图像依然可以展示出极大的能动性。特别是针对中国古代特有的一书多个版本的现象，相同的情节内容在不同版本中会呈现完全不同的创意和构思。图像的差异既有图式上的区别，有的是上图下文式，有的是多面连式，有的是单面式，有的是月光式的；也有图像内容的区别，有绘刻人物绣像的，有绘刻故事画的，有绘刻风景图的，有绘刻博古图的；此外，还有图像修辞、图像风格等诸多方面的区别。这些差异在图像视读过程中往往可以产生不同的审美体验和视觉效果，同时也刺激着古往今来的读者对图像以及图像所牵连的视觉语境产生相关的思考和质问。

当读者的观看行为进入到图像所框定的表现层次和空间中时，

我们不由得会质问，作为视觉呈现的窗口，小说戏曲插图是如何展示文本内容、展示到什么程度，在可视性命题下其具有多大的容错空间？图像叙事是偏向客观真实性的模拟，还是意在制造悬念？图像主题是选定既有的传统文学主题，还是剑走偏锋展示具有视觉效果的独特命题？图像风格是还原历史脉络中的古典意味，还是意在营造具有时代特色的审美情调？追问和回答这些问题可以让我们意识到，绘刻者的创意与阅读者的观看在插图这一成品下是否能够相互对接和认可，图像的可视性为最终实现这一结果提供了可能性，但有时也要付出高额的代价。当图像内容按照预设进入到视觉领域不同的观看方式中时，视觉意图不仅能够实现既定的期待视野，有时还会超出个人的期待视野，在社会生产和商业流通等杠杆的作用下，产生更加广泛的社会影响。

2.点线性

中国古代刊本插图的基本构成要素是点和线，郑振铎先生曾经盛赞木刻画家们刀刻技术“精熟之至”，呈现出来的是一种“迷人的美好”般的画面[①]。这样精美绝伦的木刻画卷，不得不归功于点线运用的婉转流畅、细密精工。不过，如果我们回溯中国古代线艺术的历史，就会发现刊本插图的线图式并非一蹴而就，而是在前人累积起来的丰富经验和资源之上而获得的。从原始先民时期的岩壁画到古器物上的装饰图画，从上古时期青铜器上的象形纹饰到春秋战国时期丝帛上各种几何图式组合，从传统绘画技法中的曹衣出水、吴带当风到减笔、白描，中国古代线艺术在绵延几千年的历史中，不仅以丰富的艺术实践为我们留下了蜚声海内外的经典作品，也在学理层面上构成了一套独有的理论体系。明代汪珂玉就曾在《珊瑚网论画》中系统总结了中国画线描的勾勒方法“古今描法一十八等”：高古游丝描、

① 郑振铎《中国古代木刻画史略》，上海书店出版社，2010 年版，第 103 页。

琴弦描、铁线描、行云流水描、马蝗描、钉头鼠尾描、混描、撅头描、曹衣描、折芦描、橄榄描、枣核描、柳叶描、竹叶描、战笔水纹描、减笔描、柴笔描、蚯蚓描。①

线艺术的历史告诉我们中国古代小说戏曲插图点线程式渊源有自，因为秉承了传统艺术的悠久脉络，插图所集合的点线图式和意蕴也就渗透着浑厚古朴的古典气息。不过，不同于传统绘画的写意山水，也有别于古器物上抽象的装饰纹饰，小说戏曲插图以具体的情节内容、个性鲜明的人物、特定时空的地理风景为依托，其点线造型出以具象形象，线条洗练而不简单，流转而不浮躁，以稳健而富有秩序性的风格进行图像展现。当然，插图本之所以能够在刊本中立足并延续，点线对传统艺术的集成当然功不可没，更加重要的是在这一基调下尚能有意识地求新求变，在技法精益求精的基础上追求丰富多样的形式和风格。正因如此，建本、浙本、徽本不同地域流派纷呈，构成了插图本百花齐放的格局。概括来讲，建本插图线条粗劲，构图古拙质朴；浙本插图线条细软流畅，构图简洁明快；徽本插图线条纤细而有力度，一气呵成，构图卷舒洒脱。不同风格形成的地理契机是什么，又是如何在不同地理时空中延续并相互影响的，它们最终在时空坐标内又是如何汇聚结合从而建构图像史的，这些风格史命题的叩问最终都将回归到图像构图的最小要素——点和线。

美国学者苏珊·朗格(Susanne K. Langer)在谈到作品的艺术性时讲到："一件艺术品就是一件表现性的形式，这种创造出来的形式是供我们的感官去知觉或供我们想象的，而它所表现的东西就是人类的情感。当然，这里所说的情感是指广义上的情感。亦即任何可以被感受到的东西——从一般的肌肉觉、疼痛觉、舒适觉、躁动觉和平静觉到那些最复杂的情绪和思想紧张程度，还包括人类意识中那

① ［明］汪珂玉《珊瑚网论画》，俞剑华编《中国古代画论类编》，人民美术出版社，2007年版，第142—144页。

些稳定的情调。”[①]文学之所以被世界范围内的各族人民所钟爱，正是因为她通过文字的书写和叙述来表达包括喜怒哀乐、爱恨情仇在内的各种情感。在中国古代传统绘事语境中，线从来就不是单纯为造型的基本单位，它在定型过程中也携带并蕴含着某种意义，如果说小说戏曲插图的点线造型是实现图像对文本再现第一层次的意义，那么如何体现点线图像叙事中理性化及意象化的特征则反映了更深一层次的隐喻性意义，第一层次的直观性和深层次的隐喻性共同促使点线呈像富有中国式的古典韵致和情感魅力。

解析和探索深层意义，有两点是我们必须关注的，即点线的肌理和节奏。简言之，前者指图像以点线为基本要素，结合不同的技巧创作出画面的组织结构与纹理效果。后者指图像以点线为基本要素，运用不同的变化手段为画面组织结构注入相应的秩序，从而创造出表现韵律的变化。肌理和节奏是相辅相成的两个方面。插图以黑白两色图画文本内容，这两色的布控既要实现对真实世界的模拟，也要实现对异化世界的勾勒，同时要激发阅读者对这两个世界的相关想象。点线图式的极大丰富和经验的集成不仅能够营造出画面肌理生动逼真的形态，而且能够在三维空间的建构上展示节奏的变化秩序。我们要做的正是透过完型状态下的图像，抽丝剥茧式地探寻造成肌理形成和节奏强弱起伏的图像修辞手段，分析和揭示画面特定肌理结构和节奏变化的意图何在，以及文本叙事进程及其中包蕴的生命主题是如何有序地自然地糅进图像点线程式之中的。

二、图像的结构功能

20 世纪初，郑振铎、鲁迅等学者在开始古籍插图资料的搜集和整理工作时就已经注意到了图像功能和价值这一命题。归纳起来，

---

① [美]苏珊·朗格《艺术问题》，滕守尧译，南京出版社，2006 年版，第 18 页。

可以总结为以下几点：

一、补充文字之不及，以加深对文字的理解。①

二、装饰美化，提高书籍的视觉美感。②

三、宣传手段，促进书籍的销售和流通。③

四、文献史料价值。④

这些分析作为研究结论一直延续至八九十年代，这段时期内的大多研究虽然对插图种类的丰富和艺术上的精美给予肯定，但是由于没能跳脱出图作为文的辅助这一固有观念的窠臼，因此在图像功能的辨析上没能更加深入。近年来，随着视觉文化热潮的兴起以及西方图像学理论的译介，对古籍插图价值的认识和体悟在新的维度的参照下出现了一些开拓性的思路和视角。如龙迪勇先生对图像叙事功能的分析⑤、赵宪章先生谈到的语图关系中图像的言说功能⑥，

---

① 鲁迅："书籍的插图，原意是在装饰书籍，增加读者的兴趣的，但那力量，能补助文字之所不及，所以也是一种宣传画。"见《鲁迅全集》卷四，第 458 页。
李致忠："插图是对文字的形像说明，能给读者以清晰的形象概念，加深对文字的深刻理解。"见《中国古代书籍史话》，商务印书馆，1996 年版，第 99 页。

② 钱存训："给全书增加美感。"见《中国纸和印刷文化史》，广西师范大学出版社，2004 年版，第 234 页。
薛冰："优秀的插图也能提高书籍的视觉美感。"见《中国版本文化业书插图本》，第 6 页。

③ 肖东发："晚明版画艺术之所以能有如此的辉煌成就，其主要原因是刻工能和当时的画家们紧密配合……从传播文化方面看，由于这些刻书世家从他们诞生时起就生存于民间，并以人民大众的需要为动力，所刻的书逐渐形成了雅俗共赏、重在实用、不断创新以及品种多、印量大等特点，所以就更有利于书籍的销售与流通。"见《插图本中国图书史》，第 150 页。

④ 郑振铎："凡民间之起居衣食，上自屋宇之演变，衣冠之更易，下至饮馔娱乐好尚之不同，皆皎然可有征者。"见《中国版画史图录自序》，《郑振铎艺术考古文集》，文物出版社，1988 年版，第 262 页。
郑振铎："中国古代木刻画对于历史学家们和一切探索古代文化、社会的专家们便有了很大的作用。"见《中国古代版画丛刊总序》，《郑振铎艺术考古文集》，第 347 页。

⑤ 龙迪勇《空间叙事学》，生活·读书·新知三联书店，2015 年版。

⑥ 赵宪章《文体与图像》，人民文学出版社，2014 年版。

程国赋先生强调的小说插图在社会历史层面中的传播价值[①]，等等。

笔者在汇集明清小说戏曲插图资料并思考其图像意义时，注意到插图依托书籍这个载体，伴随刊本形态的变化，图像结构呈现出一个动态变迁的过程，而这个变化的轨迹对判定图像功能至关重要，因为它既与插图史的发展历程息息相关，也与参与插图制作的印刷活动密不可分。结构指组成整体的各部分要素之间的相互搭配和安排。在小说戏曲插图本中，根据"整体"定位的不同，图像的结构功能随之出现了两种不同含义，一是外部结构功能，二是内部结构功能。

1. 图像的外部结构功能

图像的外部结构指插图在嵌入其所依托的物质载体"书籍"之后的相对位置，这其中包括图像与文字之间的关系，图像与图像之间的关系，图像与书籍之间的关系。与纯文字文本相比较，插图的介入首先意味着阅读方式的变革。如果将包括图和文在内的"插图本"视作一个整体的话，那么对于读者而言，图像作为一个有别于既往单纯的文字读本而言，首先造成了视觉冲击上的改变。阅读聚焦的对象从文字扩大到文字加图像，阅读对象的变化势必导致阅读进程的改变，原来的文字持续阅读因为图像的渗入会导致注意力的分散。由于冠图位置的不同以及图像内容的差别，阅读过程中是先读图再读文，还是图文对照逐次翻阅，图文阅读方式和文字阅读方式的差别就此产生。另外，由于图像绘刻者与文本作者创作主体不同，图像浓缩性与文字铺叙性在媒介属性上存在差异，因此图文互动阅读中一定会思考二者之间的关系，比如图像在多大程度上再现了文字内容？图像再现内容与文字内容是否匹配？图像是出于何种考虑来复现文本内容的？图像呈现的内容对于文字阅读具有哪些裨益？这些问题的思考也就意味着阅读进程会随时中断，阅读时间随之被拉长。

---

① 程国赋《明代书坊与小说研究》，中华书局，2008 年版。

对于习惯于文字阅读的读者而言，即便插图被置于与文字并列的文本结构中，阅读文字可能依然是其主要或首要的选择。不过，图像的出现毕竟提供了多种选择的余地，因此也不排除以下情况，即有些读者摆脱文字的束缚，就此选择以图像阅读为主，特别是在章回小说插图本中，连续的回目画也可以完成对整个情节链条的了解，于是就会出现以图像阅读为主、以文字阅读为辅，甚至跳过文字、只读图像的阅读方式。这样一来，图像进入文本就不仅仅意味着以图文互动的形式改造以往的阅读方式，而是以图像取代文字彻底颠覆了传统的阅读行为。从这个角度来看，在插图本这一整体框架下，图像的外在结构功能在关系到阅读行为方式方面是具有重要影响的，在确定图像功能价值上不可小觑。

2.图像的内部结构功能

跳脱图文的制约关系，单纯考量以视觉修辞手段绘刻的插图，那么图像的内部结构功能主要指进入到图像框架中各种要素之间的关系及其相互之间的组织和调配。从明清时期小说戏曲插图发展的整体进程上来看，图像内部要素的选择、集成、绘刻经历了一个从简单质拙到繁复精致的过程，这个过程说明刊本插图一直致力于精益求精的品质追求。在经历了层层的锻造后，图像修辞手段不断丰富，图像话语表达不断成熟。在以图为单元形成的图像架构中，图像呈像构图在不断汲取既有的图式经验和资源的基础上逐渐形成了一种规范，经典图像文本应运而生。正因如此，今天的图像学研究才可以化整为散，从中提炼和抽取出点线的单元和程式、叙事的策略和手段、主题的凝结和表达、风格的确立和变化等一系列议题，通过各个击破的办法来透视图像的本质。

这些变化和成果也向我们传递了这样一个声音，即图像的掌控者，包括小说戏曲插图本的出版者和图像的绘刻者，对于生长在刊本中的“插图”这一媒介形式是怀抱着巨大的热情的。没有这样的热忱和投入，这些刊本是无法在万历时期出现黄金时代和地域流派纷呈的繁盛景象的，更不用提在穿越几百年的历史岁月后仍然保持生生不息的原动力了。可以说，正是这些人在小说戏曲刊本的既定框架内为图像的调整和提升自觉而不断地思考和实践，中国古籍文献资源的宝库中才增添了这样一种弥足珍贵的图像资源。

从这个角度看，图像结构的破与立实际上是人类艺术活动的结果反映，这其中渗透着古代刊刻工艺、民族文化心理、时代审美思潮等方方面面的影响和作用。正如法国著名艺术批评家丹纳所云，要产生伟大的艺术作品，其首要条件是“自发产生的、强烈的情感和个性能毫无顾忌地表现出来，不用遵循任何指令”[①]。潘诺夫斯基也讲到图像学研究的意义层次就恰恰是人类心灵倾向和思想深度的文本见证。[②] 关注图像的内部结构，其前景让我们发现图像自身图式经验沿袭和生长变化的脉络，其背景则隐喻着具有真实生命力的图像活动和文化心理。

美国学者詹姆斯·费伦在《作为修辞的叙事》中界定“叙事”的概念：“‘作为修辞的叙事’这个说法不仅仅意味着叙事使用修辞，或具有一个修辞维度。相反，它意味着叙事不仅仅是故事，而且也是行动，某人在某个场合出于某种目的对某人讲一个故事。”[③]叙事不仅仅是一种修辞手段，同时也是一种讲述故事的动态过程，这个过程覆盖了作者、文本、读者三个重要主体。小说戏曲刊本插图的生成不仅涵盖了这个三位一体的过程，同时又附加了绘刻者这一主体，即图像绘刻者在文本接受的基础上进行再次创作，并将这一创作意图传递给

① [法]丹纳《艺术哲学》，天津社会科学院出版社，2007 年版，第 43 页。

② [美]欧文·潘诺夫斯基《图像学研究：文艺复兴时期艺术的人文主题》，第 3—5 页。

③ [美]詹姆斯·费伦《作为修辞的叙事：技巧、读者、伦理、意识形态》，陈永国译，北京大学出版社，2002 年版，第 14 页。

读者,这个过程实现了从文本语境到图像语境的媒介转换。也就是说,以视觉材料为对象的图像学研究不仅仅是图像话语自身的问题,它还裹挟着文本视域和图像视域相互融合的重要命题。叙事文学图像呈像构图的每一步发展和成长都包含着图像叙事思维的变化,即如何让图像对文本进行自洽性阐释,怎样利用图像修辞实现文本故事的再现,同时又要在视觉表征的框架内实现图像符号的意旨。明清时期,多身份群体的参与、体量巨大的图像资料的结集、经典图像文本的问世等一系列视觉社会事实标志着印刷领域内视觉文化格局的形成,而这一切又都是以图像叙事意识的充分自觉、图像叙事机制的成熟为前提的。正是这一意识的充分觉醒和抬头,促使图像在其话语体系内无法逃避地展示出秩序规范的确立和观念框架的完善。当然,现阶段的探索和认识还远远不足,插图资料自身的多样性以及社会历史关系的复杂性又总是制约着我们的思考和推论,不过,无论如何,对数量庞大的视觉材料以及绵延不断的图像历史的介入和深化研究是趣味十足而又富有挑战性的。

第一章　明清叙事文学插图的图像认知

第一节　图像谱系的建立

一、谱系意识的先行理解

发端于牒谱学的中国谱系研究注重秩序性、规律性、连续性，强调制度、文化和理念在历史演进中的一致性和关联性。如《隋书·经籍志》中论“氏姓之书”所言“今录其见存者，以为谱系篇”[①]就是以突显宗族世系发展历程为宗旨。宋代陈康伯在《御赐金线谱命汪藻直学士叙谱文》中描述了谱系之学的源流：“六朝以来，家有谱系之学，又有谱系之书，《隋经籍志》载天下郡县国氏族谱若干卷，唐世此学此书盛行。”[②]可见，宗谱世系的概念和意识在国人的意识中一直绵延不绝。又清邹祗谟《倚声初集》在评价张綖时有言：“至张光州南湖《诗余图谱》，于词学失传之日创为谱系，有荜簬蓝缕之功。”[③]可见，谱系不仅可以从家族血缘关系进行梳理统筹，也可以用于承载文化学术脉络和流派的变迁发展。

---

① [唐]魏徵《隋书》卷三十三，清乾隆武英殿刻本。

② [宋]陈康伯《陈文正公文集》卷十，清刻本。

③ [清]邹祗谟《倚声初集》卷三，清顺治十七年(1660)刻本。

近代以来，西方谱系学理论大量译介，以尼采、福柯等人为代表的谱系学说在国内得到了越来越多的关注。如福柯认为："谱系学并不打算回溯历史，不打算在被忘却的散落之外重建连续性；它的任务并不是先给整个发展进程强加一个从一开始就已注定的形式，然后揭示过去仍在，仍活生生地在现在中间，并在冥冥中唤醒它。……相反，追寻来源的复杂序列，就要坚持那些在自身散落中发生的东西：确定偶然事件、细微偏差，或反之，去确定错误、错估和那产生了现时的、对我们有用的东西的错误演算；揭示在我们所知和我们所是的东西的基底根本没有真理和存在，有的只是偶然事件的外在性。"①比较中西学人的论述，可以发现，与中国古代谱系学所关注的规律性、连续性有所不同，西方谱系学对偶然性表现出更多的兴趣，正如刘勇先生在《关于20世纪中国文学谱系研究的思考》一文中概述的那样："'谱系学'则注重历史背后的断裂、差异和偶然性，反对一味地追问历史规律和逻辑性，关注世界中一些边缘存在和历史本身的丰富性。简而言之，福柯的'谱系学'是对于历史的一致性和规律性的反拨和拒斥。"②

中西方谱系理论不同的关注焦点在交融之后事实上让我们拥有了一个更加完整的研究视角，即在保持中国古代谱系学精髓的同时，用西方具有质疑精神的悬置结构来弥合东方谱系历史中缺失的裂缝，在坚守典范的视角下亦保持相对的眼光，使具有历史传承的谱系脉络不断细化和完善。

回溯中国古代插图的研究，近现代历史上最早关注插图的学者虽然并未明确提到谱系概念，但是其研究的方法和角度已然体现出谱系研究意识，其研究成果为图像谱系的建构奠定了较为扎实的基

① [法]福柯《福柯集》，杜小真编选，上海远东出版社，2003年版，第151页。

② 刘勇《关于20世纪中国文学谱系研究的思考——兼论〈中国新文学大系(1917—1927)〉的历史价值与现实意义》，《北京师范大学学报》(社会科学版)2013年第1期。

础。比如说郑振铎先生在《中国古代木刻画史略》的“绪言”中开门见山地指出:“为中国木刻画写一部详细的历史是有必要的,已知的史料证明:它的历史已有一千一百年之久。这是比世界上任何民族的最早的木刻画历史都久远的,也就是说,中国乃是发明木刻画的祖国。在这历时久远的木刻画史上,我们看到了充满辉煌的成就。”[①]这里已经可以看到对木刻画进行一种历时性的史的书写是非常明确的目标,具体的方法则是以时间为纲、以地域为纬建构起了一种图像研究的范式,这一方法在后来很多学者那里得到了延续和深化。例如宋莉华的《插图与明清小说的阅读及传播》[②]、周心慧的《中国古版画通史》[③]、薛冰的《插图本》等都试图建立起一个时空坐标用来厘定各自的研究对象。这些研究都可以归类于郑振铎先生“历史总结”[④]式的研究模式。

事实上这一研究视域的形成渊源有自。就在明清时期,已有学者从版本学的角度对各地区书坊刊本进行历史价值的评定和判断,如明谢肇淛在《五杂俎》中云:“宋时刻本,以杭州为上,蜀本次之,福建最下。今杭刻不足称矣,金陵、新安、吴兴三地,剞劂之精者,不下宋板。楚蜀之刻,皆寻常耳。闽建阳有书坊出书最多,而板纸俱最滥恶,盖徒为射利计,非以传世也。”[⑤]明胡应麟在《少室山房笔丛·甲部·经籍会通四》中也讲到:“凡刻之地有三,吴也、越也、闽也。蜀本宋最称善,近世甚希,燕粤秦楚今皆有刻,类自可观,而不若三方之盛。其精吴为最,其多闽为最,越皆次之。其直重吴为最,其直轻闽

① 郑振铎《中国古代木刻画史略》,第1页。

② 宋莉华《插图与明清小说的阅读及传播》,《文学遗产》2000年第4期。

③ 周心慧《中国古版画通史》,学苑出版社,2000年版。

④ 陈福康《郑振铎先生的最后一部奇书——唯大时代乃产生大著作》,见郑振铎《中国古代木刻画史略》,第14页。

⑤ [明]谢肇淛《五杂俎》卷十三,明万历四十四年(1616)潘膺祉如韦馆刻本。

为最,越皆次之。”[①]可以说,以时空为线索的研究模式是将古籍刊刻作为一种历史现象进行的还原式描述,并对其文献价值、版本价值进行判定。这是对古籍作为一种“物”的形态的认知,是对其发生和发展的史实及其所处的历史语境的追寻和拷问,是对古籍插图图像历史层面上的思考。

与此不同,图像学视域中的古籍插图探讨,意在通过对散落在历史长河中的各种插图进行有序地关联和编码,并对其价值功能给予判断和定位,使我们对插图的梳理在知识和技术的规约下变得体系化。具体到本书的切入视角,插图的图式则是关键所在,尤其是图像诠释中的图像结构、图像叙事、图像风格都与图式密切相关。小说戏曲插图图式经历了多样的变化和发展,这些变化见证了插图自身消长变迁的历史。从图文关系的角度来看,不同版式中图像呈像造型的方式、功能、特征各不相同,它们是我们进入图像语汇形式分析的一个重要切入点。从图像修辞来看,随着版式的变化,插图在构图、风格、视觉效果等许多方面也发生了重要转变,它们是我们进行图像本体论探讨的重要维度。插图版式的变化不仅仅意味着图像外在形制的变化,而且也是关系图像话语表达的重要影响因子。

最初关于图式的描述和见解散见于各刊本的序言或凡例中,如万历二十二年(1594)余氏双峰堂刊本《忠义水浒志传评林》卷首《水浒辨》:“《水浒》一书,坊间梓者纷纷,偏像者十余副,全像只一家……士子买者可认双峰堂为记。”文字叙述的宗旨意在突显所刊刊本个性特征,以促进其市场购买力。或者以散论的形式镶嵌在学人的论著之中,如近代学者黄人在《小说小话》中曾经讲到:“曾见芥子园四大奇书原刻本,纸墨精良,尚其余事,卷首每回作一图,人物如生,细入毫发,远出近时点石斋石印画报上。而服饰器具,尚见汉家制度云

---

① [明]胡应麟《少室山房笔丛》,明万历间刻本。

云。"[①]从这些零散的分析中,已经可以看到图式一方面起到了美化刊本外在视觉形态的作用,能够有效地促进其在社会上的普及和传播;另一方面图式与视觉语汇和视觉修辞之间具有奇妙的关联,在决定图像品质优劣上具有助推作用。

遗憾的是,上述闪光性的描述由于分析者所持立场和所指目标的局限,并未能够体系化。现代学术在明确的学术命题和学科建构的统筹下,出现了一些有针对性的探讨,如汪燕岗的文章《明代中晚期南京书坊和通俗小说》[②]、涂秀虹的文章《上图下文:建阳刊小说的标志性版式》[③]、乔光辉的文章《明代金陵地域插图之形成》[④],可以看到地域在很大程度上依然是框定研究范畴的重要前提,这些研究实际上是针对一个地域的某类插图进行的谱系化书写,这些书写为全局性的图像谱系的建立提供了阶段性的准备和基础。

那么,以图式切入视角所建立的图像谱系是什么样子呢?它的建构又有什么意义呢?就明清时期全部插图资料来看,作为造型艺术的一个门类,无论是插图本问世的生产方式还是呈现的视觉效果,它们彼此之间并不是断裂的、零散的或即兴而成的,相反其消长变迁的过程是可以在量化分析的基础上进行归纳演绎的。将谱系研究运用到古代插图领域,是要在体量庞大的插图作品中廓清图式发展变化的脉络,准确呈现其中的同质性、差异性和复杂性,勾勒图式变迁的互动关系和动态过程。谱系研究的观照视角希冀呈现一种既有宏观视域也有微观探析的谱系图景模式,从而达到两方面目的:一是认定标识性插图作品的历史地位,为插图传播树立经典本文;二是重新

---

① 朱一玄等编《三国演义资料汇编》,南开大学出版社,2003年版,第225页。

② 汪燕岗《明代中晚期南京书坊和通俗小说》,《文学研究》2004年第10期。

③ 涂秀虹《上图下文:建阳刊小说的标志性版式》,《福建论坛》(人文社会科学版)2009年第12期。

④ 乔光辉《明代金陵地域插图之形成》,见《明清小说戏曲插图研究》,东南大学出版社,2016年版,第79页。

挖掘和评定那些因岁月掩埋而被边缘化、碎片化的插图作品的历史价值和图像作用，突显插图家族体系的立体感和整体感。谱系研究作为一种方法论，能够在插图研究上获得更多的还原历史的实践性和现实意义。

二、图式谱系的发展和流变

小说刊本和戏曲刊本作为共同的通俗文学题材，在图像版式的设计上表现出许多相似性，概括而言，主要包括两种版式，一类是图文同面式，一类是单页大图式。其中，图文同面式指图像和正文文字集中在一个版面之内，一般以上图下文或上文下图两种形式呈现。而单页大图式指图像与正文文字分离而单独占据一个版面的版式。这两种插图版式又分别存在诸多不同的版式变化形态，下面我们就一一予以介绍。

(一)图文同面式

图文同面式指图像和正文文字集中在一个版面之内，从图文位置关系来看，主要包括两种位置关系：上下位置和左右位置。从图文结构来看，上下位置主要有两种形式，一是上图下文式，二是上文下图式。其中，上图下文式是这一版式的主要存在形式。

1. 上图下文式

上图下文式，指图像与文字分别刊刻在同一页面的上下不同位置的版式。具体而言，尚可细化为三类：

第一，两栏式：图像单面式，位于文字上端，约占页面三分之一，有的图像两边有题句，有的图目则横题于图像上方，如明万历三十七年(1609)至四十七年(1619)建阳乔山堂刘龙田刊《新锓全像大字通俗演义三国志传》图《青蛇绕殿灵帝惊》(图1-1)。

第二，三栏式：在两栏式版式格局的顶端增加一栏作为评释(包括音释、义释、评断)，即通常称为上评、中图、下文的版式。如明万历

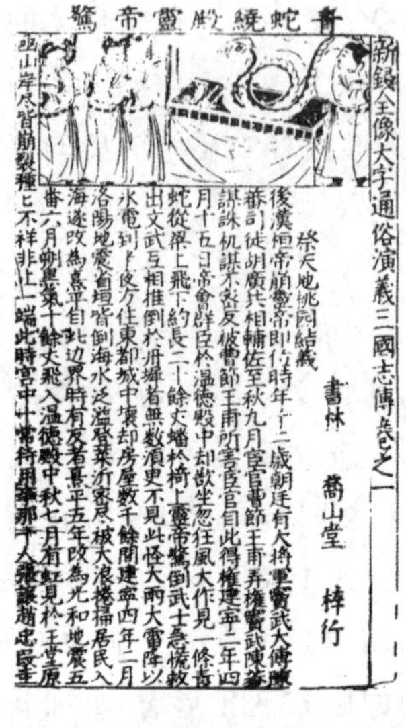

图 1-1

青蛇繞殿靈帝驚
新鐫全像大字通俗演義三國志傳卷之一
書林 喬山堂 梓行
祭天地桃園結義

文官齊拜賀
武將合山呼
第一回 張天師祈禳瘟疫 洪太尉誤走妖魔

玄德歸

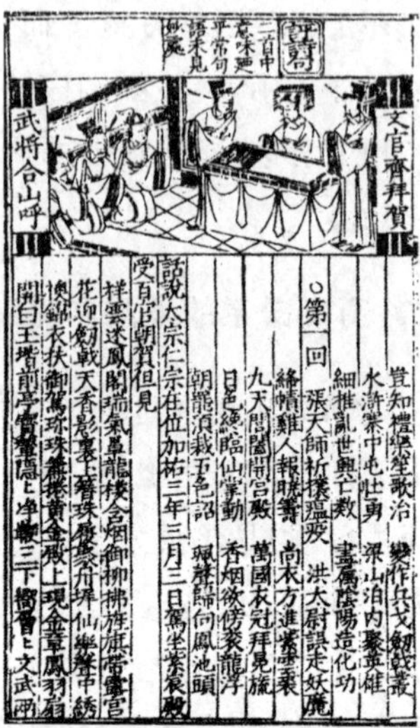

图 1-2

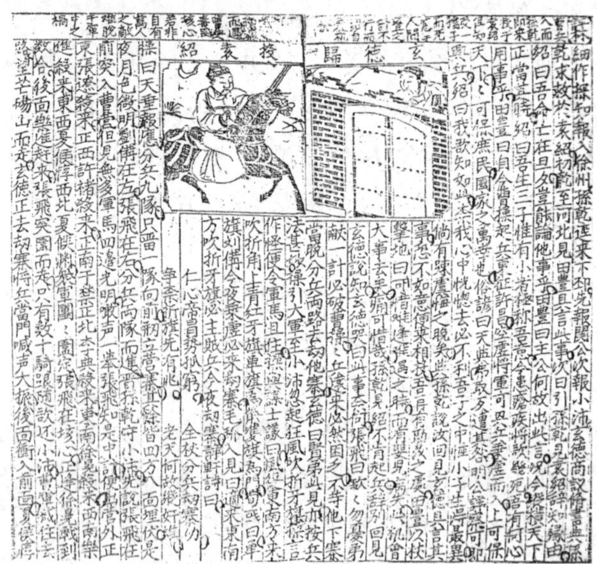

图 1-3

二十二年(1594)建阳双峰堂余象斗刊《京本增补校正全像忠义水浒志传评林》图《文官齐拜贺 武将合山呼》(图 1-2)。

第三,内嵌式:页面分为两栏,上栏狭长为评释或横题图目;下栏为正文,图像单面式或双面连式,位于评释之下,嵌于正文之中。如明万历三十一年(1603)建阳忠正堂熊佛贵(龙峰)刊《新锲音释评林演义合刻三国史传》图《玄德归投袁绍》(图 1-3)。

有几点值得注意,首先,一种刊本中也可能出现上图下文与单页大图同时使用的情况,即混合式,如明万历间双峰堂刊本《新刊京本校正演义全像三国志传评林》、明富沙藜光堂刘荣吾刊本《精镌按鉴全像鼎峙三国志传》,部分卷首或卷末有一幅单页大图,但是正文内并无单页大图,仍然是以上图下文式插图一以贯之。

其次,在上图下文版式中,还出现过多种构图形态的变化,常常是在图像位置嵌入各类几何图形,如圆环月光式,见明刊本《按鉴演义帝王御世有夏志传》(图 1-4);如方形边框式,见明书林清白堂杨丽泉刊本《达磨出身传》(图 1-5);如花式边框,见明建邑刘太华刊本《鼎镌国朝名公神断详刑公案》(图 1-6)。

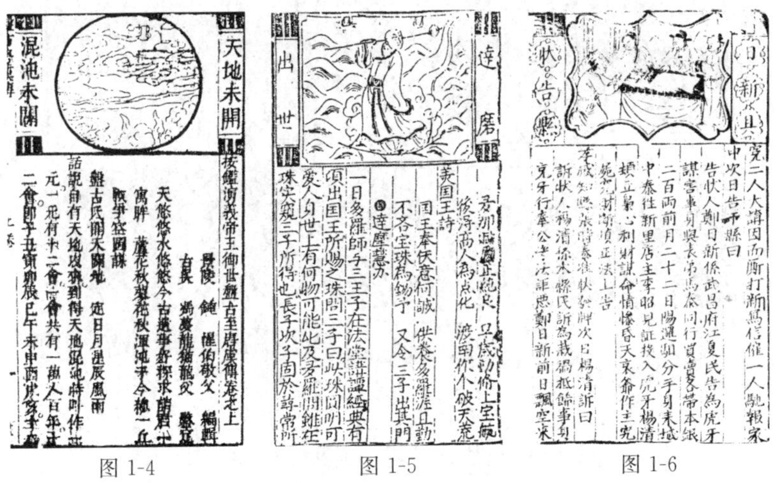

图 1-4　　图 1-5　　图 1-6

再有，从图 1-1 至图 1-3 所列举图例中，可以看到图 1-1、1-2 图像位于一个版面内，图 1-3 实际上是由前后两个相连版面构成的一个完整图像。两种不同图例告诉我们，所谓上图下文或上文下图，是以图像文字在一个版面中上下相对位置为标准划分的，而实际上其图像结构的构成还涉及前后接续版面之间的相互关系。因此又可以细化为单面式上图下文式（如图 1-1、1-2）和双面连式上图下文式（如图 1-3）。不过，插图所呈现的图式要更为丰富多样，在双面连以外，还有前后几个版面共同合成的图式。明弘治间刊本《新刊大字魁本全相参增奇妙注释西厢记》就为我们提供了这样一个有代表性的图例，《钱塘梦景》（图 1-7）是一幅由前后相接的八个版面共同组合而成的图像。前四图展示的是人居环境及人物梦境，后四图展示的是钱塘江景，画面风格浑厚古朴，意境开阔，具有宋元版刻之遗风。

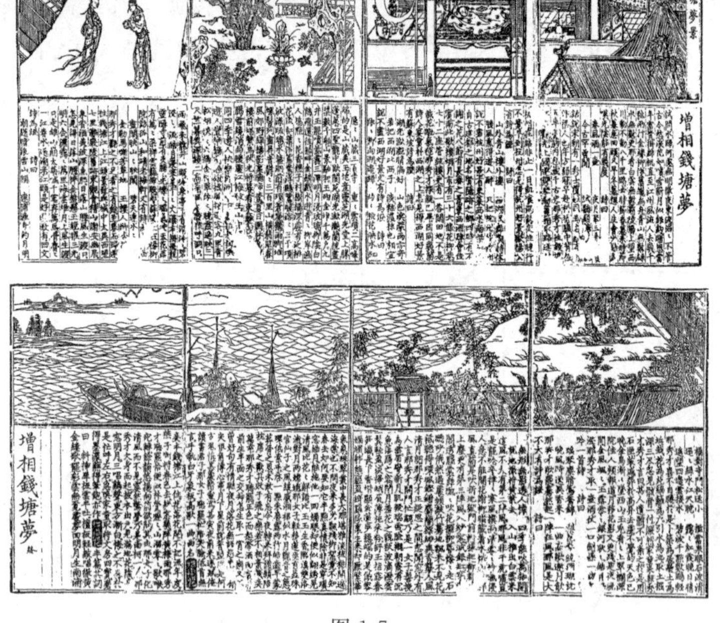

图 1-7

从刊刻时间来看,上图下文式刊本是中国古代小说戏曲插图的最初版式形态,如现存第一部插图刊本小说《古列女传》中插图即“上截图像,下截为传”[①]。明代末年,出现了插图本刊刻的繁荣景象,书坊主们各尽其能,在有限的图版内最大限度地丰富版式形态和内容,出现了两栏式、三栏式、内嵌式、混合式等多种形式。这些插图虽然尚未突破上图下文版式的格局,但是其版式的多元形态也是对传统上图下文版式的一种变革,而且有些刊本中上图下文式与单页大图式的交叉混用已经可以看出两种版式相互影响的迹象。尽管天启、崇祯间上图下文式刊本刊刻数量不及万历,但是作为上图下文式插图本的余波,仍然具有一定的生命力。进入清代以后,随着单页大图成为小说戏曲刊本的主流趋势,上图下文式插图本逐渐退出了历史舞台。

从刊刻的地域分布来看,上图下文式刊本主要集中在建阳地区。从现存各类建本来看,虽然也有单页大图的版式,如明崇祯间建阳熊飞馆刻《精镌合刻三国水浒全传》、明吴观明刊《李卓吾先生批评三国志》,但毕竟只是少数现象,而且从二本的刊刻时间上来看处于上图下文的余波时期,恰恰证明了上图下文版式向单页大图版式的过渡趋势。相对来看,其他地区浙江、安徽、南京等地出版业在同期也呈现出逐渐繁盛的景象,单页大图式的刊本已然成为主流,特别是许多刊刻精美的插图本成为图像史中难得的经典,如出自徽工手下的明万历间新安刊本《忠义水浒传》、明崇祯十二年《张深之先生北西厢秘本》,出自吴地刻工手下的明末刊本《怀远堂批点燕子笺》、出自金陵地区明万历十九年(1591)仁寿堂万卷楼周曰校刻《新刊校正古本大字音释三国志通俗演义》等等。在地域比较中,可以看出建本对于上图下文版式的特别青睐,尽管各刊本刊刻质量尚有优劣之分,但基本

① [清]徐康《前尘梦影录》,灵鹣阁丛书本排印本,中华书局,1985年版,第39页。

呈现出阴刻阳刻对比鲜明、布局方式平面化、意境风格古朴质拙等共同特征，确立了建本刊刻的一般形式特征。

2. 上文下图式

这种版式与上图下文式正好相反，指文字与图像分别刊刻在同一页面的上下不同位置的版式，如明万历二十六年（1598）双峰堂余文台刊《万锦情林》、明万历二十八年（1600）书林参槐堂王会云刻《新锲梨园摘锦乐府菁华》中《琵琶记》图《中秋赏月》（1-8）。在图文同面版式中，上图下文更加常见，上文下图式并不常见。不过，当插图本发展到单页大图版式盛行之际时，人物绣像倒是借鉴这一版式特征，出现过上赞语下人物的构图格局，如清咸丰八年（1858）紫贵堂刊本《赵太祖三下南唐》的卷首绣像（图 1-9）。

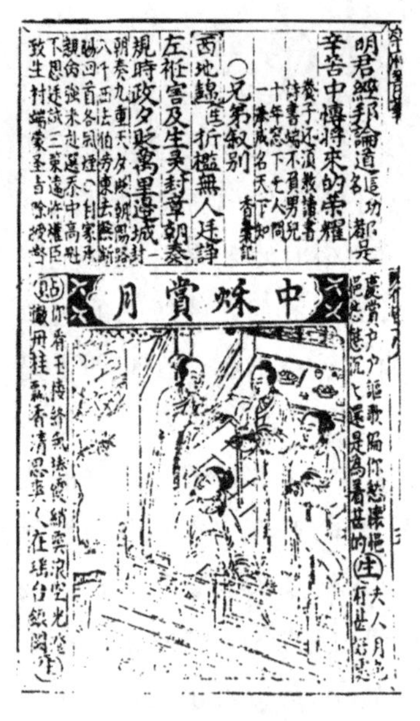

图 1-8

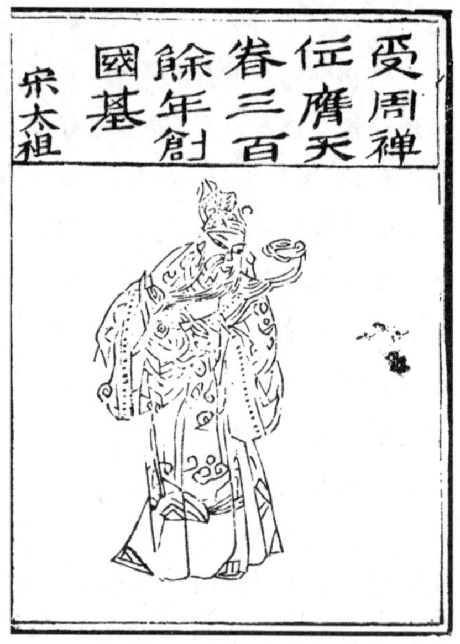

图 1-9

(二)单页大图式

单页大图式与图文同面版式相比较,图文位置关系发生了重要转变,图像从正文文字所在的版面中剥离出来,单独占据一个版面。这一版式在明代中晚期就已经出现,但是在上图下文式占据主流地位的时期,数量和规模皆难以与其相比。不过,明代万历以降,单页大图式逐步取代上图下文式,最终成为小说戏曲插图本的主要版式形态。插图版式的这一变迁,绝不仅仅是外在形制变化这么简单,它所牵涉到的图像修辞、图像主题、图像风格等一系列问题,几乎改变了中国古代小说戏曲插图历史的发展方向,我们在后续几章里将具体分析。因此,对插图版式的这一变化及其变化的形态必须加以重视和细致梳理。

综观插图对文本内容的再现,基本可以分为两类,一类是描绘故事内容为主的故事画,一类是将文本中人物抽离出来单独为其塑造形象的人物画。下面就按照这两类再详加分析。

1. 故事画

中国古代小说在文体结构上多以回或则为书写单位,小说插图往往又是以回或则为单位进行绘制,多呈现每回一图、几图或每几回一图的格局,插图或集中冠于卷首,或分散于各回之前,这类描绘文本情节故事的图像称作回目画。戏曲以折或出为单位,插图也多以折或出为单位进行绘刻,一般一折(出)对应一图,且插图多冠于卷首,其所绘故事图被称作曲目画。

首先,从插图版面构成来看,故事画又包含以下几种变化形式。

第一,单面式:指一幅图像单独占据一个版面,如明刊本《樱桃梦》(图 1-10)。这种版式也可以视作对上图下文式插图的整体革新,在上图下文式插图系列中,单面式一般只出现于卷首、各卷端或卷尾,出现数量和频率都极低,然在明末到清末相当长的一段时期内,单面式不仅全面取代了上图下文式,而且成为小说戏曲插图中最为主要的版式选择。

第二，月光式：指版面内的构图元素皆集中在一个圆环内，此圆形图式与满月相似，故称其为月光式，如清刊本《春柳莺》（图 1-11）卷首五幅插图皆为此版式。月光式还有一些变体，如清康熙刊本《蟾宫操传奇》（图 1-12），月光圆环外配以祥云。月光式圆环与中国古代园林建筑中的月洞门皆仿自然界十五满月而设置，二者不但在形状上非常相似，而且在视觉上又都呈现出隔断中带有延伸的效果。从这个意义上看，月光式版式体现了中国古代典籍插图与不同艺术门类之间的勾连关系，特别是与明清时期园林建造之间具有不可忽视的重要关联，这对我们认识图像结构及视觉表达均有重要启示。

图 1-10

图 1-11

图 1-12

第三，方格式。与月光式构图相类似，版面内的构图元素皆集中在一个方格内，故称其为方格式，代表性的刊本有清顺治间刊本《豆棚闲话》（图 1-13）。

从图像呈像内容来看，在一个版面内呈现对应文本故事内容又可细化为下面几种类别：

（1）独幅式：指占据一个版面的图像单独描绘一个情节内容，或一个时空场景，这类构图是小说戏曲插图最常见的形式，如图1-10、

1-11。有些回/曲目画又配有赞语，如清康熙间王衙刊《西湖佳话》(图1-14)，五色套印图，极为精致，其西湖十景每图后皆配有行、草、楷、隶等不同书体所写的赞语，画与书天然融合、妙趣无穷。

图 1-13

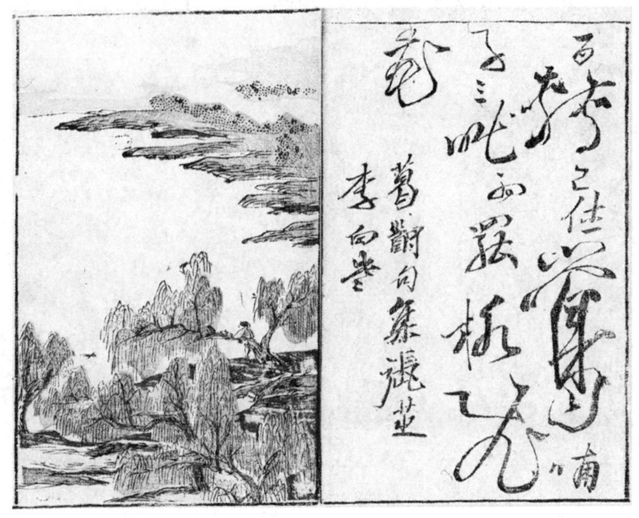

图 1-14

(2)合成式:指占据一个版面的图像由几个独立的图像共同组成,这一图式多见于小说插图,一般由两部分图像组成,分别描绘一个回目内前后相继的两则内容,或者是分别描绘前后相继的两回内容,并各自有相应的图目加以提示,读者在观赏插图内容时还要辨析图像先后次序。这类图式多出以上下二栏,或者斜对角构图。如明崇祯间山水邻刊本《欢喜冤家》(图 1-15),出以上下两栏,分别刻画第三回《李月仙割爱救亲夫》和第四回《香菜根乔装奸命妇》的故事。又如清光绪三十四年(1908)上海求志斋石印本《增评加批金玉缘图说》(图 1-16),此本回目画每二回一图,第一回《甄士隐梦幻识通灵 贾雨村风尘怀闺秀》和第二回《贾夫人仙逝扬州城 冷子兴演说荣国府》两回内容共同融合在一幅图像中,且两回图绘内容之间没有明确的分界线,基本以中斜线上的房屋等建筑为分割,左上角和右下角分别描绘第一回、第二回前后两回中的情节故事,一幅插图中实际上刻画了四段情节内容。再如明代崇祯间刊本《今古奇观》第十五回《卢太学诗酒傲公侯》图(图 1-17)上下两栏出以两个月光式构图,也是合成式构图的一种变体。

图 1-15

图 1-16

图 1-17

(3)图配物式:指描绘情节故事的回/曲目画单独占据一个版面,后一个版面则选择与该回/曲目具有关联性的博古器物予以描绘,构成故事图加博古图的形式。从小说戏曲插图覆盖的范畴来看，博古图的选绘视域是非常广泛的，包括风景、禽鸟、乐器、陶器、兵器、典籍、花卉、山石、人物等等，有些博古图甚至可以视为一幅小巧的风景图、婴戏图等，且该图往往配有图注或赞语。此类插图如清名山聚刻《女开科传》(图 1-18)、明刊本《望湖亭》等。十分有趣的是，《望湖亭·纳聘》一出中，其所配景物又出以月光式(图 1-19)。插图的版式在发展出丰富变化形式的同时，也呈现出了灵活自如的组合方案。版式形态和搭配形式的多元化都充分体现出小说戏曲插图的盛行趋势以及插图自身成长的巨大空间。

图 1-18

图 1-19

第四，双面连式：指图像占据前一个版面的后半面和其后一个版面的前半面，由两个连续的半个版面共同构成一幅完整的图像。需要注意的是，它与上文提到的单面合成式并不同，双面连式半个版面内描绘的内容并不完整，连续两个版面合在一起才是一个完整的情节内容。这种版面出现于上图下文式向单页式转变的过渡期，是金陵地区早期插图刊本的主要体式，较有代表性的刊本有如明广庆堂刊本《新编全像点板宝禹钧全德记》（图 1-20）、明万历二十年（1592）金陵唐氏世德堂刊本《新刻出像官版大字西游记》（图 1-21）。这种插图虽然在图幅上得到了扩大，构图要素变得更为丰富，但是在单页式插图发展的初期，其图式构图仍然保留着上图下文式的平面化特征，呈像造型、构图技巧等方面还都显得不够成熟和完善。随着地域间版刻的相互借鉴和影响，版刻技术不断提升，刊本风格逐渐细腻精致，在各地知名书坊和刻工的积极参与下，这种版式出现了很多精刻善本，如明文林阁刊本《新刻五闹蕉帕记》、明徽州汪廷讷环翠堂刊本《义烈记》（如图 1-22），明代项南洲所刻笔耕山房本《醋葫芦》（图 1-23），双面连式插图二十幅，每回一图，幅幅皆精，是插图中的典范之作。项南洲还与陈洪绶合作，镌刻的《西厢记》亦是版刻中的精品。

图 1-20

图 1-21

图 1-22

图 1-23

2. 人物绣像

人物绣像指小说戏曲插图中以人物形象为主体进行描绘的图像，鲁迅先生在《连环图画琐谈》一文中这样定义："明清以来，有卷头只画书中人物的，称为绣像。"[①]从插图内容来看，有的图像只有人物，有的图像还配有环境背景。在插图本的命名上往往冠以"绣像"二字，如《新镌批评绣像平山冷燕》《新镌全部绣像红楼梦》等。人物是叙事文学故事构成的重要因素，以人物为主体的图像构图可谓是小说戏曲插图中一道别具特色的风景。那么，这道风景的出现具有怎样的历史意义呢？我们不妨来回溯一下人物画的发展历程。

在中国古代传统绘画题材分科中，人物画是与花鸟、山水相并列的一个独立分支，具有悠久的历史，自战国时期就已出现。现存最早的独幅人物画作品是战国楚墓出土的《人物龙凤》(图 1-24)与《人物御龙》(又名《驭龙图》)帛画，其线条流畅生动，不仅呈现出早期人物

图 1-24　人物龙凤 20cm×28cm
湖南省博物馆藏

① 鲁迅《连环图画琐谈》，见《鲁迅全集》卷六，第 28 页。

画的独有特征，而且体现出中国“线”的独有韵味。晋代人物画尤为兴盛，顾恺之作为中国最早的人物画大师为后世留下了《洛神赋图》、《女史箴图》(图 1-25)等传世经典之作，其将人物置于独特的环境、氛围以凸显人物特有的身姿和禀赋的性格，为后世立下了以形写神、形神兼备的人物画传统。遗憾的是，唐宋以降，伴随文人画的崛起，人物画逐渐衰微，并一直延续至明清时期。

图 1-25　[晋]顾恺之《女史箴图》(局部)绢本设色 248cm×24cm
[英国]国家博物馆藏

小说戏曲插图中的人物画正是在这种文艺大背景中扎根并成长的。也正是在这个意义上，郑振铎先生充分肯定人物绣像的历史地位：“它有力地扶持着中国人物画的优秀传统。这个传统在号称‘正统派’的中国绘画里是摇摇欲坠，‘为细已甚’的。”[①]明清时期印刷业的高度繁荣促使插图本以复制的形式在市民阶层中广泛传播，一场以图文为枢纽的交流革命促进市民文艺生机勃勃地开展起来。人物

① 郑振铎《中国古代木刻画史略·绪言》，第 2 页。

绣像借着这股东风，将市民、精英阶层统统纳入图像事业中来，于是，出现了文人画家职业化的新趋势，各类以小说戏曲为底本的单行图像本纷纷得以面世，如陈洪绶的《水浒叶子》、改琦的《红楼梦图咏》等，文人画家对图版事业的积极参与促使人物绣像精品佳作不断涌现，而且促使整个人物画事业呈现欣欣向荣的景象。

下面我们就翻开一本本插图本，看看人物绣像到底是以什么样的姿态来展现其独有魅力的。从各刊本所刊绣像的形式和内容来看，归纳起来，主要可以分为以下几种类型。

第一，单人式绣像：指每个页面绘制一个人物，这是小说戏曲插图最常见的绣像构图方式。在人物绣像的构图要素中，人物是最核心的部分，此外还包括图注、赞语、环境等其他要素。在配有赞语的插图中，赞语与人物的位置关系也不尽一致，如赞语与人物同面，如清娜嬛斋藏版《红楼复梦》卷首绣像（图 1-26）；或者以分栏的形式出现在一个页面中，如清同治十三年（1874）刊本《绣像大唐瓦岗寨演义全传》卷首绣像（图 1-27）；有的赞语则与人物分别位于不同版面，明末戏曲刊本《新镌节义鸳鸯塚娇红记》即为前人后赞式（图 1-28）。在上述三图中，赞语分别以不同书体呈现，在书画同构的人物绣像作品中，赞语作为一种构图因子，同时作为具有悠久历史的书法艺术，其艺术性是备受重视的，也是影响插图文化品位的因素之一。从图像语汇的构成来看，与上述三图只有人物主体不同，有些绣像还刻画环境背景作为衬托，通过典型环境来凸显人物个性。代表性的刊本如清乾隆五十六年（1791）萃文书屋排印本《新镌全部绣像红楼梦》，人物和景物相得益彰，阿英就特别称赞过此本图像的环境刻画，如《尤三姐》一图（图 1-29），称其“突出了她的悲剧结局的特征，整个氛围是令人惆怅的。笔触简单而意境无穷”[①]。人物绣像中典型环境的选取

---

① 阿英《漫谈〈红楼梦〉的插图和画册》，《小说四谈》，第 105 页。

和刻画实际上是对文字叙述的有效总结，有力地凸显了人物独有的性格特征，这也就可以使读者在阅读中迅速聚焦，发现人物独有的性格特征。

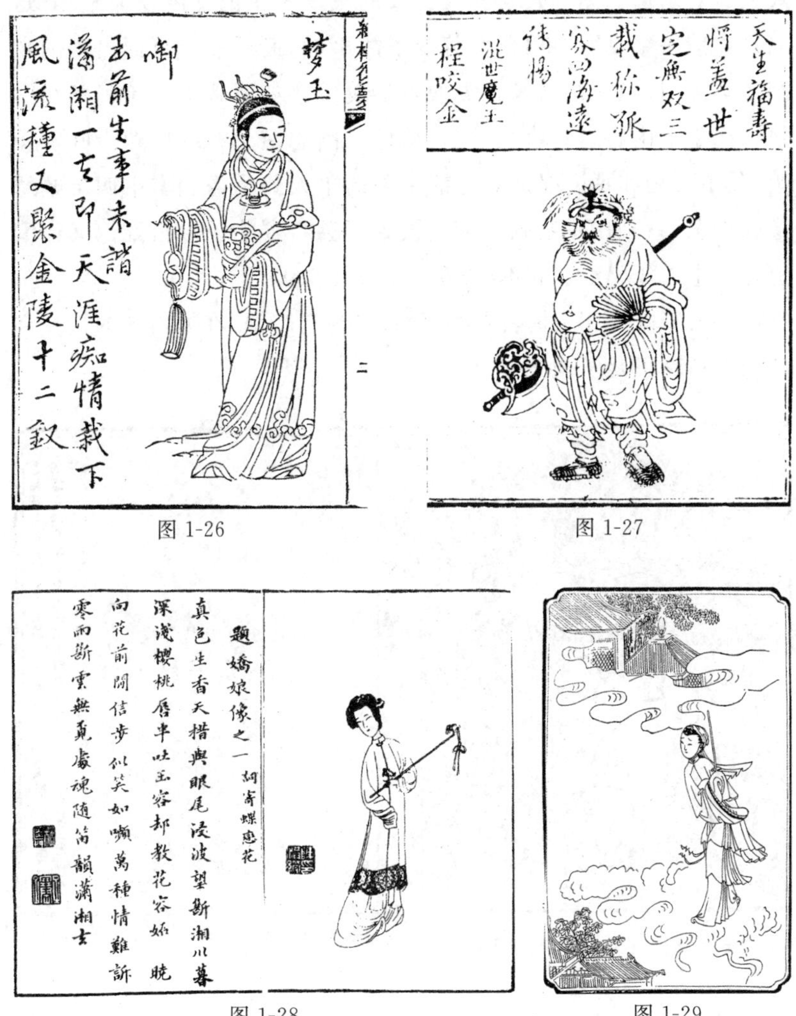

图 1-26

图 1-27

图 1-28

图 1-29

第二,人配物式绣像:指人物(有的包括赞语)位于前一个页面,后一个页面选择与人物相匹配的博古器物进行绘刻,即在单人式绣像中的图赞同面式后增加一种相关物体,形成人物图加博古图的形式。这类绣像构图方式与前文提及的故事画中的图配物非常相似,只是在前一个页面中用绣像替换了故事画,而后一个页面出现的物则基本类似,包括花鸟等各类博古器物等。如清咸丰三年(1853)常熟顾氏小石山房本和珍艺堂本《绣像三国志演义》,绣像四十叶八十幅,其中人物和赞语都是对此前出现的单人式绣像刊本中四十幅绣像的沿袭,只是在此基础上为其设置了独特器物予以搭配。又如清道光二十二年(1842)刊本《镜花缘》(图 1-30),卷首绣像一百零八幅,不但每人皆配有相关博古器物,而且又附有赞语,在博古图的选择和装饰上可谓下足了功夫。

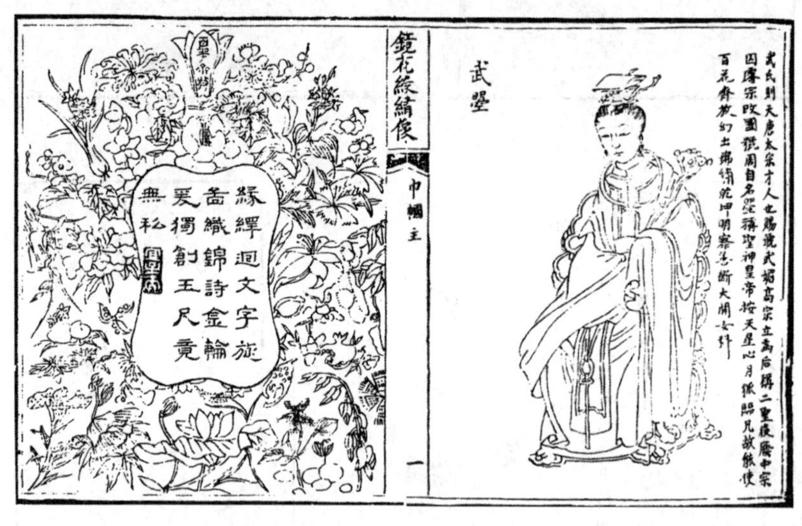

图 1-30

第三,多格多人式绣像:指一个版面被平均分割成若干个方格,每个方格内绘制人物形象,并配有图注、赞语、题署等。代表性刊本有清光绪三十年(1904)上海商务印书馆铅印本《绣像三国志演义》(见图 1-31),该本行款作十九行三十六字,绣像每页四格四人,共百四十四人,该类版式主要流行于清末以来的小字刊本中。

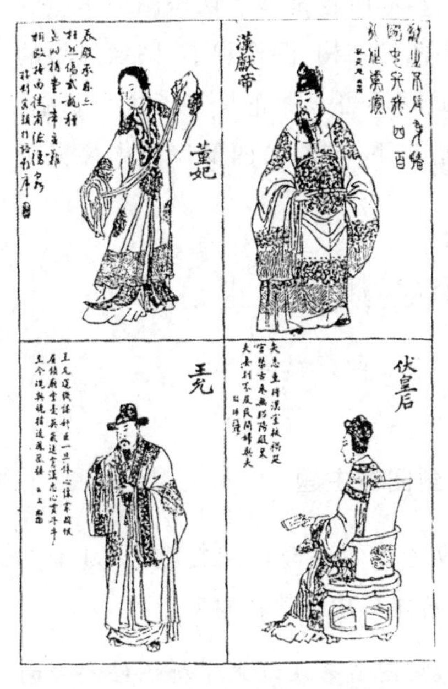

图 1-31

图 1-32

第四,多人联合式绣像:指每幅图像中不仅仅只有一人,而是由几人共同构成,人物多以白描为主,画面没有赞语,没有背景刻画,图像中人物多以中轴线为中心向左右两方延展排列。这一图式在清末石印、铅印本中尤其盛行,并一直延续到民国说部的诸多刊本中。如清宣统二年(1910)章福记书局石印本《绣像封神演义全传》(图 1-32)。与单人式绣像相比,多格式和多人联合式占据的版面都大为减少,这也就非常有效地节省了刊刻成本。同时通过人物的不同组合方式也向读者提供意义暗示,读者可以通过对人物之间的勾连把握人际关系,进而抓住不同群体人物的共性特征,或者深入情节链条掌握故事发展的叙事进程。

以上我们对中国古代小说戏曲插图的版式形态及其演变进程进行了详细梳理和勾勒。图像版式作为读者观看的最为直观的图像印象，既是我们了解插图的第一道窗口，同时也是深入认识图像本质的前提和基础。本书后续几个章节中图像结构、图像叙事、图像风格的探讨和阐释都与本节所梳理的图式密不可分。正是有了这个基础，我们才能继续向前扎实而稳健地迈出下一步，去图像世界中探索更加奇妙而富有魅力的命题。

第二节　图文对应与图像重建

——图像主题与文本主题的关系

一、问题的提出：从文本主题到图像主题

在论及古籍插图本中图像和文本的关系时，“图文配合”基本上已经成为学界公认的说法，这里不妨列举几位学者的观点：

郑振铎：插图是一种艺术，用图画来表现文字所已经表白的一部分的意思。①

钱存训：书中以木刻或其他方法制作的插图更是形象艺术的重要形式。插图的作用包括：对文字的补充或装饰；帮助理解和加强记忆；给全书增加美感。②

黄永年：在书上配刻图画的，通称为“插图本”，也可称“带图本”，再由此派生的以图画为主体的书则通称为“画谱”。到20世纪初年欧洲的“版画”艺术传进我国，人们又称这些插图、画谱

---

① 郑振铎《插图之话》，见《郑振铎艺术考古文集》，第3页。

② 钱存训《中国纸和印刷文化史》，第234页。

为中国的版画。[①]

李致忠：书籍的插图，是对文字内容的形象说明，它能给读者清晰的形象的概念，加深人们对文字的理解。[②]

以上列举的几位知名学者对插图的看法可以说代表了20世纪初以来插图研究中的主要观点。从插图发生的角度看，呈现在典籍中的插图是以文本为依托进行绘制的，于是，由于文本内容的限制，插图绘制内容一般不会超出文本内容的涵盖范畴，因此，在图文互动的关系中，图像诞生的文本局限性往往容易误导我们掉入这样一种陷阱，即根据文本内容进行绘制的小说戏曲插图，其图像内容应该就是对应文字内容，在此基础上，经过提炼和升华的图像主题应该就是文本主题。事实的确如此吗？回答和解决这一问题，我们需要从主题学的视角切入图文关系探寻答案，回答图像主题和文本主题关系的问题，实际上已经涉及图像学和主题学交叉领域中图像主题学中有关概念范畴、研究任务、意义价值等学科本质问题。

关于插图主题的认知，有两个领域的概念需要我们借鉴和辨析，一是比较文学学科中的主题学（thematology），二是文学作品中的主题（theme）。就前者而言，主题学发轫于19世纪中叶德国的民俗学，西方学者对主题学概念的确认经历了逐步细化的过程[③]，H. 肖（Harry Shaw）主编的《文学术语辞典》将"主题"界定为"一部文学作品中的中心观念或支配性观念（central and dominating idea）"[④]。20世纪以来，伴随比较文学在国内的传入和研究的渐次深入，以中国文

---

① 黄永年《古籍版本学》，江苏教育出版社，2005年版，第199页。

② 李致忠《中国古代书籍史话》，商务印书馆，1996年版，第99页。

③ 西方主题学发展线索可参看陈鹏翔《主题学研究回笼——序王立的〈中国古代文学十大主题〉和〈中国古典文学九大意象〉》，《文艺理论研究》1994年第4期。

④ Harry Shaw：*Dictionary of Literary Term*，NewYork，1972.

学为中心的主题学研究的框架和范式逐步得到确立[①]。陈惇和刘象愚的《比较文学概论》指出:“作为主题学研究的对象,并不是个别作品中的题材、情节、人物、母题和主题,而是不同作品中,同一题材、同一人物、同一母题的不同表现以及它们之间的联系。因此主题学经常研究同一题材、同一母题、同一传说人物在不同民族文学中流传的历史,研究不同作家对它们的不同处理,研究这种流变与不同处理的根源。”[②]乐黛云教授也指出:“主题学还研究不同时代、不同文化地区的人何以会提出同样的主题;同时也研究有关同一主题的艺术表现、创作心态、哲学思考、意象传统的不同并对其继承和发展进行历史的纵向研究等等。会通中西文学,开展有关主题的研究应该是一个很有潜力的领域。”[③]

就后者而言,从文学作品的角度来看,尤金·H·福尔克则认为,“主题可以指从诸如表现人物心态、感情、姿态的行为和言辞或寓意深刻的背景等作品成分的特别建构中出现的观点,作品中的这种成分,我称之为母题;而以抽象的途径从母题中产生的观点,我称之为主题”[④]。陶东风先生界定主题的概念是:“人生观念、价值观念在文学中的集中体现,它以审美的方式昭示了人对人生及世界之意义所持的态度。”[⑤]

从上述两个学科对主题概念的定义来看,我们可以发现二者的共性,即主题研究的核心是从抽象中抓取某种观念或情感,它是人类

---

① 中国主题学研究的发展线索,可参看王立《20世纪主题学研究的价值定位》(《广东社会科学》2011年第1期)、王春荣《20世纪文学主题学研究的三个历史阶段》(《社会科学辑刊》2006年第5期)。

② 陈惇、刘象愚《比较文学概论》,北京师范大学出版社,1988年版,第247页。

③ 乐黛云《我的比较文学之路》,《中外文化与文论》1998年第5期。

④ [瑞士]弗朗西斯·约斯特《比较文学导论》,廖鸿钧等译,湖南文艺出版社,1988年版,第235页。

⑤ 陶东风《文学史研究的主题学方法》,《文艺理论研究》1992年第1期。

心理和态度在文学作品中的深层反映。不同的是，文学作品中的主题研究以文学文本为依托，而比较文学学科中的主题研究则建立在跨越地域、时代、民族等领域的交叉背景下。两种学科理论和方法提示我们，图像主题学的研究也要聚焦于在直观视觉材料的基础上抽象出图像活动背后的观念和情感，其研究的背景则应当是图像、文字、其他艺术形式以及更加广阔的社会文化背景。

二、图像主题与文本主题的关系

1. 图像主题与文本主题的契合或错位

从动态的传播链条来看，小说戏曲插图的绘制是绘刻者在文本接受基础上的一种创作行为，而读者接受的插图则是绘刻者的创作成果，在"阅读"这一事件中，插图的创作者可以说是文本第一层次的接受者，而插图本的读者则是第二层次的接受者。当然，这并不是说读者对文本的叙述一定是先文字，后插图，而是说存在这样一种可能性，即插图加入刊本之后，至少在一定程度上改变了从文字直接到读者的阅读序列，读者很可能从只接受文字到从文字经由插图或者文字和插图同时阅读，甚至先插图后文字。

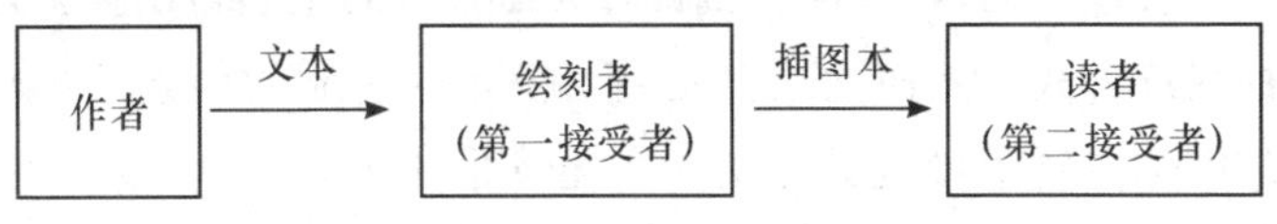

插图本传播序列示意图

插图掺入文本，使阅读行为变得更加复杂化。从时间顺序上来看，绘图者对文本内容的提炼在前，读者对插图内容的提炼实际上是在绘图者提炼过的文本主题基础上的二次提炼。问题就产生在这个过程中。J. A. 卡顿(J. A. Cuddon)在其所编的《文学术语辞典》中界定主题概念时指出："恰当地说，一部作品的主题不是它的论题(subject)，而是它的中心观念(central idea)，这个中心论题可以直接说出，也可以不直接说出。”[①]主题既是抽象的，又可能是隐喻性的，也就是说，主题的发现需要人为的探寻和升华，这个过程就存在发现主体的受制因素。所谓“一千个读者就有一千个哈姆雷特”，即便面对同一个阅读对象，也会因为个体间的审美感受、生长经历、教育背景等方面的差异而产生不同的主题解读。这一现象在中国文学作品主题阐释中屡见不鲜，最典型的如四大名著的解读，四部作品都出现过主题的多元解读。

具体到文本中，小说插图基本以回/则为创作单位，每一回/则文字有其相应的主题，这个主题可能通过文字叙述直接展示出来，如每回/则的回目，也可能并不直接表达，而是隐含在文字书写背后。以一折/出或几折/出为结构单位的戏曲同样如此。很明显，单位篇幅中的有限插图，图像内容的概括以及图像主题的提炼往往会受到限制。这时图文之间就会出现多种关系，一是图像内容准确无误地表现文字内容，图像主题的体现也没有任何障碍，水到渠成；二是图像内容与文本内容不同步，或者是绘刻者概括的图像内容与文字内容不符，或者是在包含多样内容、涵盖多重主题的作品中，绘刻者描绘的内容和提炼的主题只是其中之一，并不全面。经过了这一步，读者要对绘刻者展示的内容再次概括，对其抽象过的主题再次抽象，这种间接的提炼方式自然而然地会受到绘图者这一制约因素的影响，其提炼的图像主题很可能会与文本主题发生错位。当然，也并不排除绘图者主题提炼出现偏差而读者主题提炼重新回归文本的可能性，出现负负得正的效果。

可以说，在图文并存的典籍中，读者对插图主题的提炼一方面受制于文本主题，另一方面也受制于插图绘刻者。从理论上讲，从文本主题到插图主题，主题提炼的结果有两种，或者与文本主题相契合，

---

① J. A. Cuddon：*A Dictionary of Literary Terms*，NewYork：Penguin Books Ltd，1986，P695.

或者发生错位,但是这两个结果产生的途径及其影响因素却是十分复杂的。

2.频发性主题图像

陈惇等人主编的《比较文学》讲到:"主题学探索的是相同主题在不同时代以及不同的作家手中的处理,据以了解时代的特征和作家的'用意',而一般的主题研究探讨的是个别的主题的呈现。"[①]这里提出了主题学研究中值得我们关注的第二个点,即主题的研究对象。它既可以是一个作品的单独对象,也可能是辐射到不同作品的群体对象。主题学研究试图跨越时空的界限,探索具有共同主题的不同对象之间的关系。从个体和集体的扩展,往往涉及"不同作家""不同时代""不同文化地区",因此,它首先提示我们要关注"类"的概念。如果说认识到文本主题和图像主题之间存在契合或错位这一现象是图文关系认知的第一步,那么更进一步的,就是要深入这一现象中,发现更深层次、更本质性的问题,即在从零到整的过程中,思考图像主题选择和筛选这一行为背后内在和外在的驱动力。

说到分类,以章回小说为例,基本可以分为历史演义、英雄传奇、神魔小说、世情小说四类。戏曲则可分为神仙道化、忠臣烈士、孝义廉洁、悲欢离合、烟花粉黛、风花雪月等类别。从宏观上看,每一个类别因为故事内容的相似性,很可能拥有共同的主题,如历史演义与忠臣烈士的兴亡主题,英雄传奇和孝义廉洁中的忠义主题、神魔小说和神仙道化中的幻化主题、世情小说和烟花粉黛中的市井主题,而具体到每部作品中,暴力、复仇、报恩、家族、生死、思乡、怀古、隐逸等主题也是古代文学作品中十分常见的歌咏主题。文学作品中这些相似的题材、相同的主题提示我们,在中国古代历史长河中,有一些主题是以反复出现的形式被人们所记忆和咏叹的。与此相呼应,插图对文

① 陈惇、孙景尧、谢天振《比较文学》,高等教育出版社,1997年版,第115页。

本的再现很多时候也抓住了这些主题，以图像语汇的形式加以呈现。于是，图文对应关系中就会出现这样一种情况，针对不同情节、不同人物、不同场景所创作的图像，尽管画面不同，但却拥有相同的主题。如明代建本小说插图，以历史演义和英雄传奇为主要题材的两类小说，其打斗、战争、审讯等故事情节的“暴力”元素相当突出，无论是就每部作品还是整个建本图像系统而言，在暴力主题的呈现上皆有典型意义，本书第二章第三节就特别针对这一命题进行了详细解读。这类反复出现并拥有相同图像主题的插图，我们不妨称其为“频发性主题图像”。

罗杰·福勒(Roger Foweler)在其主编的《现代批评术语辞典》中解释主题的含义：“(主题的)传统含义是不断重复出现的题材因素，但在现代它同时涉及内容与形式，并强调这个词的形式方面。”① 内容和形式是文学作品不可或缺的两个方面，作为一个整体，任何作品的完型都需要合理的结构形式予以支撑。同样的，作为观念层面的主题，其表达也必然有其相适应的形式。这一点其实与英国文艺批评家克莱夫·贝尔(Clive Bell) 提出的“有意味的形式” 不谋而合。莱夫·贝尔认为：“在每件作品中，以某种特殊的方式组合起来的线条和色彩，特定的形式和形式关系，以及这些在审美上打动人的形式，它就是所有视觉艺术作品所具有的那种共性。”②面对由线条、色彩所组成的艺术作品，只有关注并探寻各个元素、各个部分之间组织结构的方式，才可能真正发现“美”并体验“美”。在小说戏曲插图中，面对由不同情节人物所表达的频发性主题，其图式表现是否存在常用的构图元素的固有配置，其图像组织结构是否存在固有的模式，图像语汇的运用和组织是否构成图式范式，这些都是研究图像主题应该思考的重要问题。

---

① Roger Fowler: *A Dictionary of Modem Criticism*, London, 1973.

② [英]克莱夫·贝尔《艺术》，薛华译，江苏教育出版社，2004年版，第4页。

3.图像主题传统

在文学主题研究领域，陶东风先生曾经总结中国文学中的一些重大主题：如死亡、情爱、隐逸、思乡、怀古[①]；王立先生也曾经总结中国古代文学的十大主题：惜时、相思、出处、怀古、悲秋、春恨、游仙、思乡、黍离、生死。[②] 在西方，门罗·C.比尔兹利也指出西方文学领域几大主题：战争的无益、欢乐的无常、英雄主义、丧失人性的野蛮；蒋承勇等人概括二十世纪西方文学的六大主题：存在意义、自我身份、战争与人性、成长困惑、情爱世界、反乌托邦。[③] 可以看到，处在不同时间、不同地区的中西方学者对探寻各自文学中常见的重大主题都投入了极大的热忱。那我们不仅要发问：为什么要花费如此多的时间和精力致力于此呢？主题作为凝聚着一部作品最深沉、最精华的价值观念和情感意蕴，具有超过个别作品的范畴而升华为整个文学传统的涵盖性和共通性。正因如此，当我们提到某些反复出现的主题时，我们关注的已经不仅仅是文学作品本身，而是跨过文学的边界，进入到整个民族文化的历史长河中，发现和反思各自民族文化中的民族意识以及核心价值理念，而文学主题恰恰是人类情感和普遍经验在文学领域中的抽象和升华。

从这个角度看，主题不仅仅是图文关系研究的一个切入视角，同时作为一种研究方法，它对梳理插图历史以及阐释图像在哲学、思想、文化层面中的意义具有重要作用，而这正是我们建构插图史以及图像理论所不可或缺的重要命题。当某一频发性图像主题和传统文学主题相一致时，由于文字和绘画的不同属性，其实也就构成了某种观念意识在跨媒介、跨时代的接榫和延续，说明了民族集体意识中核心观念在历史中的流动，在插图历史的脉络中，这一主题也便成了富

---

① 陶东风《文学史研究的主题学方法》，《文艺理论研究》1992 年第 1 期。

② 王立《中国古代文学十大主题》，文史哲出版社，1994 年版。

③ 蒋承勇、武跃速等《20 世纪西方文学主题研究》，中国社会科学出版社，2013 年版，第 3 页。

有传统内涵的图像主题。这时,该主题已经不仅仅是文学的,或者是图像学的,而是相互渗透和互相见证着的。扩而言之,它在音乐、雕塑、建筑等文艺样式中也同样具有普适性。

前文提到,图像内容也存在与作品文字内容错位的可能性,这种错位很可能并非某个插图的个别现象,而是以相同的形式重复出现,这也就构成了频发性主题的集体错位。群体共生的现象往往很难让人忽视,易于促进深入思考和分析。在形式上,这种错位不论是插图对文本内容及其主题提炼得不完整,抑或是偏差或不契合,这些针对不同内容、不同主题文本的插图却共同指向一个相同的图像主题,它首先说明了图像和文字两种不同文艺形式在主题提炼思维模式上存在差异,图像主题的筛选和表达具有共通性。在体现民族文化的传统中,一方面,与文本相契合的图像主题证明了相同的思想价值观念具有不同的文艺表现形态,另一方面,与文本不相契合的图像主题则恰恰呈现出图像抽象行为的独有特质,是有别于文学主题、具有绘事特色的语汇形式的特别运用。两者相比较,后者也成为构成插图史中的具有图像标示意义的图像主题,下文中提到的窥听、暴力、观看等图像就具有这样的标示意义,值得我们深入探究。这里我们以乐舞图像为例加以说明。

乐舞这一融合演奏、歌舞等表演形式于一体的艺术形式自原始先民时期就已产生,春秋时期的铜壶、汉代画像石、敦煌壁画都保留了丰富多彩的乐舞图像。图 1-33 是敦煌壁画经变图中的乐舞场景,双人居中共舞,衣袂飘飘,婀娜多姿,美丽绝伦,四周乐器演奏者座次井然有序,舞者与演奏者动静结合,促使画面富有节奏和韵律,灵动而肃穆。

明万历间顾曲斋刊本《唐明皇秋夜梧桐雨》第二折图(图 1-34)描绘的是唐明皇观《霓裳羽衣舞》,清康熙间刊本《蟾宫操传奇》第十六出《赐元》图(图 1-35)描绘的是忽必烈观乐舞,二者皆属宫廷乐舞。

图 1-33　《乐舞图》敦煌莫高窟第 220 窟

明崇祯间云林聚锦堂刊本《西湖二集》第十六回《月下老错配本属前缘》图(图 1-36)描绘的是魏夫人设宴观舞,属家宴乐舞。从舞者来看,插图中的舞者与敦煌壁画经变图中的舞伎在身形、动作、服饰等几方面均有异曲同工之处,都展示了舞者长袖善舞、妖娆妩媚的身姿;从场景构图来看,舞伎居中、乐伎分列两边的布局也和经变画相一致,说明了历时时空中乐舞活动持之以恒的展演方式。当然,小说戏曲插图和敦煌壁画中的身份属性、表演场合、表演目的都存在很大差异,小说戏曲的通俗性也促使图像中的人物卸去了宗教人物身上的崇高感,而变得更加亲切,但是我们依旧可以在这些差异中发现诸多相似之处。

具体到文本来看,朱淑真是我国历史上有名的才女,诗词书画兼善,传世作品有《断肠诗集》《断肠词集》等,可惜红颜薄命,这样一位才气出众的女子却爱情不幸,抑郁早逝。史载其出身、婚姻多有争议,所存诗稿也被其父母焚毁。这样一位才情绝佳、命运多舛的女子在短篇小说中被敷衍成一段姻缘命定的故事《月下老错配本属前缘》,

图 1-34

图 1-35

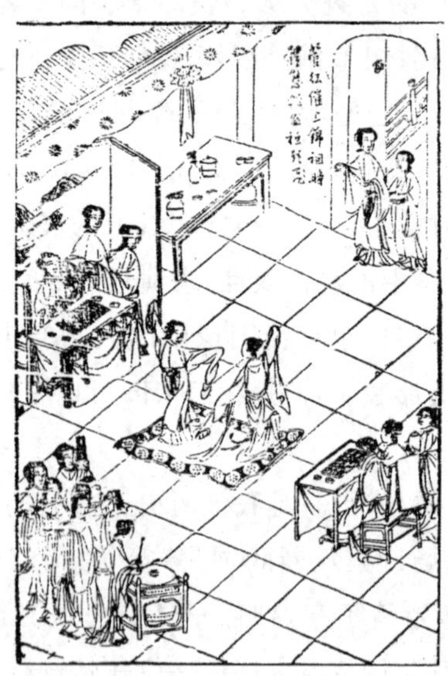

图 1-36

即便如朱淑真这般才貌双美之人，姻缘簿里注定嫁给丑陋无才之人，也只能接受事实，无计可施。而图画乐舞场景仅仅是这回末的小插曲，讲朱淑真之才情终于被魏夫人所识，引为知己。至于文字叙述，也只有二人初识之际"置办酒肴以邀淑真，命丫鬟队舞，因要淑真面试"寥寥数字而已。很明显，从图文再现的角度来看，图像再现的自我筛选和决策促使图像主题与文本主题出现了断层现象，它造成了图文对应关系上的错位。不过，如果我们将图像再现放置于广义上的"图"的范畴中，就会发现这种错位以背离文本的代价接续上了自古以来绵延不绝的"乐舞"主题，并使得"乐舞"成为图像领域中历久弥新的一个主题表现，构成了一种富有传统意味的图像主题。

第三节　图史对应与图像实录

——典故主题图像

在上文探讨的图文关系中，我们认识到图像再现和文本情节内容之间存在相辅相成或错位背离的现象，小说戏曲的创作虽然以虚构为本质，但是脱离不了其所依托的历史环境，因此，即便是虚构的故事内容很多时候也有本事可考或现实依据。从这个层面来看，以文本为依托的插图绘刻也与社会历史环境有着千丝万缕的联系，会受到时代背景、社会环境、文化思想等多种因素的影响。这些直接或间接的影响因子进入古代典籍这一媒介形式后是沉淀下来还是出现变异，插图在哪些方面、多大程度上进行了吸收借鉴，其化用的结果在主题表现的方式和风格上具有怎样的功效。关注这一点，也就意味着我们必须把图像背后承载的社会层面、历史层面和插图个体层面联系起来，图像主题的研究也就具有了动态考察的立体形态以及史的意义和价值。

典故主题图像为我们进行这样一种图史关系的探究提供了一个

恰到好处的视角和案例。中国古代的典故大多以固定的一个或几个人物构成一段简单明了的故事，这些故事在岁月的流淌中逐渐沉淀下来，成为民族文化中的一种“约定俗成”。这些典故在融入本文叙事的肌理中时，一方面可以增强文本内涵的多层次性，另一方面也因其自身具有独立情节内容的特质，促使文本的叙事形态出现了“故事（文本）中的故事（典故）”的书写模式。从典故内容来看，某些典故生僻难懂，被斥为“晦涩”，特别是在诗歌创作中，曾经出现过度“罗列”“堆砌”典故的弊病。但小说戏曲插图与此不同，插图虽然以文本为依据进行创作，但是典故作为一种“约定俗成”，早已在民间耳熟能详，可以说即便没有对应文本的存在，绘图者依然可以描绘出相应的图像。从这个意义上看，与其说小说戏曲插图在依据文本叙事顺序在相应的位置冠以图像，不如说是以一帧又一帧图绘的形式将历史上这些经典故实从文本中抽离出来重新进行塑造和再现。基于此，我们认为由中国古代历史文化这块悠久而肥沃的土壤所特别滋生而培育出来的典故主题图像主要反映了中国古代小说戏曲插图的古典型特质。

历史题材的小说可以说在裹挟典故上具有独特的优势，春秋战国时期是产生典故的繁盛时期，明万历间龚绍山刊本《新镌陈眉公先生批评春秋列国志传》就以这一时间段为故事背景。此书为明余邵鱼编，假托陈继儒批评，凡十二卷二百二十三则，插图六十幅，每卷十幅。从图文编纂形式来看，回目与图像并非一一对应，但是有意思的是在典故故事出现时往往配以插图，这一现象却相当明显，于是，我们耳熟能详的秋胡戏妻、孔子周游列国、范蠡西施泛舟五湖、苏秦游说六国、完璧归赵、荆轲刺秦（图 1-37 至 1-42）等典故主题插图皆应运而生，这些图像的罗列不得不说是小说插图对典故的特别倾心和钟爱。

图 1-37

图 1-38

图 1-39

图 1-40

图 1-41

图 1-42

典故之所以能够在漫长的历史叙事中脱颖而出，是因为每一个典故均以集成的形式用最精简的人物和故事蕴含了一种哲理，即每个典故都有其自身的主题。当然，伴随社会思潮和文学书写的发展和变迁，这个主题的内涵或外延可能会发生变化，但是其中一定会保存着最核心的主旨。葛兆光先生在谈到典故时曾经讲到："最好是典故中包含了古往今来人类共同关心与忧虑的'原型'，比如生命、爱情、人与自然、人与自我等，因为它们才最具有'震撼我们内心最深处'的力量。"①插图中的典故主题图像，其实就是对包含着人类情感和思想在内的某一故事所承载的主题的追溯。图像在复制、还原、再现的过程中，来一次次确认它不会从民族记忆里消失，这也是不同作品在遇到相同典故时都不约而同地将其筛选出来进行绘制的根本原

① 葛兆光《论典故——中国古典诗歌中一种特殊意象的分析》，《文学评论》1989 年第 5 期。

因,尽管其图式、内容不尽一致。如明万历间龚绍山刊《陈眉公批评列国志传》(图 1-42)和明金阊五雅堂刊《片壁列国志》的荆轲刺秦图(图 1-43),二图绘画一取静态,一取动态,形式虽有不同,但在表现荆轲刺秦的舍生忘死、侠义之心上却是共通的。明双峰堂三台馆刊《列国前编十二朝传》和明崇祯间麟瑞堂刊《开辟衍绎通俗志传》的后羿射日图(图 1-44、1-45),一为上图下文式中的单人式,一为单页大图中的全景式,构图视角虽不同,但在追溯上古时代先民生存状态的心理上亦是相通的。在这些具有共同主题所指的插图中,图像修辞的差异即"怎样画"退居其次,而其主题的同一性即"画了什么"则更能说明问题。

图 1-43

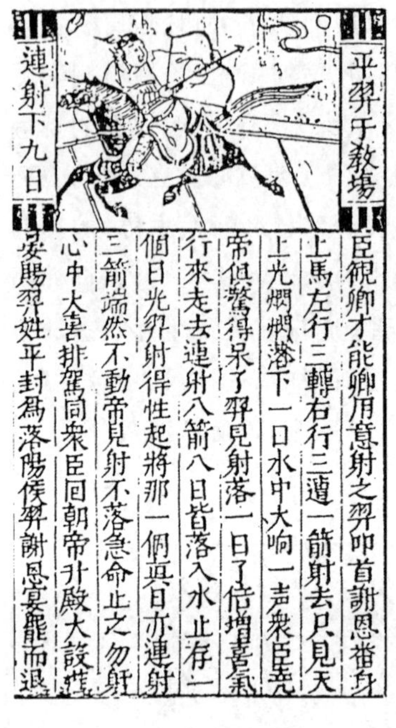

平羿于教場

連射下九日

臣視卿才能卿用意射之羿叩首謝恩番身上馬左行三轉右行三遭一箭射去只見天上光燜燜落下一日水中大响一声衆臣喝帝但驚得呆了羿見射落一日了倍增喜氣行來走去連射八箭八日皆落入水止存一個日光羿射得性起將那一個真日亦連射三箭端然不動帝見射不落急命止之勿射心中大喜排駕同衆臣回朝帝升殿大設進宴賜羿姓平封爲落陽侯羿謝恩宴罷而退

图 1-44

图 1-45

典故作为民族智慧的结晶，其涉及领域自然不会仅仅局限在小说戏曲插图单一的艺术样式内。英国学者柯律格(Craig Clunas)借用“图像环路”(iconic circuits)这一概念来研究具象艺术体系中某一类特定图像在涉及图绘的不同媒介之间的流通[1]。柯律格的视角主要集中在明代这一时段内，探寻同一时代不同媒介领域里分享相同主题的图像是怎样进行图像交换、移动和传播的。图像环路的研究方式既指向图像内部的语汇、风格等修辞手法，同时也指向图像外部的社会关系。“图像环路”的研究更加倾向于做共时性分析和处理，从而发现和解释同主题图像在若干视觉领域内的流动。这一研究视角是十分有借鉴意义的。但是正如上文所述，在图像传统的意义层

① [英]柯律格《明代的图像与视觉性》，北京大学出版社，2011 年版，第 50 页。

面上，跨媒介共时性的探讨还不够全面，还要加入历时性图像经验的梳理，这样我们对小说戏曲插图传统的填充和书写才会更加丰富和饱满。

从“图像环路”这一维度出发，可以发现来自各个文学艺术领域的工艺者以不同的图像修辞手段共同分享并不断重塑着较早历史阶段中就已产生的典故。在中国历史上，苏武以民族气节著称于世，在流放匈奴十九年回归中原后，获封麒麟阁功臣。这样一位“义重与天期”的名臣获得了包括班固、李白、文天祥等众多史学家、文学家、爱国将领等人的交口称赞。民间更是以小说戏曲等多样文艺形式对其生平经历广为传唱，并建立祠庙以示敬意。在视觉文化领域，图像修辞也塑造了许多苏武牧羊的作品。在印刷文本中，小说、类书、画谱等题材领域都出现了这一主题图像。如明万历十六年(1588)余氏克勤斋刊《京本通俗演义按鉴全汉志传》图《汉苏武持节牧羊》(图1-46)，上图下文式构图配合故事情节以展示牧羊场景为主。明万历二十八年(1600)余氏萃庆堂刊《大备对宗》图《苏武牧羊》(图1-47)，插图以紧密排列的点为构图主要特色，配合两侧帆幢题句“十九年来凛凛雪毡持汉节，八千里外迢迢云雁寄孤忠”，强化了塞外艰苦生存环境中一介忠臣的孤独和寂寞。清康熙间刊《无双谱》由金古良绘、朱圭刻，是清初浙派力作，人物形象，构图摒除人物以外其他一切背景，以流畅简练的白描线条凸显了已见老态下的苏武，目光愁苦但却坚定从容(图1-48)。除此以外，还有很多艺术样式也曾经集中于苏武牧羊这一主题，如清代画家任颐在光绪年间绘《苏武牧羊图》(1-49)，人物塑造吸取明代画家陈洪绶的折线画法，洗练富有力度，辅以墨色浓淡渲染，展现了恶劣环境中依然坚定刚毅的精神。清代《苏武牧羊》玉雕山子摆件(图1-50)，玉质细腻温润，人物造型清癯干练，与玉器形制、颜色浑然一体，其上有乾隆帝御笔题诗《御咏古玉苏武牧羊》:“北海牧羝返，他山攻玉任。尔时写状貌，此日识忠心。朔漠景如故，冰霜分岂侵。还应笑范蠡，可不惭良金。”

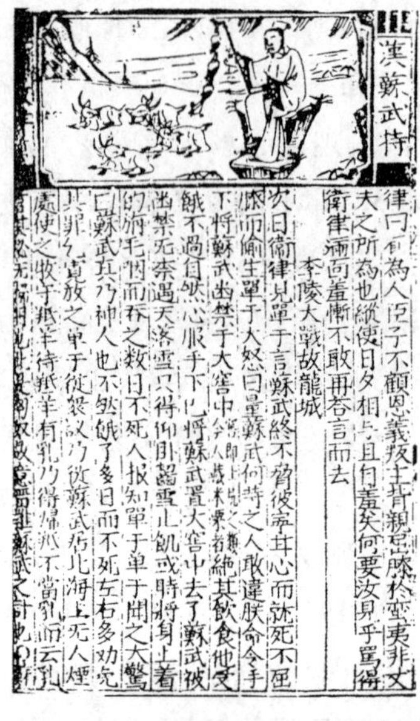

图 1-46

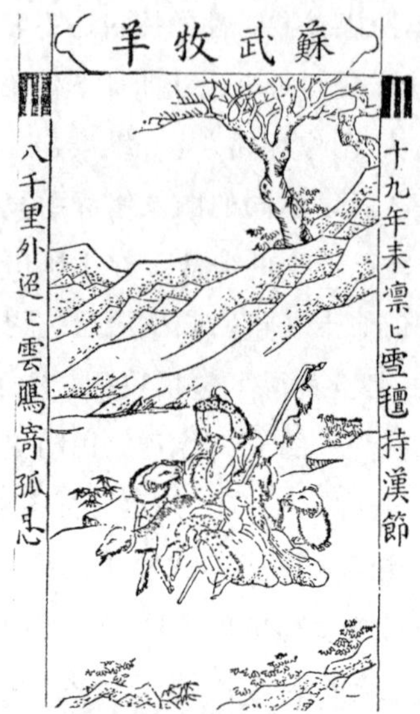

图 1-47

图 1-48

图 1-49 [清]任颐《苏武牧羊图》
纸本设色 149.5cm×81cm 故宫博物院藏

图 1-50 苏武牧羊玉雕山子 武汉博物馆藏

这组具象艺术尽管从艺术品质上看有高低之别，但是其主题的同质性却为我们审视一种文化的流传提供了参照。在跨越媒介的视觉表现范畴中，既有民间知名刻工，不具名的绘刻者，也有传统绘画的著名画家。除了以上所举之例，在刺绣、粉彩、核雕、陶器等其他传统工艺美术制品中也都可以看到这一主题作品。可以说，同一典故在不同艺术视域内的流动造成了该典故在相应领域内的始终在场。出现在不同时间、不同地域中的几组视觉载体都在以视觉手段讲述着同一个故事，它在充分说明不同视觉媒介间具有流动性和共通性的同时，表明拥有和制作这些视觉艺术品的主体，即文化艺术领域话语权的掌控者在有意识地向精英群体和普罗大众分享和传达着以典章故实为核心的传统文化信息，无论其表征的是阳春白雪，抑或是下里巴人。在这个意义上，典故主题图像是公开的、普遍的、非私密性的，以展示、陈列等方式实现其在公共空间的流通和普及。小说戏曲插图与其他视觉图像共同作为支撑典故传播的重要载体而存在，是促使其一遍遍焕发生机的持久动力之一。

当我们认识到某一主题图像可以在不同视觉领域中相互参照、借鉴和流动时，重新聚焦于小说戏曲插图中的典故主题图像时，就会意识到这一内在于文本的典故（“故事中的故事”）承担的不仅仅有情节链条上承上启下的叙事功用，同时也隐喻着其文本之外与之共享同一主题的一大批作品。换言之，典故主题图像其故事内容及其图像自身媒介形式分别指向作品之外一众相关的文学史料和图像史料，而每种史料都有其生成的社会文化动因。因此，通过图像修辞来讲述一个故事的形式，也就串联起了一组有关文学史、图像史和社会史的历史关系。从这个意义上说，以典故作为主题的插图是具有“实录性”意义的图像。

第二章　明清叙事文学插图的图像结构诠释

第一节　点线的力量与精神

回顾中国古代印刷史的发展历程，古籍印刷技术出现了几次大的进步和转变，从传统的木刻发展到清末的石印、铅印、铜印。就小说戏曲插图而言，无论采用哪种雕印方式，都一成不变地采用点线构图的程式，可以说中国古代插图的历史实际上就是一部点线的发展历史。要厘清插图的发展脉络及其内在艺术特质，就必须对构成图像的基本要素“点”“线”有一个深入的体认。由于插图的诞生需要绘画、写板、雕刻、印刷等一系列复杂工序，因此我们对线的研究也就涉及到了插图创作实践中几个不同层次的功用。在插图的呈现上，绘图者和刻工均具有重要作用，当然对于那些同时充当绘图者和刻工的匠人而言，他们同时兼具了绘画艺术和雕刻艺术的才艺技巧。绘图者富有想象力的创作决定了插图中所采用线条的主要类型和集合程式，笔法的精妙运用不但可以绘制出栩栩如生的形象，而且可以传达出笔法背后的生动气韵。而这些富有形式意味的线条能否最终在插图中呈现出来，就要倚靠刻工的雕刻。技艺卓越的刻工对绘画和插图所依附的两种不同媒材有深厚的理解力和掌控力，能够在雕印之前对整幅画面做全局性分析，最终将绘图者的作品传神地呈现出来。因此,插图中点线艺术的诞生是绘图者和刻工密切合作的产物,本文言及的点线实际上指的是呈现在图像中完型状态的线,是融合了绘图者笔法和刻工刀法以后的点线艺术。

一、线形·造型·功用

就中国古代插图的发展来看,从现存第一部小说插图本《古列女传》开始,降及明清时代小说戏曲发展的集大成时期,几百年的时间中,刊本插图由精简到复杂、由朴素到典雅有了长足的进步。狭义上看,这种进步建立在插图制作工序中每个环节技艺的提升上;广义上来看,可以发现插图的创作并没有脱离传统艺术的包裹,那个源远流长的图像传统依然为其提供了源源不断的艺术灵感与经验。这个图像传统的包容度是十分广泛的,包括发端于原始时代的岩壁画(图2-1),青铜器(图2-2)、陶器(图2-3)、瓷器、玉器等工艺品,以及传统绘画技法中的曹衣出水、吴带当风(2-4)等各类线描,这些多姿多彩的线形图式为小说戏曲插图线形构图奠定了相当扎实的艺术基础。皮道坚曾经讲到战国时期的帛画线形图式与两汉人物画发展之间的关系:“战国帛画向我们透露的一个十分重要的信息是,中国传统绘画以线条为主要造型手段的艺术特征此时已明确形成,线条的运用也达到相当高的水平……更重要的是这些圆转流畅、飘逸潇洒的墨线本身已具极浓的形式意味,它们与创作者所要传达的意图完全吻合,因为获得了丰富的表现力。战国绘画的这一新进展,为两汉及魏晋时期的人物画发展创造了条件。”[①]明代汪珂玉在《珊瑚网论画》中归纳了中国画线描的勾勒方法“十八描”。这些论述不仅说明了不同艺术形式之间的紧密关系,而且说明了明清小说戏曲插图的笔线图案是建立在一个相当成熟的点线体系机制之上的。

① 皮道坚《楚艺术史》,湖北教育出版社,1995年版,第273页。

图 2-1　双人面图
新石器时代阴山岩画

图 2-2　“人兽母题”青铜钺
河南安阳殷墟妇好墓出土

图 2-3　鱼纹彩陶盆
陕西半坡出土
国家博物馆藏

图 2-4　[唐]吴道子《天王送子图》(局部)
[日本]大阪市立美术馆藏

小说戏曲插图中,线的集合首先体现为造型的功用。在造型艺术的传统中,世界各地原始艺术和土著艺术的岩壁画中就已经体现出以线造型的基本功能,这些岩壁画往往是对人类耕作狩猎等日常生活中各种形象或情境的抽象再现,线条的集合呈现出简练和形象的特性。特别值得肯定的是,这些线形虽然精简却并不乏味,涵括了人类认识和掌握自然秩序的丰富想象力,如图 2-5,简练流畅的线条勾勒出狩猎人及其使用的狩猎工具、各种飞禽走兽的形象。

图 2-5　狩猎图 春秋至汉新疆岩画

美国学者简·布洛克(Blocker Gene)在论述原始艺术的创造方式时讲到:"写实性并不是从蹒跚起步开始的漫长、痛苦的道路的最后一站,这种风格事实上可以发生在任何艺术类型的历史中的任何一个阶段上,人们对它的需要这一问题比技巧发展程度更为重要。同样具有指导意义的是它告诉人们,原始艺术家缺乏技巧这种假设是站不住脚的。通过对艺术传统和常规的把握,艺术可以产生于人类发展过程中的任何阶段上"①。从原始艺术与其所凭借的创作来源来看,这是一个从实到虚的艺术过程。

① [美]简·布洛克《原始艺术哲学》,沈波、张安平译,上海人民出版社,1991 年版,第 225 页。

在线形艺术富含想象力这一特征上，小说戏曲插图与原始艺术有异曲同工之妙。小说戏曲插图由于集文学性与艺术性于一体，其形象造型不仅关系到艺术审美的高低水平，而且关系到文本再现的真实程度，由于故事内容原本就是虚构出来的，因此说插图的再现实际上是将虚构内容实体化的过程。其线形定型的想象过程是一个从虚到实的过程，这与原始艺术展开想象的过程恰好是一个相逆的过程。在这些实体化的形象中，山川树木等自然景物和房屋船舶等人文景物有现实原型和艺术传统加以借鉴，而人物形象特别是富有主题意味的人物形象的塑造，则需要最大限度地发挥创作者的想象力。点线的运用和集成要将读者想象中的人物形象化，使其成为读者以现实逻辑作为判断依据可以接受的人物。另一方面，文学作品来源于生活却又高于生活，因此人物写实性的勾勒又不能失去唤起读者联想的文学功能，也就是说，成功的线条造型要同时兼具文学和艺术两方面的表现力。

与原始岩壁画的平面构图不同，古代青铜器、陶器、瓷器、玉器等工艺制品，从立体造型的角度体现了古代线条艺术所富含的丰富美感意味，其器具上的静态图案以及立体的外形流线提示我们，在造型艺术中要同时关注微观细节和宏观整体两个方面。对小说戏曲插图这个只有二维平面的构图而言，微观细节体现为点线类型的选择以及运用的精准细腻上，宏观整体则体现为点线集合的结构性上。这两个方面又往往是互为牵制的，最为经典的图例要数陈洪绶的《水浒叶子》。

陈洪绶(1599—1652)，字章侯，幼名莲子，一名胥岸，号老莲，晚号老迟、悔迟，浙江绍兴人，是明末清初著名书画家、诗人。清彭蕴璨在《历代画史汇传》中评价他："善山水，人物躯干伟岸，衣纹清圆细劲，兼龙眠、吴兴之妙，设色学道子，力量气局在仇、唐之上，作画兴到，急就名盛，当世时谓三百年来无此笔墨。”[①]这一画风也反映在其创作的水浒人物当中。在线条的分类中，直线可以说是派生其他各类线形的母线，以单一的直线排列应该说是最富有秩序感的，然而我们在陈洪绶的水浒人物中却没有看到这种令人舒畅的秩序，直线原本的惯性被一一折断，本应一泻千里的质量感也被切割，分散聚集在每每转折的短线上，于是线条与线条之间就形成了相互牵引拉扯的张力。原本是要通过直线惯性和力量的叠加体现英雄人物的高大威武，然而线条之间的顿挫张力又在顷刻间消解了人物的整体结构，使其英雄之气的表现变得相当抑郁深沉（图 2-6）。不过，老莲图令人骇目之处除了折线运用外，其曲线的运用同样令观者为之拍案。如鲁智深造型（图 2-7），所披袈裟以水波纹流线呈现，铺陈流畅的线条增加了人物造型的宏大壮阔之感，增加了人物张弛力度。老莲笔下的直线和曲线让我们感受到了线的属性和线的结构两方面的艺术魅力。

图 2-6

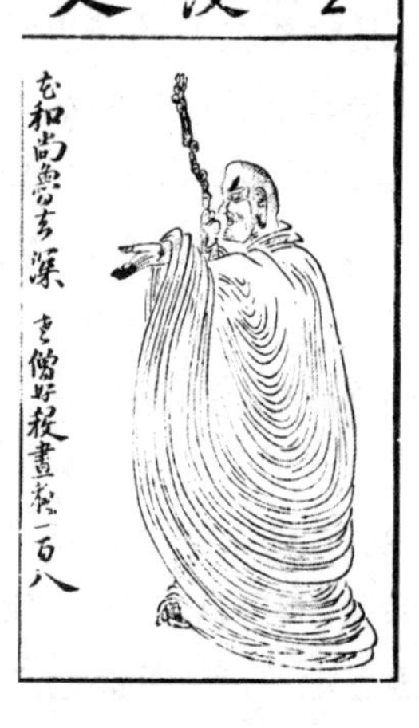

图 2-7

① ［清］彭蕴璨《历代画史汇传》卷十四，清道光间刻本。

当明清小说戏曲插图的发展越过朴素古拙，进入到繁复典雅阶段时，也就意味着线的运用达到了流畅自如的程度。而在刀笔的从容运用中，并非没有一定的规矩限制，相反正是规范法式的产生和成熟，才催生出插图本中线条集成的华丽乐章。其实线条的法式经验早在上古时期就已成型，中外艺评家对此都有相类似的体认。如张正明分析楚国丝绸上的纹饰："最受楚人偏爱的几何形纹是菱形纹……这些菱形纹变化多端，或有曲折，或有断续，或相套，或相错，或呈杯形，或与三角形纹、六角形纹、S形纹、Z形纹、十字纹、工字纹、八字纹、圆圈形纹、塔形纹、弓形纹以及其他不可名状的几何形纹相配，虽奇诡如迷宫，而由菱形统摄，似乎楚人有意要把折线之美表现到无以复加的程度。"[①]法国学者雷奈·格鲁塞(Rene Grousset)也曾对纹饰图案分析："从此类题材的高度主题线条中，我们可以推想在某些木雕者的凿刀下发挥几何形和长方形的一切特质，形成中国特有的装饰美术法则时的过程，这与他国艺术所产生的法则大相径庭，并在周朝带来了极高的成就。"[②]应该说，中国的线在很早的时候已经具有十分丰富的变化形式，这些多变的几何图案再经过不断叠加、重复、组合，不但形成了线形图式的运用法则，而且使图像呈现出多变的风格，同时也因为载体的不同属性带来独有的装饰美感。明清时期线条的发展在历经曹衣出水、吴带当风、白描、减笔等一系列绘画线条的变迁后，已经不仅仅局限于几何图案的变化，线图式的演进集合着传统的绘画技巧、审美趣味、文化观念，逐渐形成了富有东方意味的独特艺术。

线图式中除了线形的极大丰富外，节奏的有效强化也变得越来越为重要。罗文广、卢平等人在亲自复刻《御制耕织图》版画时，就特别强调运刀走线时节奏把握的重要性："在刻制这张画时，我们首先

---

① 张正明《楚文化史》，上海人民出版社，1987年版，第173—174页。

② [法]雷奈·格鲁塞《东方的文明》，中华书局，1999年版，第432页。

仔细分析了画中线条的各种处理变化,分析了其中不同的刻制技巧。譬如树干、石阶等,它们劲挺顿挫又粗糙中蕴涵丰富的肌质变化,在刻制时走刀时我们既要顺其起伏走势之变化,作到工谨严整,同时也注意行刀的畅快和多变。”[①]可以说节奏不仅是画作诞生动态过程中的重要问题,而且关系到画作静态欣赏时整体风格的流向。威廉·霍格思就曾评说:“形式的复杂……其实就是组成该形式的线条的复杂。这种复杂的特点导致眼睛在追逐图案时可以任意扫视。由于这种形式能够赋予心灵以快感,我们便称之为美的形式。”[②]线图式的构成形式可以唤起观者心理的不同感受,这就如同音乐中节奏的疾缓可以引起听众或兴奋或悲伤的情绪一样,节奏的掌控成为沟通线条与情绪之间的一把重要钥匙。当然,线图式节奏的变化并非仅仅倚靠线条疏密程度的变化来实现,中国古代小说戏曲插图线图式的成熟是建立在多元图式经验集成上的发展,因此在节奏的控制上也体现出多法式共用的协作效果。

我们以清康熙间金陵王衙刊《西湖佳话》图(图 2-8)和明刊本《京本云合奇踪》图《灵诞三俞》(图 2-9)为例,同样是对山水的描绘,图 2-8 中呈现出悠闲自得的从容感,而图 2-9 却展示出一种危险动荡的不安感。是什么原因造成了两种不同阅读体验的出现?这首先源于图像对不同类型线条的选择。在视觉感知上,直线较曲线具有更多的平衡感和匀质感,图 2-8 中,山石树木的刻画上大规模的直线运用以及湖水那趋于水平一字形的流向,都极大地加强了整幅图像的安逸舒适感;相反,图 2-9 中不论是江水、松柏、巨石,几乎都以曲线为主,而且以倾斜角度极大的曲线出现,这无疑造成了视觉的不平衡感。再有,两图在整体构图布局上也有明显差异,图 2-8 中,山围水绕的

---

① 罗广文、卢平《关于〈御制耕织图〉的复制和研究》,《船山学刊》2007 年第 1 期。

② [英]E. H. 贡布里希《秩序感——装饰艺术的心理研究》,湖南科学技术出版社,1999 年版,第 110 页。

环形布局基本保持了线条分布上的质量对比，图 2-9 中自上至下“C”形山路狭窄逼仄，下方连接水面波浪翻涌，自然山水的险峻严酷在对比中立刻得到了彰显。

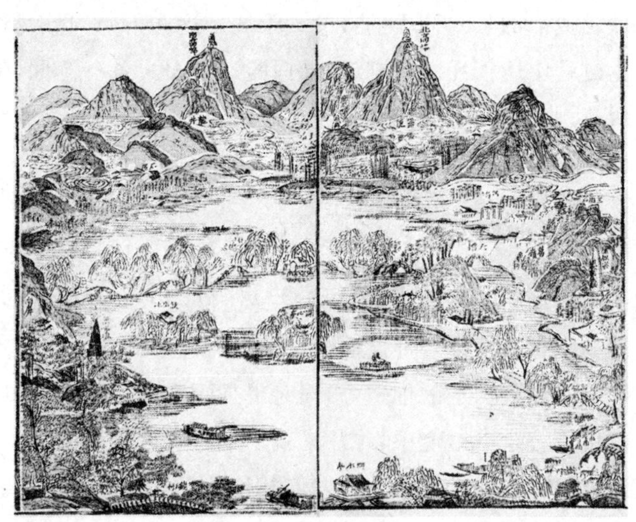

图 2-8

图 2-9

明清小说戏曲插图中的线形发展建立在一个相当厚实的基座之上，作为线艺术中第一层次的功用——造型，在这个传统中汲取了丰富的经验。从这个意义上来看，我们可以将小说戏曲插图视为对上古以来就已成形的点线艺术的接续和延展。这些不同领域的造型艺术在诞生过程中所依凭的基础、所导向的造型图式各有不同，但是正是以点线造型的相同本质以及多姿多彩的线形变体构成了点线艺术不断发展的动力。

二、线性·时空·理念

如果说线形是从最为直接的视觉感性角度进行成像造型，那么线性体现的则是从精神理性层面对线条进行运筹调动。这个过程不仅显示了画家形式构建的创造力，同时也是画家内心图像的具象化。在中国古代传统绘事语境中，线从来就不是单纯为造型的基本单位，它在定型过程中也同时携带并蕴含着某种意义——无论这种意义是否能够清晰地得到解读，这种富有特定含义的线就是写性的线。这一点在中国古代山水画中得到了最为经典的体现。自宋代起，山水画就已越过对自然的模仿，成为附着着“画家内心世界与个人体性的相关性”[①]意义的作品，画面所特有的审美特征与文人的理性情思获得了最为完美的结合。而明清小说插图体系的逐渐成熟使得插图中的山水图式“愈来愈有突破刻板样式而更接近绘画的倾向”[②]，于是山水画传神写意的内在理性也便顺其自然地转移到图像再现当中。当然，两种图像形式在精神理性意味传递的方式上虽然相似，但在具体内涵上还有很大差别，无论是在参与图像绘制的主要角色上，还是在图像精神理性的含义上。

---

① [美]高居瀚《气势撼人：十七世纪中国绘画中的自然与风格》，生活·读书·新知三联书店，2009 年版，第 84 页。

② [美]高居瀚《气势撼人：十七世纪中国绘画中的自然与风格》，第 37 页。

写性的线首先蕴含着人类对于自然秩序和宇宙人生规律的认识，这是透过线形集合的表象而展示出的人类理性的理解和思考。正如《广雅》所云，“画，类也”，艺术家通过抽象、定型、修改等一系列工作，使其创作出的富有形式感的线成为蕴含某种人类共通性的经验图式。在叙事性文本中，以再现文本故事内容为第一目的的插图从诞生之初就携带了叙事的因子，而对故事发生发展情境的呈现首要的就是要展示出时空特性，于是线图式的时间性和空间性就成为线性的第一要义。然而，与现实人生的物理时空不同，小说戏曲文本中还包括了人类想象中的前生来世、仙界冥府等多种虚拟时空，相对应的，插图线性时空的涵盖面也就变得相当宽广。物理空间是人类生存的现实环境，虚拟空间是人类想象中的图景，图像对不同种类空间的表现实际上代表了人类对于自身生存环境的认识以及对于理想空间的构想，具体到图像的呈现中，人类的这些生命体验又是如何汇集投入到线条中的呢？

关于天地万物的表现，潘天寿先生曾云：“宇宙间万有之色，可借白色间之，渐增明度，宇宙间万有之色，渐成灰暗而至消失于黑色之中。故黑白二色，为五色之主彩。”[①]小说戏曲插图主要以黑白两色图画文本内容，这与中国传统水墨画有异曲同工之妙，黑白两色覆盖世间万物的五彩缤纷，画家通过黑白两极化色调的布控实现对真实世界以及冥想世界的勾勒。如黄一木所刻的明万历二十八年(1600)玩虎轩刻本《有像列仙全传》(图 2-10)，线条仿佛穿越在由黑白两色构成的极为狭小的间隙中，每组线条都极有秩序地在黑白色块的叠加中依次重复，于是石块、岩壁所构筑的立体景深就越发清晰起来。

---

① 潘天寿《潘天寿美术文集》，人民美术出版社，1983 年版，第 29 页。

图 2-10

图 2-11

黄氏一族是古代木刻中的名手，据明万历三十五年(1607)刻本吴氏《状元图考》云："绘与书双美矣，不得良工，徒为灾木。属之剞劂，即歙黄氏诸伯仲，盖雕龙手也。"[①]这种以黑白色块走线法营造空间立体效果的方式在黄氏家族历代相传的刊刻手艺中得到了流传，如由汪耕绘、黄应组等人合刻的明万历三十八年(1610)汪氏环翠堂刻《人镜阳秋》图(图 2-11)，郑振铎先生极为赞许插图中"运以精熟之至的雕刻技术，使每一幅画面都显出迷人的美好"，并将其誉为"'古典美'的作品的一个最标准的典范"[②]。而在明万历三十九年(1611)刻《徐文长先生批评北西厢记》中(图 2-12)，黄应光在刻法上一改"点点像针尖、线线似游丝"的细密作风，而是"大胆地施展着黑白线条，

图 2-12

① [明]顾鼎臣、顾祖训编《状元图考》，明万历三十五年(1607)刻本。

② 郑振铎《中国古代木刻画史略》，第 103 页。

不拘一格地作着各派的山水人物，不复拘束于黄氏传统的纤劲的一线到底的作风”[①]。在以“纤劲”的走线为主流的黄氏刀刻中，就穿插着“细针密缝的大手笔”[②]。

俄国学者瓦西里·康定斯基(Wassily Kandinsky)在评价点线呈像效果时讲到，线“是点在移动中留下的轨迹。因而它是由运动产生的——的确，它是由破坏点最终自足的静止状态而产生的”[③]。图像空间的营造可以说充分调动了点和线之间的关系。从图2-10到图2-12，三图体现出的恰恰是黄氏家族历代传承的一种线性表现手法，即在背景刻画中以沉着纤劲的点线表现空间立体感，而以纤细婉秀的线条刻画人物的峨冠博带。从题材上看，这三种图像涵盖小说、传记、戏曲三种不同题材类型，说明了黄氏家族所受延聘的广泛领域，证明了其在刊刻领域内的高超技艺和知名程度；同时伴随着其刊刻方式在各种题材插图中的推广，也带动了明清时期各类古籍插图整体艺术水平的提升。

线条的时间性也同样具有丰富的表现力，清乾隆五十六年(1791)萃文书屋排印本《红楼梦》虽然称不上最为上乘的图像佳制，但是它在图像叙事时间的呈现上有独到之处，以真实可感的线条描绘出人物虚空中的视线，通过眼神的捕捉和定位制造时间的变化。如图《黛玉》(图2-13)，黛玉的全部身心都投在了鹦鹉身上，何以她对鹦鹉会产生如此强烈的专注神情？读者浏览到此势必会提出疑问，阅读的注意就会自然停顿在人物的注意视线上变得聚精会神起来，时间就在这个时刻凝滞下来。图像中繁复铺散的线条不但没有冲散读者的注意焦点，反而成功地制造了时间的片刻停顿，启发读者对此

---

① 郑振铎《中国古代木刻画史略》，第112页。

② 郑振铎《中国古代木刻画史略》，第104页。

③ [俄]瓦西里·康定斯基《点·线·面——抽象艺术的基础》，罗世平译，上海人民美术出版社，1988年版，第39页。

情境进而对人物性格特征进行深入思考。

再如图《元春》(图 2-14),与黛玉一个人的专注有所不同,我们发现图像中各个人物视线呈发散状态,没有一个统一的焦点,每个人物都拥有各自的言说对象并正在进行视线交流中。尽管有些对象并未出现在图像中,然而人物的表情和视线的方向都确定无疑地肯定了他们的存在。无声的线条营造出一个有声的热闹世界,在这个喧哗世界中,人们充分感受到了时间的延续和流荡。贡布里希在谈到绘画艺术时讲到:“绘画像说话一样,都含蓄的要求人们注意它,不管它实际上是否能引起注意。”[①]同理,插图之所以能够引起注意就在于构成画面的各种线条是承载着寓意的,这些具有直接意义或间接暗示意义的线条,以其特有的表意形式引发读者的注意和思考,从而延宕了阅览的时间。

图 2-13

图 2-14

① [英]E. H. 贡布里希《秩序感——装饰艺术的心理学研究》,第 130 页。

文学作品的思想内涵往往是作家对历史、生命、文化等命题的思考，在这些宏观的命题下又派生了各种各样的具体主题。当插图进入到相应刊本中时，文学的使命感就会赋予图像表现的主题意味，这其中，很多主题不仅仅只出现在小说戏曲体裁中，而是被自古至今多种文学艺术样式所共同分享。我们在许多造型艺术中都可以看到富有主题意义的线形纹饰，如上古以来的壁画、青铜器、陶器、玉器的造型，往往带有元素简单而又结构复杂的几何图案（图 2-15、2-16）。将这些带有符码信息的图形编织到整体造型图案中，器物便凭着这些图案带上了某种神秘复杂、难以言说的无题意味或者明晰晓畅、通俗易懂的主旨意义。如皇室贵族所使用的如意、餐具、装饰等器具上就往往带有凤凰、牡丹等象征着高贵吉祥的图案，这些具有符码象征意义的线图式也便具有了相关的仪式意义。

图 2-15　新石器时代
红陶对称花瓣纹器座
高 19cm 口径 18.4cm
南京博物院藏

图 2-16　［唐］青龙纹砖 32cm×79.3cm
故宫博物院藏

插图对某些主题的表现就效仿这种表现手法，以具有清晰符码意义的线图式加以呈现，线图式与主题的固定搭配，可以理解为人类对某个主题在理性思考后转化为更易把握的直觉式的线形图式。正如李泽厚先生所言："在这个从再现到表现，从写实到象征，从形到线的历史过程中，人们不自觉地创造了和培育了比较纯粹（线比色要纯粹）的美的形式和审美的形式感。”①最具典范意义的当属梦境的表现，我们在明万历间新安刊本《忠义水浒传》第四十一回图《宋公明遇九天玄女》（图 2-17）、明刊本《情邮传奇》第三十出图《梦因》（图 2-18）等很多插图中都可以看到这类图式经验。它模仿烟气上升的形状，从一个螺旋曲线开始由下而上或由上而下切割出一片空白空间，成为梦境表现的既定图式。这个线形图式以极富表现力的形式将现实空间与虚拟空间结合在一起，确定而清晰的形式在梦境主题的表现中具有了特定时间和空间的标示意义，在古代小说戏曲插图中沿用不衰。

图 2-17

图 2-18

梦境主题的线性表现虽然也依托于文本的具体情节，实际上也代表着人类对客观世界进行的主观思考和判断，只是这种思考最终

① 李泽厚《美的历程》，《美学三书》，安徽文艺出版社，1999 年版，第 35 页。

没有以形而上的哲学语言来表达，而是转换为人类认知系统中更加形象化的图像语言。从主题与图式的对应性上看，梦境主题与线图式的固定搭配，其实在一定程度上掩盖了该形式所富含的主观意识，因为图式在长时期的固定运用以后就会显得单一化、模式化。在面对该图式时，人们会自然将其与梦境主题相结合，而很难对其产生新的好奇和思考。可见，既能保持线性图式持久的生命力，又能表现主题意味主观感悟力的历久弥新，线性与主题意味的表现存在着一个拿捏度的问题。唐代大诗人李白曾云“清水出芙蓉，天然去雕饰”，对于文本意蕴的主观理解，如果能够做到这种自然天成的表达效果，当然是最为完美的。然而中国古代文学艺术中的“复古”传统长久以来限制了人们既定的思维方式，正如贡布里希所云：“事实上，我们已经看到摹写别人作品的艺术家总是难免要用自己能掌握的图式去组成物象。”[①]在艺术的创作中，形式和意义之间总是存在着难以逾越般的吊诡关系，或许正是这种关系才使艺术变得更富魅力，也成为各个门类艺术大家们孜孜以求的最终目标。

三、线意·神韵·情感

宋代以后，山水画越过对自然山川的纯粹模仿，成为人类心性的精神意象，山水画因之被称为写意山水，“意”也就包含了描绘对象与创作主体二者之间关系的写照。小说戏曲插图中写意的线借用山水写意之说，探究的亦是在越过基本造型成为文学意象的表达后，包含了哪些意义并引起了怎样的情感反映。宋代王微在《叙画》中云：“本乎形者融，灵而动者变。心止灵亡见，故所托不动，目有所极，故所见

---

① [英]E. H. 贡布里希《艺术与错觉——图画再现的心理学研究》，浙江摄影出版社，1987年版，第443页。

不周。”[①]在对形、心、灵的关系分析中，揭示了从线形、线性再到线意这个渐次深入的审美过程。放眼中外艺术，很多优秀作品的诞生都体现了这样一种创作法式。如唐代孙过庭在《书谱》中分析王羲之挥毫泼墨时的情思：“写《乐毅》则情多怫郁，书《画赞》则意涉瑰奇、《黄庭经》则怡怿虚无，《太师箴》又纵横争折。暨乎兰亭兴集，思逸神超；私门诫誓，情拘志惨。所谓涉乐方笑，言哀已叹。”[②]法国学者罗丹赞美拉斐尔的素描：“人们叹赏拉斐尔的素描，那是应该的，但是其叹赏的并非素描本身，并非几条巧妙地勾勒的均衡的线条，而是它所包含的意义，是拉斐尔眼里所看到的、手中所表现出的柔美的精神，是从心底流出的对于自然的爱。”[③]刊本插图在问世之后，还要接受读者的考验与评价，因此线条的写意性不像文人绘画那样只考虑创作者情感的彰显，还要顾虑到读者阅读中的情感期待，这无疑为线条写意性的发挥增添了更多复杂的影响因素。

中国古代早期岩壁画上的宗教人物如佛祖、菩萨、飞天等形象（图 2-19 至图 2-21）均饱含着人类对于宗教虔诚的信仰和崇拜，尽管不同时期这些画像在造型上有不同变化，但是其线条的飞舞走动恒定不变地表达着以外在形体表现宗教人物内在庄严而神圣的意图，具有严肃的仪式感。小说戏曲插图中亦不乏宗教人物的存在，然而插图展示这类形象的手法及目的都出现了重要的转变。与岩壁画上的雕像不同，小说戏曲中的宗教人物作为叙事情节中的人物，是构成人际关系的重要一方。换言之，他们是作为某些人物——绝大多数情况是普通人物——对立面或参照对象的角色登场的。

---

① ［宋］王微《叙画》，见王伯敏、任道斌主编《画学集成》，河北美术出版社，2002 年版，第 15 页。

② ［唐］孙过庭《书谱》，《历代书法论文选》，上海书画出版社，1979 年版，第 128 页。

③ ［法］保罗·葛赛尔（Paul Gsell）《罗丹艺术论》，傅雷译，中国社会科学出版社，1999 年版，第 97 页。

图 2-19 《朝元图》(局部)
元山西芮城永乐宫三清殿

图 2-20 《引路菩萨图》(局部)
唐敦煌藏经洞

图 2-21 《敦煌飞天》(局部)
唐莫高窟 285 窟

如清乾隆四十五年(1780)刊本《西游真诠》中的各类神仙,图2-22中的如来佛,清光绪十五年(1889)上海石印本《增评补像全图金玉缘》中的僧道(图 2-23)。角色的设定意味着宗教人物功能的转换和改变,他们从原始祭坛上的神性中走出来,成为与人间苍生密切相关的关键人物,他们在感受和参与人间悲欢离合的过程中,其一举一动也随之附带上了日常百姓的思维方式和喜怒哀乐。于是,我们看到插图中刻画宗教人物的线条不再灵动飘逸,而变得沉着扎实;人物神情与动作也不再那般端正严肃、高高在上,而变得更加富有人情味。正如清代郑绩在《梦幻居画学简明・论肖品》中所言:“凡写故实,须细思其人其事,始末如何,如身入其境,目击耳闻一般。”[①]刊本插图中呈现的宗教人物的样貌和状态,正是给了读者“思其人其事”的机会。如果说宗教壁画中的线条轮廓勾勒出的是抒情性人物,借以唤起人类心中虔诚的火种;那么小说戏曲插图中的线描绘的则是叙事性人物,意图引发读者对其在文本中上下文情境的推测和思考。

图 2-22

图 2-23

① [清]郑绩《梦幻居画学简明》卷二,清同治三年(1864)刻本。

贡布里希谈及形式和风格之间的关系说："风格跟手段一样，也创造一种心理定向，使艺术家在四周的景色中寻找一些他能够描绘的方面。"[①]线条的不同运用法式会导致图像整体风格的改变，甚至出现两极化的风格对立。这一点在同主题内容的不同插图中有最清晰的体现，如明天启间吴兴闵氏刊本《玉茗堂摘评王弇州先生艳异编》图《王昭君传》（图 2-24），《艳异编·王昭君传》文本叙述不过百余字：

> 昭君字嫱，南郡人也。初，元帝时以良家子选入掖庭。时呼韩邪来朝，帝敕以宫女五人赐之。昭君入宫数年，未得见御，积悲怨，乃请掖庭令出行。呼韩邪临辞，大会，帝召五女以示之。昭君丰容靓饰，光明汉宫，顾景徘徊，竦动左右。帝见，大惊，意欲留之，而难于失信。遂与匈奴，生二子。及呼韩邪死，其前阏氏子代立，欲妻之。昭君上书求归，成帝敕令从胡俗，遂复为后单于阏氏焉。

插图绘刻者独具匠心地截取了"悲怨"作为绘刻主题，图 2-24 中线条洗练而凝重，勾勒出山川阴冷苦寒与人物瑟缩渺小的强烈对比，所有线条相对集中地压缩在图像右下方，渲染出一种压抑沉重的色调。与之相比较，清康熙三十四年（1695）四雪草堂刻本《四雪草堂重订通俗隋唐演义》图《清夜游昭君出塞》（图 2-25）风格则截然不同，线条繁复明亮，上下两端匀质等量的线条分布呈现出一种安逸悠闲之感。线条色调光感与质量分布的差异导源于各自不同的文本内容，体现出插图创作者不同的心声。前者饱含了绘图者对于昭君出塞"悲怨"心理的况味和同情，后者则充满着绘图者对于贵族阶层奢侈享乐的讽刺。前者会使读者在压抑沉重的情绪中爆发出对历史深沉的感叹，后者则令读者在安逸休闲的情绪中陷入歌舞升平的错觉。在两图的对比中可以看到，线形、风格、情感，三者相互牵涉依凭，从线形到风格可以表现出巨大的弹性，孕育出强大的张力。这种弹性与张力恰恰制造出了趣味盎然的形

① ［英］E. H. 贡布里希《艺术与错觉——图画再现的心理学研究》，第 1 页。

图 2-24

图 2-25

式意味和神韵,有力地牵引出读者潜在的情感体验。

覆印覆刻是中国古代小说刊刻的普遍现象,但是与文本内容的重复出现不同,很多插图本都在覆刻覆印时会重新绘刻插图。这些基于同一主题内容而展现的插图,对于我们了解插图史的发展历程以及不同绘刻者的创作理念具有重要作用。明万历三十八年(1610)杭州容与堂刻本《李卓吾先生批评忠义水浒传》和明万历间新安刊本《忠义水浒传》就是这样两种有代表性的插图本。两幅插图《霹雳火夜走瓦砾场》(图 2-26)和《火烧瓦砾场》(图 2-27)是对同一情节、同一场景的刻画,然而在线条的表现手法和表现意蕴上却迥然不同。图 2-26 作局部展示,图 2-27 则是全景展示。在相同面积的图幅内,图 2-26 这个局部场景就如同在全景中投下了一个聚焦棒,然后将其放大细化,重新进行图像语汇的设计和安排。全景俯视下原本有些稀疏不明的线条此时变得意外的紧凑清晰,画面黑白笔线的色调对比也顿时变得格外清晰。图像在这里尽管没有勾勒出城墙的全景,也没有描绘出城中曾经发生的那番变动,但却通过满地瓦砾、人物神情如在目前的细腻刻画,使读者获得了一种身临其境之感,感受到了秦明此刻的震怒和无奈。

图 2-26

图 2-27

图 2-27 中,画面被自上弯曲而下的护城河劈开成为左右两个空间,这两个空间就在左下方人物的回眸和右上方高耸城墙的对峙中构成了拉锯关系,全景视野不但令画面有了更深的立体景观,而且各类形象也被赋予了图像语汇的隐喻意义。由鱼纹式连绵不断的线条所形成的护城河水正好代表了秦明单人匹马似柔实刚的个性和力量,而由那些模拟界画线描密密相连、反复铺张排列而成的城墙恰恰阻隔了秦明视线所错过的那一夜激烈的战斗。沿河而下的细碎瓦砾,城墙上草木皆兵的防御无时无刻不在提醒读者前一刻斗争的惨烈与此时双方力量的悬殊对比,一股火药味般的紧张刺激感弥漫了整幅画面。这是一个经由构图的详细策划而对线条语汇进行精心设计和安排的过程。在此过程中,展示出的正是图 2-26 所不具有的

"势"。这种"势"在中国古代画论中多有阐述,如清邹一桂云:"章法者,以一幅之大势而言。"[①]再如清王概云:"凡画花卉,不论工致、写意,落笔时如布棋法,俱以得势为先。"[②]"势"感的形成让静态的图像脱去刻板之气,获得了摇曳的动感。如果说图 2-26 的局部细刻有力地表现了人物的性格特征,那么图 2-27 的全景再现则行之有效地暗示出了画面的潜在情节。两幅图像以不同的构图视野,呈现出两种不同的气韵,也给读者带来了不同的阅读感悟。

沈宗骞在《芥舟学画编·传神总论》中探讨传统绘画中形神问题时云:

> 画法门类至多,而传神写照由来最古,盖以能传古圣先贤之神垂诸后世也。不曰形,曰貌,而曰神者,以天下之人形同者有之,貌类者有之,至于神则有不能相同者矣。作者若但求之形似,则方圆肥瘦,即数十人之中,且有相似者矣,乌得谓之传神?今有一人焉,前肥而后瘦,前白而后苍,前无须髭而后多髯,乍见之或不能相识,即而视之,必恍然曰:此即某某也,盖形虽变而神不变也。故形或小失,犹之可也,若神有少乖,则竟非其人矣。然所以为神之故,则又不离乎形。[③]

"形神"论是中国古代画论的核心问题,"以形写神"是古代文人绘画追求的终极审美形态。小说戏曲插图中写意的线,从本质上看是对形神论在不同艺术领域的运用和体现,不同的是因为图像所依附的媒材性质的转变——文本的叙事性和雅俗共赏性,于是插图的写意性在传神体性的方式和目的上出现了变通,其写意的线在体现文本意象精神的同时,也裹挟了更多的民间文化因子,反映出图像背后文

① [清]邹一桂《小山画谱》卷上,中华书局《丛书集成初编》据《借月山房汇钞》本排印,1985 年版,第 1 页。

② [清]王概《画花卉浅说》,俞剑华主编《中国古代画论类编》,第 1104 页。

③ [清]沈宗骞《芥舟学画编》,俞剑华主编《中国古代画论类编》,第 512 页。

化观念和社会历史的价值和影响。

要之,中国古代点线的发展有着悠久的历史和丰富的表现形态,古代小说戏曲插图的点线艺术站在这个传统之上的发生发展,实际上体现出了插图对于艺术传统的审慎态度,既信任既有的图式经验,也不武断地生搬硬套,而是随类赋形,使其从线形、线性到线意,形成自身独有的气质和品格。当然,我们不能否认小说戏曲插图中存在着相当一批粗糙的仿制品和滥制品,点线艺术的整体格调因之受到了一定损害。然瑕不掩瑜,那些绘刻皆精的插图作品完全可以代表点线艺术所达到的高超水准。这些点线图式覆盖题材的多元化,在为其增添复杂性的同时,也极大地丰富了点线艺术的表现形式和意义内涵。

第二节 图像空间建构的艺术原则

从传统绘事的发展史来看,古代学者都曾留意过文字和绘画之间的关系,如晋代陆机云“宣物莫大于言,存形莫善于画”[①],北宋邵雍云:“史笔善记事,画笔善状物;状物与记事,二者各得一。”[②]在这些评论中,都指出文字在记述叙事上、绘画在写形状物上各有千秋。换言之,即绘画较文字而言在叙事上并无优势。也正是在这个意义上,钱锺书先生评价:“故事画是公认为绘画中最高的一门,正如叙事的史诗是公认为文学中最高的一体。”[③]最高成就的实现,意味着图像修辞呈像一定是克服了叙事上的诸多不利因素的。那么这些不利因素都有哪些呢?加拿大学者阿尔韦托·曼古埃尔曾指出:“严格说来,讲

① [清]张照《石渠宝笈》卷二十,清文渊阁四库全书本。

② [宋]邵雍《击壤集》卷十八,四部丛刊景明成化本。

③ 钱钟书《读拉奥孔》,《钱钟书论学文选》卷六,花城出版社,1990年版,第75页。

故事是时间里的事，图画是空间里的。”[①]当故事从文字到图像进行跨媒介转化时，其叙事方式也相应发生了转变，要以图像空间叙事传达文字时间序列上发生的种种。因此说，给具有故事情节的文本进行配图，小说戏曲插图如何调配和建构叙事时空是图像再现的重点和难点。

一、视角的叙事功能

在文学作品中，视角是“叙述故事的方法”，具体指“作者所采用的表现方式或观点，读者由此得知构成一部虚构作品的叙述中的人物、行动、情境和事件”[②]。法国学者热奈特将其称为“聚焦”，指“叙述语言中对故事内容进行观察和讲述的特定角度”[③]。图像叙事也有其特定的视角，也就是图像的“观看的方式”，借鉴文学作品视角的概念，可将图像叙事视角界定为“图像语言对文本故事内容进行再现时，选择观察和绘制图像的特定角度”。

直观来看，图像叙事视角显示出强烈的方位性特征。绘图者站在什么位置进行观看，引申到从哪个角度切入进行绘画，观看的视角规定了视线的区域，哪些能看到，哪些看不到，实际上对应的图像意识是绘图者的主观选择，即要让读者看什么。从绘画主体来看，构图形象要在多大程度上还原真实性、准确性、生动性，视角的确定可以说是主体观看欲望的自我反射；另一方面，从读者接受来看，视角的选择暗示了能够向读者传递多大体量的叙事意图。在图像语境中，图像叙事通过视角的介入不仅规定了绘刻者图像语言的选择和表现形式，而且也对读者阅读效果产生影响。就图文互动而言，视角的选

---

① ［加］阿尔韦托·曼古埃尔《意像地图——阅读图像中的爱与憎》，薛绚译，云南人民出版社，2004 年版，第 13 页。

② 引自王先霈、王又平主编《文学批评术语词典》，上海文艺出版社，1999 年版，第 319 页。

③ ［法］热拉尔·热奈特《叙事话语　新叙事话语》，王文融译，中国社会科学出版社，1990 年版，第 139 页。

择则意味着图像叙事对文本叙事的干预，它将文字线性叙事所建构的由人物、环境、事件所凝聚而成的文本语境转变成具有空间景深效果的造型语境，即经由“他者”注视下的故事呈现。当文本连续的叙述被拆解并重新建构时，文本的内在价值也就藉由绘图者这一中介被重新审视和评判。从这个意义上来看，视角的选择和确定关系着图像叙事意图的表达，在特殊情况下，其意义甚至是决定性的。

从视角的分类来看，基本可以分作仰视、平视和俯视三种。在小说戏曲插图发轫期，上图下文图式和上文下图式采用的主要是平视视角，如明万历间建阳余氏双峰堂刊本《京本增补校正全像忠义水浒传志传评林》图《吴用调拨八路人马》（图 2-28）。俯视视角的运用并不多见，即使偶一用之，还存在比例失真的弊端，如明万历间建阳余氏三台馆刊本《南北两宋志传》中图《张祁城下晓谕彦超》（图 2-29），出现了人物与城墙等高的弊病。不过，伴随图像修辞的日臻完善和成熟，在单页大图的格局内，俯视视角渐渐变成了最为主流的图像叙事视角。

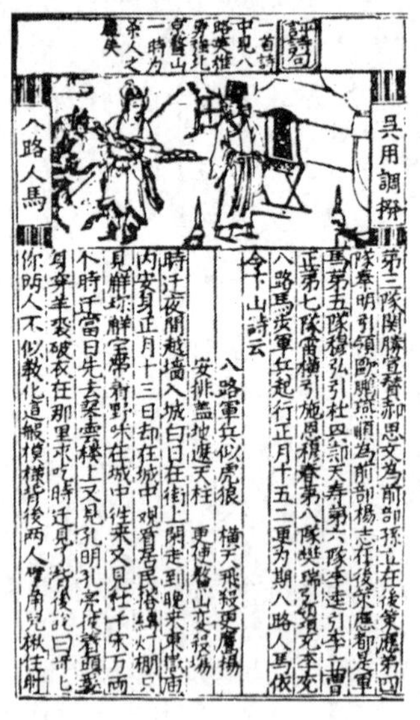

图 2-28

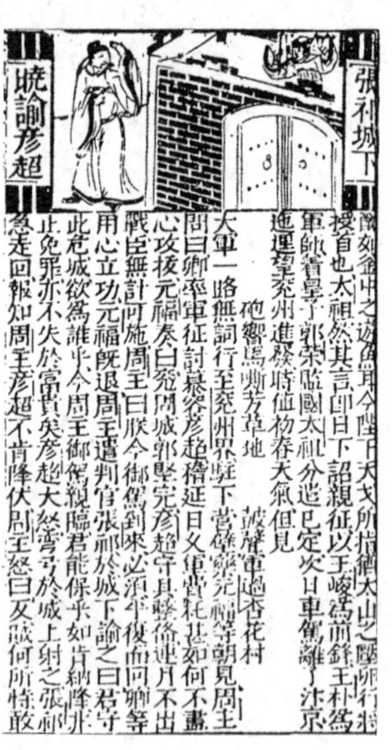

图 2-29

以明刊本《京本云合奇踪》图《位登大宝》(图 2-30)和明金阊叶敬池刊本《新列国志》图《献地图荆轲大闹秦》(图 2-31)为例,两图构图有相似之处,又有细微差异。首先,二图都以俯视视角构图,将金銮大殿的建筑布局、多组人物、正在发生的事件等诸多构图要素融合起来,加上大块格子方砖配合垂直立柱,有效地拓展了大殿空间的高度和景深效果。其次,二图都以侧角俯视结构全图。设想一下,在平视正视视角下,图 2-30 中帝王、朝拜者居于一条直线上,绘画无法做到前后兼顾,如果描绘朝拜者就很难再描摹帝王全貌,两侧站立的朝臣也同样无法将每个人的服饰、样貌都展示出来。而侧角俯视克服了这个难题,整幅插图构图丰满而秩序井然。第三,二图虽然都出以俯视,但是在俯视角度上却并不相同,图 2-31 较图 2-30 俯视角度更大,其直观的视觉效果就是不仅做到囊括大殿之上所有处于行动状态中的人物,即便是仰躺在地面上的人物也能够得到清晰有力的刻画,最大限度如实而生动地再现了文本内容,彰显了图像空间叙事的内在张力。

图 2-30

图 2-31

俯视视角下的图像叙事在空间处理上具有很多优势和特点，成熟期的小说戏曲插图对俯视视角的运用可谓得心应手、灵活多样，充分展现了图像空间叙事的能力和潜力。最具代表性的即有效地进行空间分割，以共时性方式展示发生在不同空间场景中的人物和事件。插图中，院墙是十分重要的空间分割道具，俯视视角在展示院墙内外场景上可以说信手拈来。明末隆武杭州刻本《清夜钟》(图 2-32)第十六回《黠父不为强生 淫儿终从横死》图以俯视视角构图，除了将屋内男女私情描摹出来，而且详细描绘家居环境中的挂画、花几、床榻，探出墙外的松柏、芭蕉，小小院落中自然景观和人文装饰设计完美融合。特别是插图绘制吸收传统绘画中界画的绘图方法，以排列有序的直线描绘屋顶、门窗、墙角，纵横对比，严谨细秀，建筑立体感和人物动态感都得到了恰到好处的展示。

图 2-32

图 2-33

与图 2-32 一墙之隔的景观不同，明崇祯间云林聚锦堂刊本《西湖二集》第十二回图《吹凤箫女诱东墙》(图 2-33)展示的是并不相连的两个空间场景的分割，讲述了一对佳人因箫结缘的故事。回目“吹凤箫女诱东墙”本身一方面富有很强的方位性，化用“东墙”之典指代佳子，另一方面又出以贯穿小说的关键物“凤箫”。怎样兼顾空间指向性和故事情节性，对插图来讲殊非易事。俯视视角在这里的运用可谓恰到好处，不仅有效地展现了一街之上相对店楼的空间布局，而且将人物的细节描绘也巧妙地再现在图中：

> 那杏春小姐之楼，可可的与潘用中店楼相对，不过相隔数丈。
>
> (潘用中)日来见渐渐推开窗子，又开得频数，微微见玉容花貌之人，隐隐跃跃于朱帘之内，也便有心探望，把那只俊眼儿一直送到朱帘之内。那小姐见潘用中如此探望，竟把一扇窗子来开了，朱帘半揭，却不把全身露出，微露半面。
>
> 潘用中急急到于楼上，等那知音识趣的小姐。时月色如昼，潘用中取出那管箫吹将起来。

插图以全知的视角将潘用中“美少年，还未冠巾，不过十六七岁”的形象以及杏春小姐半“朱帘半揭，却不把全身露出，微露半面”的情状刻画得惟妙惟肖。一边是箫声有灵，一边是欲诉还羞，俯视视角下箫管勾情与东墙之美和谐地融入楼店的空间布局中，可谓与回目命意丝丝入扣。

如果说图 2-32、2-33 还停留在一个或两个空间场景的处理，那么明崇祯间人瑞堂刊本《隋炀帝艳史》第三十八回图《陈治乱王义死节》(图 2-34)则显示了俯视视角下空间分割功能的最大限度。由弯曲的回廊连接着大殿，曲折的栏杆围绕着荷花池，图中出现的四个人物形象分别置于不同场景之中，代表了不同时空序列。远景中，主殿内端坐的正是隋炀帝，是刚刚读完王义所写奏疏的情状，中景回廊内是王义从殿中退出的景象，也是他行将死节前的最后写照，而近景内已踱过回廊转角的王义，以正面全身像的状态展示了自刎死节的情状，回廊之外背对读者的是向宫中传报王义死节信息的内相。俯视视角在这里显示出巨大的包容度，它不仅容纳了丰富的构图要素来展示事件发生的巨大空间场景，而且能够通过形象重复的手段来构建时间序列。当俯视视角在单页大图中的运用获得稳定性时，其图像叙事手法正在逐步向成熟迈进，因为它不仅能够在图像再现上大做文章，而且可以从容地利用图像修辞手法实现事件逻辑关系的展示。

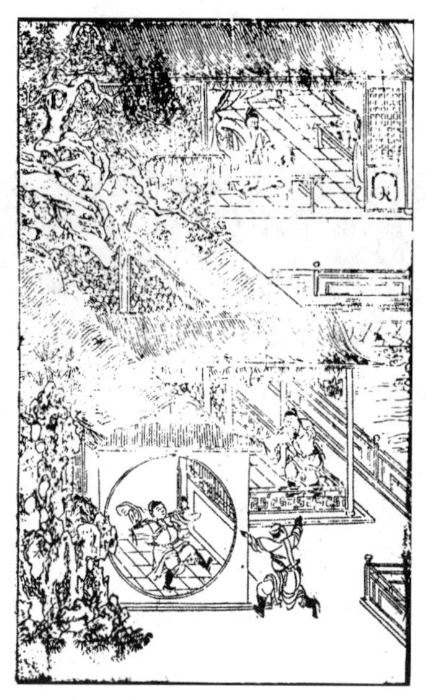

图 2-34

二、观看视点的确定

如果说上述俯视视角的呈像可以从宏观上推断绘图者观看视角的大致范畴，尚不能有效判断出其具体位置，即图像叙事空间框架的勾勒并没有严格的限定。那么,小说戏曲插图中是否存在定点观察而进行图像语言的组织和结构的呢?我们不妨来看看下面这幅插图:明崇祯间刊本《七十二朝人物演义》卷九《原思为之宰与之粟九百辞》图(图 2-35)。图像所绘对应文本这段叙述:

忽一日,打从一条伙巷边经过,子思看了这巷倒欢喜道:此中大有佳趣。原来这巷隘窄异常,莫说两人并肩而行,就是一个人也须侧身而入,至于车马一发不必说了。子思且不往前面去,竟回身转来,望这巷中走将进去。那子思是守正的人,缘何肯像寻常人,只图贪便侧身走的,他偏要正身直走,把两个肩膀紧紧贴着两边墙,一步步挨将进去。走过一段狭路,里面自有空阔地方,四围旷野之趣观玩不穷。……子思毕竟要去寻着地主纳了佃价,然后敢去经理。那地主原把这个所在做了弃物,因此久不管业,如今得些佃价只当落得的,并不较量,恁凭子思收管。

事实上,就在原思经过这条小巷子之前,他寻找住所可谓大费周章,从最初在鲁城内十余日的“走前街穿后巷”,到城外“近山的山脚边或是半山里”三五日的逡巡,又到溪涧、沟河之侧三五日的徘徊,再到远村六七日的排查,在经历了月余的寻找后,才终于觅得此处。如果将门窗所在位置视为正向平视,那么该图观看视点所在位置应该是与正向所在方向成一定侧角的左前上方的某一点。定点聚焦恰好向我们展示了“隘窄”的小巷和“空阔”旷野连接而成的独特环境。同时,又通过形象重复、细节描绘等修辞语汇交待了按照时间顺序先后发生的事件,远景转角处是原思发现此地时的情景,近景则是购买此地的过程,而由枯蓬草和细竹竿编制捆缚而成的门已然是后来原思对居所的经营结果。

图 2-35

图 2-36

西方绘画中写实性的特质对光和影有着特殊要求，因此存在“定点透视”的最佳观看位置，它表明呈像过程中绘画主体的存在和在场。小说插图视点的确定虽然并不等同于透视，但是其确定视点下的呈像却的确表明了图像叙事主体对文本故事的预见性以及对图像叙事的见证过程，图像叙事的能动性在视角的干预下充分展示出来。图 2-35 中，绘图者如果不是对整个事件发生的历程有着清晰的把握，在结构全图时是无法做到对人物、环境、事件的全知性兼顾的。可以说，定点叙事呈像实现了对不同时空上的人物事件的拼接整合，完整呈现小说叙事三要素的结构功能。

如果说图 2-35 构图思维是通过明确的视点，以包容的方式浓缩绘图者对文本故事的解读，那么，清康熙间刊本《蟾宫操传奇》第八出《看本》图（图 2-36）则体现了绘图者以排他的方式确定构图视点，从而遴选出最能反映叙事“顷刻”的场景，即“绘画在它的同时并列的构图里，只能运用动作的某一顷刻，所以就要选择最富于孕育性的那一顷刻，使得前前后后都可以从这一顷刻中得到最清楚的理解"①。该图构图借鉴中国传统园林造园中窗景的建构方式，通过圆形月洞取景框架，框定了本回中的核心场景：司礼太监顶替皇帝批看奏本，矫诏弄权。园林中窗景的设计理念在于通过框架取舍，构建巧妙的审美意境。而叙事文本空间效果的营造则是通过固定的视点，锁定读者视线，通过人为的范围划定，找到阅读聚焦点。这里，不仅体现了多元艺术的跨界沟通，而且体现出不同艺术种类在审美旨归上的差异。叙事性图像的构图虽然也在吸收借鉴其他领域视觉修辞手段，但在最终呈现上，审美性还是居于第二位的，叙事所指仍然以故事链条及其叙事意图为首位。

与图 2-35 比较，同样是确定视点下的图像叙事，图 2-36 却显示出完全不同的叙事策略。绘图者果断地排除其他旁支情节，选择经过视觉剪裁后有限的表现范畴，将图像叙事约束在有限的视觉边框内。不过，无论是图 2-35 那样发散包容的叙事策略，还是图 2-36 这样集约精简的叙事策略，明确的图绘视点都意味着图像叙事是经过了谨慎细致的思考和设计的，包括图像展示哪些内容、以何种形式予以展示等等，图像叙事的最终成果都是出自绘图者个人的个体体验，而并非出于群体性的选择和观照。确定的一个视点看似是一种简洁的图像叙事风格，但是其中蕴含的图绘思维却是十分复杂的。

三、叙事时空的建构类型

在构图视角、观看视点得到确定以后，一个具有指向性的叙事时空其实已经在绘刻者心中生成了。从图像生成机制来看，小说戏曲插图中的时空图式更多的体现出与文本的密切关联，时空的构成形

---

① ［德］莱辛《拉奥孔》，《朱光潜全集》卷十七，安徽教育出版社，1989 年版，第 94 页。

态显示出对文本内容的适应性和能动的选择性。时空构成方式大体上可以概括为四种类型，分别是一时一地、同时异地、同地异时、异时异地。第一种类型是最为常见的单一时空形式，后三种则是时空构成形式的综合处理。

1. 一时一地

从物理时间上讲，即便是现在，也将马上转变为过去。因此这里的"一时"主要是从故事时间上来界定，指绘画艺术中对某一个时刻的截取和保存。从这个意义上讲，一时一地形式指图像呈现的是发生在同一个时间点和地点上的人物和事件，如同照片按下快门一刹那间的记录，图像中的山川、人物等形象都被定格为一瞬间的状态，展现了凝固的时间和空间范畴内的特有景观。但是这个特定时间点和地点的选取并不是随意的，而是选取"最富于孕育性的顷刻"加以表现，即绘画应该在定时定点的场景呈现中展示事件发展的来龙去脉。与西方绘画艺术叙事目的不同，小说戏曲插图中一时一地场景对"顷刻"的展示，侧重点除了要揭示事件的前因后果，还在于展示这一刻中人物的性格特征及场景的艺术魅力。

明朱墨刊本《牡丹亭》第十二出《寻梦》图（图 2-37）出以双面连式，描绘了一幅湖山石畔、牡丹亭中美人春睡图，入眼可见的是"一丝丝垂杨线，一丢丢榆荚钱"，绵延不尽的一湖碧波恰好是主人公杜丽娘一腔春愁的暗喻。美人相思、春愁荡漾就这样巧妙地糅进了这幅湖山图中。明清小说戏曲插图中对固定时空场景的展现，既是要展示对应情节的主体内容，也是因为这一"顷刻"对于展示文本艺术魅力具有重要意义。正如我们在摄影过程中对某一场景的抓取并不一定是要以此反映前后关联，而正是因为此一刻是富有美感的，可以带给我们美的体验和享受。

图 2-37

2. 同时异地

同时异地指图像呈现的是发生在同一个时间、不同地点上的事件，即将同一时间发生在不同地点上的事件，选择不同的叙事要素将其并置在同一幅图像之中。这里的“同时”主要指具有一定时间长度、相对集中的“时间段”，以这个“时间段”为基准，对不同空间中发生的事件加以衡量。选择的重点在于展示相异地点上事件的关键环节以及它们之间的内在关联，其处理手法即通过组合的方式将不同空间领域中的事件并置在一个画面中。

以明末刊本《凤求凰》第十七出《当垆》图（图 2-38）为例，插图描绘的正是文君当垆这个经典场景，戏曲中的这个桥段典出《史记·司马相如列传》。图像的展示除了集中表现文君当垆的情形外，通过楼上、楼下两个空间的并置展示人物事件的叙事关系。楼上是来此饮酒休息的酒客。楼下，作为背景出现的酒保、司马相如以及作为前景出现的整幅画面的核心：文君当垆，婀娜纤细的身段，很有动态感。图像充分利用建筑空间的多格局设计，分割出来两个空间场景，一静一动，既突出展示了富有美女和饮酒象征意味的典故场景，同时兼顾了戏曲故事中依次登场的不同人物。

图 2-38

图 2-39

“梦”的刻画可以说是同时异地叙事形式中的一种特例，做梦的主人公和时间段是固定的，但是梦中事件却和现实完全不同。如明末刊本《魏监磨忠记》卷三十一图《梦激书生》(图 2-39)，图像是对嘉兴贡生钱嘉征梦境片段的截取，实际上是现实时空和虚拟时空的并置场景，现实中室内正在睡觉的静态主人公，梦境中却是关帝、周仓降世的动态场景。事实上，梦图式在明清小说戏曲中已然是一个相对成熟的图像形式，本书第二章第一节《点线的力量与精神》中已经提及，类似的构图可以罗列出一系列图录名称，例如明崇祯间刊本

《新镌出像通俗小说鼓掌绝尘》图《泥塑周仓威灵传柬》、明崇祯间刊本《一笠庵新编永团圆传奇》图《贞梦》、清刊本《鸳鸯梦传奇》图《合梦》等。这些图像都采用了相似的构图方式以展示梦境这一特殊时空，即现实世界和神仙世界以螺旋曲线作为分界，人间室内布局和虚幻世界留白背景呈现出鲜明对比，充分展现出人间现实和梦境虚幻的异样色彩。

3.同地异时

同地异时叙事形式呈现的是在固定空间中不同时间段上发生的事件。这种叙事形式的关键在于展示发生在不同时间段中事件发生的关键环节及其相互之间的关联性，其难点在于如何在同一个空间方位上表现出时间的变化，使读者在厘清两段时间的先后顺序的同时抓住故事主体内容。插图采用的方式主要是以人物形象的不同变化方式表现时间的推移。

具体而言，可分为两种情况，第一，以不同人物的介入表现时间的变化。如明万历间新安刊本《忠义水浒传》图《史庄义释》（图 2-40），主要描绘发生在史家庄内史进与少华山头领朱武、陈达、杨春之间发生的事件。对角构图展示史家庄内先后上演的两段故事，右上角小格局展示的主要人物正是战败给史进的陈达，他赤身裸体地被绑在庭柱之上。图像左下方大格局展示的是朱武、杨春得知陈达被捉后，来到史家庄投降。图像的设计省略了史进和陈达“斗了多时”的交战，以陈达被缚这一静态场景暗示了二人交战的结果，同时联结了朱武、杨春二人跪拜求饶的前因后果。在叙事进程上，首先出现的主体人物是史进、陈达，其后是朱武、杨春，二人的出现，及时解决了陈达遭遇的危机，成为促使事件发生转折的重要人物。插图抓住了两个相继时段中事件的关键人物，通过史家庄外朱武、杨春的介入来显示叙事时间的推进。

第二，以同一人物形象的重复出现表现时间的递变。这种形式在神魔题材的小说中出现尤多，以清光绪十四年(1888)邗江味潜斋石印本《新说西游记》为例，神魔具有腾挪变化的独特本领，以分身术再次出现本来并不奇怪，然而插图中除了极少数以展示神魔形象的奇技为目的外，人物形象的重复出现基本是以叙事为目的，也就是说，同一人物形象的重复出现是为了表现发生在不同时间段上的事件，展示两段时间的顺延以及相关性。第九十二回《三僧大战青龙山 四星挟捉犀牛怪》插图(图 2-41)所绘是师徒四人青牛山遇犀牛怪之事，图像上方绘悟空、八戒、沙僧与妖怪激斗的场面；下方悟空再次出现，四周环绕四星君，五人共同作战，犀牛怪现形伏法。悟空形象的再现、四星君的出现、妖怪的现形展示出整个事件从双方缠斗到神仙助战再到降伏妖怪的发展过程。插图同时使用了第三方介入和人物再现两种手段，完整展示了在青牛山上不同时间段中事件的进展情况。

图 2-40

图 2-41

4. 异时异地

异时异地叙事形式是在一幅图像中，同时呈现发生在不同时间、不同空间中的人物和事件，也就是说插图要在有限的画面中有序地组织安排情节进程中发生在不同时空中的场景。从某种程度上说，它是对同时异地和同地异时两种叙事形式的合并，因此其叙事的关键点和难点也就是这两者的综合，即如何展现不同时间的变化和不同空间的位置转移，同时揭示处于变化中的不同时空间的关联。

早期上图下文式插图中少数图像已经出现了这种时空形态的雏形，只是其表现尚不够成熟，如明万历间双峰堂刊本《新刊京本校正演义全像三国志传评林》图《周瑜喝斩曹公来使》（图 2-42），据文字所述，图像表现的是曹操遣使渡江送书、周瑜大帐内斩使连续两个事件，"船上"与"大帐"分别是前后两个事件发生的场所。插图为了容纳这两个事件，将周瑜斩使的地点改为"船上"。这种更改一方面是要突显长江天堑在赤壁之战中的重要性，另一方面即通过地点的替换联结两个时空场景。

真正完整形态的异时异地形式出现于单页大图式插图中，其实这种情况也可视作在同地异时形式上附加一个或几个空间，因此在插图绘图技巧上也有类似的处理方式。同地异时形式通过人物形象在同一地点的重复出现展现时间的延伸，异时异地则将反复出现的人物分别置于不同的空间里，这样就形成了时空的同步转变，如清光绪十四年（1888）邗江味潜斋石印本《新说西游记》第十六回《观音院僧谋宝贝　黑风山怪窃袈裟》图（图 2-43），讲述唐僧、悟空借住观音院时发生的故事，插图展现了多个时空内事件的拼接。图中两条曲线不仅分割出来三个独立的主要人物，而且暗含着不同时空内的情节故事。细查之，这两条线实际上划分出观音院内三处屋宇，代表前景、中景和远景三个不同空间层次。其中最前面是右下角的禅房，悟空以避火罩保护熟睡中的唐僧；中景是火光中露出的最为宏大的方丈房，悟空独立其上催动火势；远景则是火光中隐约可见的一处屋檐，也正是妖怪盗取袈裟之处。这三个场景既独立表情达意，又是相继发生、互有关联的三段事件，图像布局与叙事意义密切关系。在这个由几组人物构成的图像中，同时包含了同地异时、同时异地、异时异地几种叙事形式。

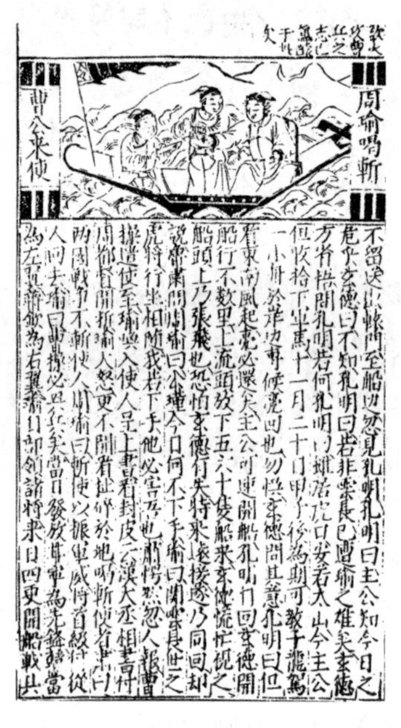

不留送出帳門至船边忽見孔明孔明曰主公知今日之危乎玄德曰不知孔明曰若非子龍已遭瑜之害矣玄德方省悟問孔明若何歸孔明曰北落亡日安若太山今主公但收拾下戰船十一月二十日甲子後為期可教子龍駕一小船於岸边專候亮回也勿悞玄德問其意孔明曰但看東南風起亮必還矣主公可速開船孔明自回玄德開船行不數里上流頭放下五六十隻船來玄德慌忙視之船頭上乃張飛也恐怕玄德有失特來接應乃同回却說帳前周瑜曰公瑾今日何不下手瑜曰關雲長世之虎將行坐相隨我若下手他必害吾也肅愕然忽人報曹操遣使至瑜喚入使人呈上書看封皮云漢大丞相書付周都督開拆瑜大怒更不開看扯碎於地喝斬使者肅曰兩國戰爭不斬使人瑜曰斬使以振軍威將首級付從人回去瑜即撥必點兵行矣當日發放甘寧為先鋒韓當為左翼蔣欽為右翼瑜自部領諸將來日四更開船戰兵

图 2-42

图 2-43

以上通过大量插图例证，总结了图像结构中视角、视点被使用的形式和程度以及叙事时空是如何建构起来的，可以说它代表了图像文化中图像叙事这一庞大的分支，体现了图像对叙事时空使用和支配的能力和意图。保罗·拉克鲁瓦曾经这样讲过：“在一个时代所能留给后人的一切东西中，是艺术最生动地再现着这个时代……艺术赋予其自身时代以生命，并向我们揭示这个的时代。”[①]图像叙事所呈现出的各种技巧、形式和风格，其意义不仅仅表征图像史的价值，当绘图者以巨大的热忱投入到图像叙事这一事业中时，其中沉淀着的是他们对于文本故事所负载的情感和意义的深刻感悟，是他们在特定时代对时空感的特殊体验。这一体验恰恰是隶属于那个时代的，是那个时代独有的烙印，并从历史深处以资料的性质向我们传达着那个时代的思维。

第三节　建本小说上图下文式图像结构及其历史表征

中国古代小说插图的发展经历了一个逐步成熟的过程，在这个过程中，图幅的拓展、视觉修辞手段的丰富、传统图式经验的吸收和借鉴、文人画家的参与、刻工整体水平的提升等很多因素都起到了积极的促进作用。上文提及的点线程式、视角运用、时空图式都是图像叙事日趋成熟的表现。不过，我们也注意到，这些变化都出现在单页大图式插图中。实际上，在单页大图盛行之前，上图下文式插图曾经在古代小说插图版刻格局中占据了相当长的一段时间，特别是以福建地区为代表。自宋代《古列女传》以降，一直到明代末年，福建地区就一直是古代书籍刊刻和发行的重镇，先后出现了许多知名书坊、刊本，构成了古代版刻史上一道独特的风景线。

福建地区刊刻的小说刊本偏爱历史演义、英雄传奇、公案题材，这类题材故事充斥着大量“暴力”情节。与此相对应，当这些“暴力”元素进入插图时，插图则多出以战争、打斗、杀戮、刑讯等内容。这样，就出现了一个主题从文学到图像两种不同媒介进行转化的问题。于是，我们发现，“暴力”主题在建本插图中获得了极大的生长空间，

---

① 转引自龙迪勇《图像叙事与文字叙事——故事画中的图像与文本》，《江西社会科学》2008 年第 3 期。

其图像修辞、图式建构均显示出独树一帜的特色和风格。这一图像主题的视觉表述,不仅在联结插图历史上下文的意义上具有重要意义,同时以图像表征的形式将其附着的社会历史语境传达给我们。

一、图像结构的程式化和稳定性

1. 一字型构图

宏观来看,上图下文式插图采取了一种一字型图像建构方式,即在长方形图像格局内,构图要素呈“一”字型横向分布在图幅之内。如明万历间余氏三台馆刊本《皇明诸司公案》图《二僧缢死甘氏》(图2-44)、明万历三十四年(1606)三台馆重刊本《春秋五霸七雄列国志传》图《妲己剖比干心》(图2-45)。这种构图方式,往往被诟病为模式化、布局大同小异。当然,这种图式或许受制于图幅有限或者说图文位置关系,又因为图幅空间狭窄,构图要素往往出现比例不当乃至失真的状况。如明万历间建阳余氏三台馆刊《南北两宋志传》中的《匡胤滁州城下搦战》(图2-46),出以“城上—城下”主题,然而在人物景物的描绘上却出现了人墙同高甚至人比墙高的呈像效果,事实上我们检视该本其他插图,发现这一构图模式在该本中是具有普遍性的。扩而言之,以上图下文式插图本作为整体考察对象,这一现象也是普遍的,具有代表性的。人体身高和城墙墙高之间的高差属于常识问题,并非是需要深思熟虑才能获得的知识,在这个前提下,对于这一

图 2-44

图 2-45

图绘处理的方式,我们不可将其简单归咎于画家的处理不当。一方面,图幅有限的不利因素是有目共睹的,另一方面,要想在有限的图幅内同时凸显各种形象因子,以牺牲比例作为代价或许是一种行之有效的办法。

图 2-46

但是,作为一种长期稳定出现的图像结构而言,其图像图式的固定绝不应该仅仅出于不利因素的制约,而一定有其艺术形态及版刻样式的合理性。我们不妨来看看山东省苍山画像石墓的“迎宾图拓片”(图 2-47),画面构图以主人为中心,左边是主人家,右边是到达的宾客车队,三组形象从右向左依次排列,井然有序,画面构图没有前后景深的变化,各组形象之间间距疏密相当,非常富有秩序性。再如南京博物院所藏历史上极富盛名的砖画竹林七贤,画面构图也是采用一字型建构方式。其构图并非僵化的机械排列,一字型横向布局是人物塑造的艺术化手段,以人物和树木相间排列呈现了一幅忘情山水之间的名士群体肖像,洒脱恣意,倜傥风流。

图 2-47　迎宾图拓片 山东省苍山县西城前村北汉画像石墓

巫鸿先生在谈到“迎宾图拓片”这一图像布局时，引用“位”这一概念来解释这些图像的空间设计。“位”是“墓葬中死者灵魂设置的位置”[①]，援引至图像中，可以为形象确定其存在和视点，是构图的重要动力。换言之，横向型一字构图所要呈现的不仅仅是将各组形象要素是什么样子的展示出来，同样重要的是在这个横向分布的框架内为每个形象确立其所在的位置，一方面可以通过周围其他构图要素框定(framing)来突显主体形象，另一方面可以通过与其他等身大小、疏密相同的构图要素的对比，造成视觉浏览焦点的移动，从而突出各类形象之间的互动关系。不同媒介中出现的类似图式，仿佛在向我们传达着这样一种图像表意的声音，即这种绵延了几百年的图像格局，其中凝结着一种思维方式，即通过形象组群的有机排列组合实现各要素间秩序性关系的建立，从而建构起一种蕴涵时空理念和意识形态的图像序列。

有了上古时期流传下来的一字型图式的启示，就不难理解上图下文式插图内横向布局的建构方式，其固定的图像框架既考虑到了各种形象要素的展示，同时也包含为其确定存在位置的潜在意识，尽管这一处理牺牲了各种形象之间的比例对比。正因如此，对于建本小说上图下文式插图的比例失真不能过于苛责，但也不能熟视无睹。它坐实了这一版式在呈像造型上的局限，也正因为缺陷的存在，才说明它是需要在现有基础上得到修正的。这也是为什么伴随历史发展，这一图式逐渐退出了版刻舞台。

2. 对称式构图

在一字型的图像格局中，对称式构图是上图下文式采用的又一主要构图手段。所谓的对称主要指方位上的对称，而并非人物造型上的镜像对称。图像通过对文本情节的概括和提炼，选择对应情节

---

① [美]巫鸿《时空中的美术》，梅枚等译，生活·读书·新知三联书店，2009年版，第167页。

中的两个或三个人物加以描绘和刻画，并按照横向布局一字排开。如上文提到的图2-44、2-45三人布局图，再如明崇祯元年（1628）富沙刘兴我刻本《全像水浒志传》图《李逵拳打死殷天锡》（图2-48）、明万历天启间建邑刻本《新镌国朝名公神断陈眉公详情公案》（以下简称《详情公案》）图《推府明判二犯就辟》（图2-49），二图都是二人左右对称布局。特别是图2-49，将行刑场景从“二犯”改作“一犯”，另一犯则截取其被斩后倒地的部分身影，以此避免了构图的重复，既有效地利用了有限的图像空间，同时展示了行刑过程的先后时态和结果。可以说，这是一个经过筛选和巧妙构思而呈现的有意识的对称布局。

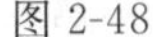

图2-48

图2-49

3. 一人式构图

对称式虽然是上图下文式插图的主流形态，但是并非是唯一形态，很多插图的图像呈像只选择一人加以刻画，这些一人式构图在图文对应和图像布局等方面也体现出独有的特色和功能。具体而言，从图绘内容来看可以分为两类：一是以夺取生命为目的，如自刎、自缢、自沉等，如明万历三十三年（1605）詹秀闽刻本《两汉开国中兴传志》图《项王乌江自刎》（图2-50）、明万历十六年（1588）余氏克勤斋刻本《全汉志传》图《王章下狱自缢死》（图2-51）、明万历三十四年（1606）三台馆刻本《春秋五霸七雄列国志传》图《要离投江而死》（图2-52）。二是以损害身体为目的，如明万历天启间建邑刻本《详情公案》图《有化割肉自遗母亲》（图2-53）。

图 2-50

图 2-51

图 2-52

图 2-53

整体来看，这两类暴力方式存在根本目的上的差别。前者大多是为忠义英勇就死，后者则主要为了实现孝行。在“只此一人”的构图中，暴力事件中的人物关系被悬置起来，绘图者对自尽图景的勾勒并不是要表达事件的前因后果，而是有意识地展示自尽者的形象及其自尽情景。如果画面存在声音的话，那我们听到的绝对是第一人称直接宣布“我欲自尽/割肉”，而不是第三人称的转述“他欲自尽/割肉”。在这一图像话语的表达方式中，观者的注意完全集中在主人公身上，必须直面身体的磨难、生命的消亡。暴力带来的不仅仅是肢体受损、死亡的震撼，在情感体验过程中，也感受着施加于肉体和行动上的暴力可以生成的巨大力量。如果说对称式构图意在突显他者施加的暴力，在施暴和受暴的对比中强化暴力的残忍、权力等特质。那么在一人式构图中，自身同时是施暴者和受暴者，身体作为最强大的武器替代了刀枪水火等有形器具，个体暴力地呈现在展示身体扼杀的背后，是忍受疼痛甚至生命毁灭的更加强大的精神武器。

二、暴力主题图像的呈现及视觉效果

以往论者对上图下文的这一构图批评的声音居多，如汪燕岗先生以《三国志演义》和《水浒传》为例，指出：“采用传统的上图下文的插图方式，内容上比较简略，制作也比较粗糙，等等，都和他们的经营方针有直接的关系，即针对购买力较差的一部分读者。他们想方设法地降低成本。”①再如乔光辉先生在描述建本构图的这一特征时指出：“所绘人物不多，一般为两到三位。但问题是，对于文本的抽象概括极易产生雷同的句式表达……因而模式化、雷同化的插图在建本插图中比比皆是。”同时，他还分析了导致这一现象的原因：“建本模式化的插图创作明显受到了戏曲舞台演出的影响，建阳插图的绘工

① 汪燕岗《论明代建阳通俗小说的出版》，《内蒙古社会科学》(汉文版)2007年第5期。

与刻工群体大多为下层手工艺者以及底层画工……家族刻工的文化水平相对较低，其所能接收到的常见的艺术熏陶即是戏曲。"[①]

不可否认，书籍的受众群体、图式经验的来源、刻工水平等既定的社会事实的确是影响插图呈像构图的客观因素，不过，当我们将视野扩展到整个建本图像系统的宏观视角时，就会发现相当数量的插图都选择了一种相似的图式结构，图像构图展示出惊人的稳定性。除了客观的历史因素以外，或许我们还应当从图像志的角度来思考这其中的因素。换言之，从图像艺术的角度，这一图式在再现文本故事内容上具有怎样的优势，其通过图像修辞传达了怎样的情感和声音？从视觉文化的角度，站在一种经久不衰的图像版式定位的立场上，这种图式蕴涵了怎样的审美心理和文化指向？

艺术史学教授格里塞尔达·波洛克(Griselda Pollock)曾谈到，"'视觉与文本'通过修辞学联系在一起"，而"修辞学作为与世界系统相似、由规则和一般分类原则组成的系统，允许艺术家依据世界的实际形式和意义的潜在形式进行描述"[②]。插图再现以文本叙述为依据，图像修辞对准的"表现性"赋予图像表征及隐喻上的特权，因而其具象形象不仅仅要与文本相对应，同时也承载着反映主体以及沟通主体与观者之间关系的重要任务。具体而言，上图下文式构图在暴力主题的表现上具有别具一格的视觉效果及表征意义。

首先，赋予人物固定的"位"，通过简练流畅的线条突显身体形态的直观性，施暴者和受暴者的不同身份在"位"的互动关系的对比中直接呈现出来。如图 2-48、2-49，施暴者和受暴者一高一低的动态对比，直观地展示出暴力施行中权力配置的对比。

其次，通过肉体暴露及身体线条的勾勒，有力地展示了暴力的纯粹性和原始性。图 2-48 中近身肉搏，图 2-49 中行刑现场，都直接展

① 乔光辉《明清小说戏曲插图研究》，第 311—313 页。

② [美]史蒂芬·梅尔维尔、比尔·里汀斯编著《视觉与文本》，第 43—44 页。

示了对身体甚至生命的迫害，从赤手空拳到斩首刑具，暴力实施的残忍性和惨烈结果都毫不掩饰、直截了当地呈现在眼前，它造成的心理冲击和负担是非常强烈的。如果说图 2-49 处决现场的背向处理对生命还留有一丝温情，那么在明万历天启间建邑刻本《详情公案》图《天道昭昭党恶难逃》(图 2-54)中则彻底舍弃了这抹温情。在杀戮、处决的情境中，施暴者持刀的决绝，受害者示众的首级，让观者切身感受着生命对生命的迫害，生命消亡的状态、个体施加暴力的残忍程度、肉体受到损害的破坏程度，都不加掩饰直观式地呈现出来。再如《萧迈入元家二尸杀在地》(图 2-55)、《天雨水涨投尸弃河》(图 2-56)、《王怒暴尸勿葬》(图 2-57)、《军士收骨见犨》(图 2-58)直接勾画了尸身、骸骨的形制，尤其是图 2-49、2-55、2-57 处理成遮蔽、背向效果，那未见的部分反而让人联想到其生前身体所可能遭到的极大损害。而无论是对生前肉身的迫害，还是对死后尸骨变本加厉的折磨，均体现出对身体的执着和狂热。

图 2-54

图 2-55

图 2-56

图 2-57

图 2-58

此外,暴力的突显除了倚靠身体形态的塑造外,还有一些不可忽视的细节刻画也强化了暴力的残忍性。一是在暴力施加过程中精确刻画致命要害部位和身体伤口,如明万历三十九年(1611)郑世容刻《新锲京本校正通俗演义按鉴三国志传》图《关兴刀斩越吉》(图 2-59),关兴的大刀就精准地斩向越吉头颈,可谓一刀致命。而明万历天启间建邑刻本《详情公案》图《郑阳谋贼劫掠官家》(图 2-60)不仅刻画了陈氏身首异处的惨象,而且细致描绘了头颈处鲜血喷发的血腥景象, 暴力迫害的血腥和生命不堪一击的脆弱集中在一个画面

图 2-59

图 2-60

中强烈地呈现出来。二是对施暴凶器的仔细描绘和展示。凶器的刻画一方面体现了施暴手段的多样性，另一方面，在凶器或刑具形制的展示中，通过观者的视觉刺激，促进其对施暴手段及结果的联想。明崇祯元年(1628)富沙刘兴我刻本《全像水浒志传》图《东京市曹处决方腊》(图 2-61)对凌迟行刑中使用三爪剐刀刑具的展示，明万历三十三年(1605)詹秀闽刻本《两汉开国中兴传志》图《周奇投镬死忠》对烹人刑具的“镬”(图 2-62)的描绘，无不令人对受害者将要遭到的惩处不寒而栗，更不用说周奇投镬所需要多大的决心和勇气。图像在具象描画中为观者制造了无限的想象空间来切身感受暴力实施中的残忍和伤痛。

图 2-61

图 2-62

暴力事件构成的关系总是以一方受压制、受迫害、受剥夺的图式予以呈现，施暴者与受暴者不平等的关系暴露无遗。英国学者柯律格谈及图像受众心理时讲道:“这种难以抗拒的抒情性共鸣正是书籍和生活奢侈品交易的动机……有这样一些消费者及观看状态,它们都要求在涉及历史的处理方式上清楚明确,尤其要有明显的拟态式联想。”[①]当相同的题材、相似的构图以连续、叠加的形式反复再现在图像文本上下文里时,无疑会带给观者巨大的心理刺激,暴力景象唤起的“抒情性共鸣”,“拟态式联想”由此而生。图像形式感与表现特征之间的吻合无形之间制造着图像注意的焦点——暴力和权力,与此同时,暴力双方所处的道德语境——正义与邪恶——则被忽略掉了。在残暴景象的视觉冲击下,在恐惧、快感、痛楚、兴奋等复杂情感的渲染下,注意的焦点既无关对引发暴力事件根源的追究,也缺乏对暴力事件性质的判断,只集中在一方制霸、一方受损的截然对立上。制霸者不管身份如何显赫,目的多么高尚,其局势的掌控都建立在残忍粗暴的极端行为基础上。反过来,拥有武力、地位、身份等权力,也就意味着掌握了施暴的手段和途径,拥有生杀予夺的权力。暴力和权力间密切关系的图像印象就这样深深地烙印在观看行为中。

值得注意的是,插图还为我们提供了具有性别差异的两性形象作为参照。以明崇祯元年(1628)富沙刘兴我刻本《全像水浒志传》图《杨雄剐割巧云心肝》(图 2-63)为例,在这个三人构成的画面中,以持刀的杨雄为中心呈左右横向对称布局。巧云裸露着的、展示着的身体仿佛表达着“不介意被看”的情绪,插图以一种粗暴直白的形式向读者展示了这场暴力事件中施暴者、围观者、受暴者三者之间的关系,同时向我们提出了由暴力、观看、权力几组观念统筹下的一系列问题:谁掌握施暴的权力? 施暴的结果如何? 谁拥有观看的权力?

---

① [英]柯律格《明代的图像与视觉性》,第 47 页。“抒情性共鸣”是柯律格转引何惠鉴(Wai-kan Ho)“The Literaray Concepts of ‘Picture-Like’(*Ju-hua*) in the ‘Picture-Idea’(*Hua-I*) in the Relationship Between Poetry and Painting” *in Words and Images: Chinese Poetry, Painting and Calligraphy*(New York, 1991)中提到的概念,P. 366。

观看谁？观看效果如何？为什么观看？潘巧云以被侮辱、被损害者的形象出现，不但丧失了作为妻子或是情人的权力，甚至丧失了羞耻的权力。我们在施暴者和围观者身上看不到半点“怜悯”之情，石秀不但作为暴力事件参与者存在，而且以围观者的身份在观看暴力施加的过程中收获快感。

图 2-63

潘巧云的半裸体状态并非建本插图中的个例，而是在很多插图中都得到袭用的人物造型模式，如同样出自此本的图《东京市曹处决方腊》(图 2-61)、《燕青救主射死公人》(图 2-64)。三图中，受暴者性别差异显而易见，然而，身形差异却并不明显，同样双手反剪的姿势，

图 2-64

肚腹略为凸显。形体的相似性实际上取缔了男女性别的差异，这也恰恰体现了受暴者的陪衬地位，正如英国学者保罗·克罗塞所说："暴力反映并巩固了男人在权力与控制方面的幻想。"[①]在这个暴力现场中，男性权力展现无遗，女性则用以满足视觉和欲望的需求。他（她）们同样是作为施暴者卑贱的对立面存在的，暗示出图像将权势归于施暴者的意图。可以说，绘图者在性别和暴力关系处理上，有意识地让女性角色参与到了男性暴力权力体系坐标的建立上。

对称式图像修辞在树立施暴者男性英雄形象的同时，又极尽残忍地描绘受暴者的悲剧结局。在施暴者和受害者兼具的画面中，暴力刺激下的兴奋和血腥带来的苦涩同时交融。无疑，读者在感受着卓绝武力而产生愉悦之情时，也慢慢咀嚼着因嗜杀而弥漫在内心深处的病态快感。可以说图像话语具有双重指向性，一方面从感性上营造出了集体狂热下的暴力氛围，另一方面也促使观者从理性上审视暴力冲突背后大众普遍思想的消极意义。美国学者史蒂芬·梅尔维尔谈及视觉和审美体验之间的关系："艺术传达的是人类心灵的一般结构与它所理解的客体之间完美契合的经验。因而体验美涉及到了我们对生活世界的适应性。"[②]当我们一遍遍感受着生命的爆发、自我的毁灭，一次次震撼于血光、尸骨的血腥景象时，不但从中深深感受着生命的脆弱、暴力的惨痛，同时也不禁发出了对权力的怀疑与质问。

要之，在上图下文式图像结构中，图像对暴力景象的展示表面来看是对物理时空即暴力事件发生的人物、事件、场所的展示，然则这一景象描绘背后也营造着一种心理时空，即观者在暴力景象观看中获得的身临其境的情感体验。如果我们将建本与金陵本、浙本、徽本相比较，就会发现其图式建构及其风格特征则绝对是"只属于他"的

---

① [英]保罗·克罗塞《绘画中的暴力》，钟国仕译，《云南艺术学院学报》2003年第2期。

② [美]史蒂芬·梅尔维尔、比尔·里汀斯编著《视觉与文本》，第11页。

独有特质。更进一层，图像的结构功能不仅仅定义着暴力主体和对象的身份特征和艺术人格，同时因为暴力事件指代着一种历史和社会关系，表达着历史象征，这也正是图像结构的关键意义。这一点我们将在下面展开论述。

三、图像结构的模仿及其历史表征

如上文所述，建本图像系统的图式结构在很大程度上呈现出的稳定性、图像修辞的一致性促使插图本之间惯例(conventionality)的生成，它们是如此的规则化和秩序化。不可否认，建本插图间的相似性和同一性存在书坊间盗版翻刻的因素，当时知名的刻书家余象斗在《八仙传引》中就此提出严厉批评："乃多为射利者刊，甚传照本堂样式，践人辙迹而逐人尘后也。"[①]但是，当这一结果作为一个既定事实进入到历史文化空间时，它就与特定历史时代的意识形态和价值观念息息相关，因而不能简单轻易地以盗版翻刻做结论。

重复性图式造成了暴力这一主题表达效果的加剧和激化，一幅插图已经不仅仅是依照每页/回文字内容进行创作的一个对象，在联结力的作用下，可重复的图式分散在整个图像序列中，以不连续的方式在图像文本中生成了一种相对稳定的关系。建本插图中暴力构图为什么具有如此相似的构图模式？这一构图模式对建本插图风格史的形成又具有怎样的影响和意义？从阐释的角度而言，这一现象正是集体意识生成的特殊语境所决定的。彼得·波拉(Peter Bolla)在谈到视觉行为的发生环境时讲到："观看活动不仅在特定的物理环境中发生，而且处于视觉本身的文化氛围中。也就是说处于由文化样式创立的虚拟空间中。因此，任何视觉经验都积极地打上了等级、阶

① [明]余象斗《八仙传引》，《八仙出处东游记》，《古本小说集成》第一辑，上海古籍出版社，1991年版。

层和性别的烙印。”[①]以民间书坊形式为经营模式而出现的建本，其传播序列中的两端——绘刻者[②]和阅读者，存在着一种相互制约和相互影响的关系。一方面，插图的绘制要适应并刺激受众的兴趣所在，并在一定程度上引导受众阅读取向以符合自家书坊刊刻的市场定位；另一方面，受众的阅读兴趣和消费心理牵引和诱导着书坊的刊刻趋向。正是视觉领域内的这种双向互动模式，图像文本分析的背后才具有揭示和还原特定时代社会语境的可能和意义。

言及此，我们有必要对“受众”做一番小议。在书籍批评史上，尽管建本在明末印刷领域风靡一时，是历来书写古籍印刷史不可或缺的重要一环，但却总是处在受人诟病的尴尬处境。明代陆深在《俨山外集》中云：

> 石林时印书以杭州为上，蜀本次之，福建最下。京师比岁印板殆不减杭州，但纸不佳，蜀与福建多以柔木刻之，取其易成而速售，故不能工。福建本几遍天下，然则建本之滥恶，盖自宋已然矣。[③]

文人对建本的批评集中在刊刻技术拙劣，不够典雅细腻，但其实还与鄙视小说戏曲密切相关。如明代叶盛在《水东日记》中云：

> 今书坊相传射利之徒伪为小说杂书，南人喜谈如汉小王光武、蔡伯喈邕、杨六使文广，北人喜谈如继母大贤等事甚多。农工商贩，抄写绘画，家畜而人有之。痴騃女妇，尤所酷好。好事者因目为女通鉴，有以也。甚者晋王休徵、宋吕文穆、王龟龄诸名贤，至百态诬饰，作为戏剧，以为佐酒乐客之具。有官者不以

---

① ［美］史蒂芬·梅尔维尔、比尔·里汀斯编著《视觉与文本》，第328页。

② 绘图者其实是在文本接受基础上进行插图绘制的，因此，既是插图本的接受者，同时也是插图文本的创作者。此处将其归属刊刻者范畴，一方面是因为其与书坊主即出版者之间的密切关系，另一方面主要是与更为广泛的受众群体相比较而言。

③ ［明］陆深《俨山外集》卷八，清文渊阁四库全书本。

为禁，士大夫不以为非，或者以为警世之为，而忍为推波助澜者，亦有之矣。意者其亦出于轻薄子一时好恶之为，如《西厢记》《碧云騢》之类，流传之久，遂以泛滥而莫之救欤。[①]

在这些批判声中，以通俗读物作为重要发行出版物的福建刻本首当其冲，特别是与以细腻精致闻名的浙本、徽本相比较。但是其"几遍天下"、南北皆喜的历史事实却充分说明了建本在"大众"接受层面巨大的活力和吸引力。而对于那些承担书籍历史书写和评论任务的文人"精英"群体而言，也绝非漠不关心、视而不见，其不满和谴责不也是对建本阅读以及建本传播情况的一种态度表示吗？从接受角度而言，建本所反映出的历史语境和文化观念是具有大众群体表征性的，但也并不是绝对排除"精英"群体的行为和观念的。[②]

在这个意义上来看，暴力图像修辞不但没有遭到非难或抵触，相反，流血、冲突、牺牲、毁灭主题图像的广泛接受折射出当时阅读者观看暴力事件的猎奇心理。在暴力景象的观看中，欲望压倒了恐惧，观看欲望成为支配性的阅读情绪。美国哲学家黛布拉·B.布格芬(Debra. B. Bergoffen)在讨论人类欲望时讲到："把欲望看成是人类经验的中心，并非认为人性以技术性地实现其目标为归宿，而在于表明，在提及我们的欲望对象时，我们在超越自身生存条件的期望下，试图实现无法实现的东西。"[③]暴力图像这种向死的艺术，恰恰可以挑动撩拨个人内心深处的极致情绪，因丑陋、扭曲的身体而直抵亢奋，因屠杀、嗜血而激发的原始快感，在他人遭受损害、折磨、逐渐灭亡的过程中发现生命原始本质的特性，在敬畏、恐惧、愤怒、痛苦各种情绪交错混合中体味着屠杀、复仇、殉职、牺牲等一系列现实人生中无法

① [明]叶盛《水东日记》卷二十一，清康熙刻本。

② 有关印刷类书籍在明末的接受群体及文化层次的问题是一个重要命题，此处只围绕与本文议题进行论述，因此并未展开深入探讨。

③ [美]史蒂芬·梅尔维尔、比尔·里汀斯编著《视觉与文本》，第163页。

践行和体味的感觉，从而获得心理上代偿性的满足。在晚明这场视觉盛宴中，建本暴力主题图像的观看行为所揭示出的社会普遍态度即“自我”(ego)价值和理想在暴力形象的刺激下获得认同和快感。

在晚明物质极度繁荣的盛世中，“书籍”这一自古以来备受文人尊崇的事物，在官方记录中便已是当地“货之属”的重要构成部分。据明弘治间《八闽通志》“食货”记载：

> 货之属书籍：建阳县麻沙、崇化二坊，旧俱产书，号为图书之府。麻沙书坊元季毁，今书籍之行四方者，皆崇化书坊所刻者也。[①]

商业化运作形式下，建本的生产和流通构成了人类知识、思想的交流和共享。一旦我们直面暴力图像这一“自我”隐喻，也就意味着承认审美体验与主体情感上具有共通性，那些原本隐藏在平淡无波的日常生活中的情感在视觉冲击下得到激发。它正暗示出普遍人性中的暴力倾向，这也正是建本插图暴力主题再现的内在驱动力。由暴力图式联结起来的建本插图上下文，充分说明了刊刻者在绘图这一工序中分析和参考了这一倾向，其图像制作关注人类普遍欲求。

以《春秋五霸七雄列国志传》《三国志演义》《两汉开国中兴传志》《全汉志传》《忠义水浒传》《皇明诸司公案》《详情公案》等一系列作品为代表，可以看到福建书坊在历史、英雄、侠义题材上注入了极大的热忱。从这些题材发生的故事时间到书籍作者创作时间、从书坊刊刻时间到读者阅读时间，跨越了相当长度的历史时空。这其中，作为构成文本叙述以及图像构图而存在的暴力主题，伴随着受众对这些题材文本的青睐，在保持“在场”的状态下获得了永恒性(timelessness)。直至今天，在绘画、电影、雕塑等各类视觉艺术中，我们依然可以看到众多暴力题材的作品。从这个意义上讲，暴力主

① ［明］陈道《(弘治)八闽通志·食货》卷二十五，明弘治刻本。

题图像作为文化“传统”在建本插图中得以传承延宕,同时作为建构建本插图系统不可或缺的重要因素,获得了“仪式感”(ritual),在展示特定时代历史特征和文化意义的层面上成为了一种文化编码符号,趋向成为具有插图风格史表征意义的图像。

当然,我们不得不承认,“没有阐释永远是充分的,没有理解永远是牢固可靠的”[①]。但是,以图像结构性及其视觉表征切入,为我们审视建本插图提供了一个观照维度,去更加深入地认识和分析明代中晚期建本插图风格史的上下文,其特征的形成既与那个历史时代的意识形态和价值观念息息相关,同时也反映出特定社会环境的局限和困境。这些对于我们正确定义和判断建本在插图史中的地位和价值,以及梳理整个插图史的体系脉络,都是富有启示意义的。

---

① [英]乔纳森·哈里斯《新艺术史批评导论》,江苏美术出版社,2010 年版,第 187 页。

第三章　明清叙事文学插图的图像叙事

第一节　身体叙事及其视觉表征

周宪先生认为视觉文化的核心概念是“形象”，并且指出“（形象）决定了视觉文化的总体面貌，形象的构成原理也就是视觉文化的运作规则”。[①] 小说戏曲中的形象范畴十分广泛，既包括形形色色粉墨登场的人物形象，也包括作为环境背景出现的花草树木亭台楼榭等等。不过，如果在这之中选取一种最能代表和体现文本核心内容和精神的形象，毋庸置疑，我们将聚焦于“人物”。作为构成故事情节的主体和灵魂，人物形象的分析历来是文本分析中的热门议题。在插图介入到文本这一载体中时，叙述媒介从文字转变为图像，故事的叙述性就又叠加一种可视性的特质，于是，“编码—解码的动态过程”[②] 势必发生转变。人物形象的形态塑造以及身体语言的具象表现，无疑都将成为绘事生产过程中的重要挑战。

事实上，“身体”正是视觉文化研究关注的重点，美国学者米歇尔

---

① 周宪《从形象看视觉文化》，《江海学刊》2014 年第 4 期。

② 周宪《从形象看视觉文化》：“形象是视觉文化研究的基本单元，那么，形象绝不是一个僵死的、不变的事物，它必然具有生产性，必须存在于编码—解码的动态过程中。”见《江海学刊》2014 年第 4 期。

在《何为视觉文化》一文中，提出视觉文化的三个关键词：符号、身体和世界，并概括了身体研究所涉及的范畴：身体：种族，视觉与身体；漫画与人物；暴力的形象/形象的暴力（偶像破坏论；偶像崇拜；拜物教；神圣；世俗，被禁忌的形象，检查制度，禁忌与俗套）；视觉领域中的性与性别（裸体与裸像；注视与一瞥）；姿态语言；隐身与盲视；春宫画与色情；表演艺术中的身体；死亡的展示；服装倒错与“消失”；形象与动物。[①] 在米歇尔所构建的视觉文化的知识框架内，“身体”作为一个重要家族成员，其自身概念、表征意义以及与其他家族成员之间的逻辑关系，正是对一个社会和一个时代中视觉特征的积极回响。

一、灵动的身体

莱辛在《拉奥孔》中对绘画“顷刻”的分析常常为评论者所引用，“绘画在它的同时并列的构图里，只能运用动作的某一顷刻，所以就要选择最富于孕育性的那一顷刻，使得前前后后都可以从这一顷刻中得到最清楚的理解”[②]。在小说戏曲这样两种具有叙事性特质的载体中，面对跌宕起伏的故事情节，图像如何抓取和描绘“最富于孕育性的那一顷刻”，在这个瞬间点上，又是如何利用肢体来表现人物个性并唤起上下文因果关系的想象空间，这既是图像身体叙事的挑战，也是其散发魅力的关键所在。

在阅读和整合插图的过程中，一个非常有意思的事件进入了笔者思索的范畴，即图像十分热衷于叙事链条中“逾墙”环节的刻画。应该说产生于不同文本的“逾墙”事件是具有文本独创性的，并有机地镶嵌在故事的叙事机制中。不过，不可否认的是，不同的图像绘刻者都自发地将这一事件从各自的文本中剥离出来，促使整个图像叙

---

① W. J. T. Mitchell. “What is Visual Culture?”in Irving Lavin，ed. ，*Meaning in the Visual Arts：Views from the Outside*，Princeton：Institute for Advanced Study，1995，P211.

② ［德］莱辛《拉奥孔》，《朱光潜全集》卷十七，第 94 页。

事系统拥有了共同的叙事主题，这就不能不促使我们深入思考和追溯个中原因了。当然，最有效的办法还是首先对每一幅图像进行细致的绘事语素分析。

抓取和描绘，正是对某一个特定时间和空间的冻结和联结，其人物形象身体的刻画不仅能够突显人物自身的性格和精神，而且能够通过肢体解读唤起读者对文本故事情景的推测和联想。

明金陵兼善堂刊本《警世通言》卷二十九《宿香亭张浩遇莺莺》，写才子张浩偶遇邻舍佳人莺莺，升梯逾墙相见之事。文中叙述如下：

> 浩遂张帷幄，具饮馔、器用玩好之物，皆列于宿香亭中。日既晚，悉逐僮仆出外，惟留一小鬟。反闭园门，倚梯近墙，屏立以待。未久，夕阳消柳外，暝色暗花间，斗柄指南，夜传初鼓。浩曰："惠寂之言，岂非谑我乎？"语犹未绝，粉面新妆，半出短墙之上。浩举目仰视，乃莺莺也。急升梯扶臂而下，携手偕行，至宿香亭上。

图 3-1 对"逾墙"这一情节进行了精心的设计和绘制。从人物来看，东墙内外，一边是已经跃上墙头的佳人，一边是倚墙援梯而接的才子，图像定格在二人四目相接、双臂相交的瞬间。男子微微弯曲的脊背、抬起的面庞透露出此时此刻人物内心既谨慎又焦急的心理状态。与之相对应，女子高出墙头、含胸俯首的形象则迥异于我们熟知的深锁闺阁中的小家碧玉形象，肢体语言的塑造显示出"这一位"女子独有的勇敢和果断。二人身位的高度差、举手投足的姿势不但强化了这一瞬间中身体的动态效果和画面趣味，并且在对比中激发了读者阅读和思考的心绪。从景物来看，右下方浮现的宿香亭已经做好了迎接佳人"具饮馔、器用玩好之物"的准备，四周假山、斜阳、垂柳交相辉映，暗暗照应了赞语"夕阳消柳外，暝色暗花间"，为"逾墙"这一行为镀上了一层富有诗意的浪漫色彩。可以说，这是一幅经过充分构思进行设计的图像。整个画面，不仅照顾到作为构图元素出现的人

物、景物的具体造型，而且考虑到其在图像中的位置分配，呈现出一种留白余韵、简疏有致的气质风格。

图 3-1

图 3-2

图 3-3

说到“逾墙”，戏曲《西厢记》中就有一段十分经典的段落“张生跳墙”。从明代弘治降及崇祯年间，古代小说戏曲插图经历了最为繁盛的“黄金”季节，《西厢记》顺应这种时代热潮，在此期间出现了数量众多的插图刊本，覆盖了建安、北京、金陵、武林、徽州、苏州、吴兴等地多个流派，不仅作为《西厢记》自身典籍的珍贵财产流传后世，而且为我们今天重新书写插图史保存了丰富的视觉图像资源。这里我们选取两种代表性的刊本做个比较，明万历间刊本《新刻摘锦奇音·会真记》图《张生跳墙失约》（图 3-2），对张生跳墙予以正面刻画，展示了他跳墙时的形象，具有强烈的动态效果，卷轴式纵向图幅中院墙的高低势差突出了墙上墙下的动静对比，趣味感十足。

再来看明崇祯十三年（1640）吴兴寓五本《西厢记》（现藏于德国科隆东方艺术博物馆），存图二十一幅。此本在各种《西厢记》刊本中可谓一枝独秀，主要是其版画在很多方面都拥有独特魅力。首先，在刊刻技艺上，采用了当时十分先进的套版彩色印刷技术，色调清新淡雅，具有相当出色的艺术表现力。其次，在内容设计上，将故事情节内容与传统博古器物如走马灯、玉环、屏风、扇子等相结合，匠心独运，寓意深远。第三，在视觉修辞上也有很多独到之处，巫鸿先生曾专门撰文述及此本绘画艺术[①]。

这里，我们要关注的是此本在“逾墙”这一事件中对人物身体的解读和刻画（图 3-3）。在这个极富动态效果和喜剧趣味的画面中，绘图者别出心裁，将正在翻越墙头的主体隐去，而是利用水中倒影来刻画人物此时此刻的情状。很明显，这是一种间接展示肢体动作的方式，这与图 3-2 的直接展示很是不同。寓五本跳墙情节的刻画为什么如此别具一格？除了创作上的灵光一现，存在哪些原因促使其做出了这样的身体描绘？这样的描绘又产生了怎样的视觉效果呢？

---

① ［美］巫鸿《关于绘画的绘画：闵齐伋〈西厢记〉插图的启示》，见《时空中的美术》，第 339—356 页。

细读曲文，我们会发现，张生跳墙这段情节发生在一个“淡云笼月华”的夜晚，这片小花园呈现出如此这般的景致和氛围：

> 不近喧哗，嫩绿池塘藏睡鸭；自然幽雅，淡黄杨柳带栖鸦。金莲蹴损牡丹芽，玉簪抓住荼蘼架。夜凉苔径滑，露珠儿湿透了凌波袜。

花影流水，绿荫香风，这是一个晚风撩人、静谧恬静的夜晚。张生跳墙仿佛向这个静谧的池园投掷了一颗弹丸。他所携带的动态感对这一幅醉人的景致而言，是相当具有冲击力的。这一对比中的不协调恰恰构成了戏剧的夸张效果，既可以有力地突显张生本人一往情深、奋不顾身的个性，同时又在增强画面的喜剧性和趣味性的过程中有效地刺激了读者的阅读兴趣。图 3-2 等很多刊本都秉承着这样的创作意图采用直观展示的图式，它要有意地利用身体高度位差来搅乱这一池春水，从而制造视知觉的不安，可以说这是一种基于文本的解读进行图像创作的构思方式。英国学者贡布里希在谈到人类的官感时曾经讲道：“我们天生具有一种通过一致与不一致、相同与相反等先验范畴来判断经验的能力。”[①]绘图者既是图像的创作者，同时也是刊本的接受者，在文本和插图双重经验的作用下，不约而同或者说约定俗成地采取相同或类似的处理方式，是感官经验的惯势所导致的，是无可厚非的。不过，也正是在这个层面上来看，图 3-3 的跳出窠臼是具有重要意义的。

首先，手册式横向图幅中出现在水中的倒影大大缩小了身体高度位差所带来的不平衡感。其次，从张生肢体的描绘来看，倒影呈现的肢体刻画已将人物和池水融为一体，仅仅露出上半身，而隐去了攀爬感十足的腿部特写，以静态的身体形态出现，这就又在很大程度上消解了跳墙所携带的动态效果。如此一来，张生跳墙这一情节悄然

---

① ［英］E. H. 贡布里希《秩序感——装饰艺术的心理学研究》，第 127 页。

融入到这片恬静的夜色之中,成为营造整个画面基调的有机组成部分。在此,身体的处理方式更多地参考了这一幅图像构图的风格需求,而并非出自制造戏剧性冲突的文本需求。图 3-2 和图 3-3 两相比较,不仅体现出构图策略的差异,而且昭示出图像作为一种言说媒介,其抒情表意虽然受到文本故事情节的束缚,但是在绘事上却不失其独自言说的话语功能。

二、优雅的身体

就在小说戏曲刊本佳作迭出的黄金时期,明代末年寓居在杭州的夏履先刊刻了一部历史小说《禅真逸史》。这部书卷首有图四十幅,绘刻精美,是插图本中的上乘之作。值得注意的是,此书《凡例》共八条,第五条专门针对其中插图进行概括:

> 图像似作儿态,然史中炎凉好丑,辞绘之;辞所不到,图绘之。昔人云诗中有画,余亦云画中有诗。俾观者展卷,而人情物理、城市山林、胜败穷通、皇畿野店,无不一览而尽。其间仿景必真,传神必肖,可称写照妙手,奚徒铅槧为工?

当明季"绘画与书籍的世界已重叠起来"[①]时,这段关于图像的评说就不仅仅是对《禅真逸史》这一部书的提示和导读,它也意味着图像作为一个知识系统而被论者所讨论,特别是作为一种观念而被精英群体理论化和社会化。回到《凡例》所言,图像到底图绘了什么?又揭示了什么呢?从内容上看,包括辞到和"辞所不到";从意蕴上看,形神兼具;从内涵上看,"人情物理、城市山林、胜败穷通、皇畿野店"皆跃然纸上。插图作为一种具象的艺术,其对身体的掌控和解读是暗暗浸入到由"城市山林""皇畿野店"所构成的环境背景中的,并共同构成叙

---

① 柯律格列举丁云鹏、萧云从、陈洪绶等人参与绘制书籍插图的事例来说明当时"文人对插图本书籍的更多关注"。见[英]柯律格《明代的图像与视觉性》,第 40 页。

事性图像的常规结构,形成“诗中有画”“画中有诗”的内在逻辑关系。

采莲是我国江南地区夏季常见的一种民俗活动,很早就进入文学史写作的视域内,汉乐府有《江南》:

> 江南可采莲,莲叶何田田,鱼戏莲叶间。鱼戏莲叶东,鱼戏莲叶西。鱼戏莲叶南,鱼戏莲叶北。

李白有《越女词》:

> 耶溪采莲女,见客棹歌回。笑入荷花去,佯羞不出来。

晏殊有《渔家傲》:

> 越女采莲江北岸,轻桡短棹随风便。人貌与花相斗艳。流水慢,时时照影看妆面。 莲叶层层张绿伞,莲房个个垂金盏。一把藕丝牵不断。红日晚,回头欲去心撩乱。

这些作品大多呈现出清新明快的调子,既描绘出江南水乡盛夏之际的如画美景,也勾勒出采莲女活泼可爱的表情神态。戏曲中采莲事件虽然是整个叙事链条的一个环节,但其叙事基调也基本沿袭了既往民歌诗词中自然朴素、优美隽永的风格。不过曲文中对采莲事件往往缺乏细节描写,而大多是通过一段段唱曲来不断强化荷花荡的美丽风光以及人物身在其中的惬意心态。

明万历间刊本《吴歈萃雅》收录有明梁辰鱼所作《浣纱记》,图 3-4 为第三十出《采莲》所配“影景”。文字对采莲情状的描绘是“百队兰舟,千群画桨,中流争放采莲舫”概括性的场景描绘,对采莲女人数、采莲姿态等都没有具象化的描述。对图像绘制而言,虽然缺少文字这一强有力的支撑,但同时也摆脱了文字的束缚,绘刻者可以最大限度地发挥其视觉实践的主动性。插图中几条采莲舫行进方向各不相同,各舫之上三到四人不等,有站,有坐,有俯首采莲,有手擎莲花,有掌棹行进,有吹奏乐器,人各不同。通过一个时间点上对人物肢体动作的定格，从而显示出前前后后其动作的连续性，视点虽然是固定的，但是却牵引出“百队兰舟，千群画桨”的壮观想象空间；画面虽然是无声的，但采莲人的欢歌笑语已经响彻耳边，难怪插图赞语也使用了“馆娃高处奏笙簧”这样富有听觉意味的图咏。这幅采莲图真正达到了《禅真逸史·凡例》所言的生花妙手、传神写照的意境。

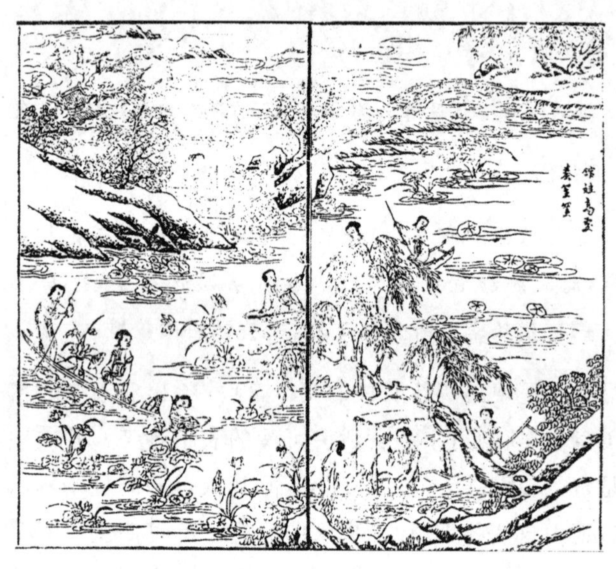

图 3-4

插图中，有作为劳动者出现的侍女，有作为享受者出现的贵妇，身体作为图像叙事的主体，通过分工被打上了阶层的差别，社会身份在肢体解读的同时被含蓄地传递出来。身体的刻画除了展示文本叙事空间外，也具有了社会化内涵。英国学者布莱恩·特纳在《身体与社会》一书中提出了“身体化的社会”(somatic society)的概念，指出“身体在现代的社会系统中已经成为政治与文化活动的首要领域”①。

① 转引自陶东风《身体意向与文化规训》，《文艺研究》2003 年第 5 期。

当然，古典社会与现代社会不可同日而语，但其思考的轨迹却提示我们在身体研究中关注身体进入社会、参与社会的过程和影响。正如上文讲到的那样，叙事性图像中的身体与其他构图要素是以相辅相成的形式共同再现文本空间的，采莲图像的绘刻者就始终致力于身体塑造与社会结构了无痕迹的融合。

如果我们将视野再放大一些，就会发现类似的视觉实践并非是唯一的，在绘画领域，采莲这一主题曾经被不断描绘和咏叹，尤其在木刻版画大放异彩的这个时间段，当时画坛上的著名画家唐寅、仇英、朱邦等都曾留下墨宝。比较明代朱邦的《采莲图》(图 3-5)和《浣纱记》的插图，会看到作为视觉展示对象出现的绘画要素具有很多共性，如树木山石、荷叶荷花、采莲女，在身体姿态的塑造上，采莲女或撑竿划桨，或俯身采莲，或欣赏湖景，构图元素的设定相辅相成，自然秀雅，船只紧凑而不散乱，画面开阔而井然有序。

图 3-5　[明]朱邦《采莲图》(局部)22.8cm×110cm 中国美术馆藏

再看仇英的《采莲图卷》(图 3-6)，清代学者方濬颐欣赏这幅画作有一段细致的评述：

山石玲珑，半露亭角，石畔蕉树浓缛，文石作砌，绕以朱阑，阑外池荷盛开，夹阑老柳二株，图中士女七人，池中二人，共坐盆舟采莲，岸边一人衣半臂，手持纨扇，一手接一莲房，阑侧石台一人，以刀分果，一人挥扇而视，一人手中拈花，一人倚阑争取，相视而笑。[①]

图 3-6 [明]仇英《采莲图卷》95.3cm×36.5cm

图 3-7

① [清]方濬颐《梦园书画录》卷十，清光绪刻本。

如果说它与图 3-4 在构图上差别较大，那么不妨引入明末刊本《听秋轩精选乐府万锦娇丽传奇》收录的《琵琶记》中的《赏荷》图（图 3-7），画面中凉亭、湖水、山石、盆舟等布景要素，以及亭中人、采莲人、岸边人等人物的选取和设定，都显示出惊人的同步性，且不同方位上的人物在体态动作上也呈现出很多相似性。在绘画的不同领域，身体图式的共性说明了戏曲插图在创作中的经验借鉴，图式经验流动背后的生成原因是复杂的，或许我们还无法一语道清，但其呈现的结果却说明了在明代晚期文化领域中图像创作存在一个共同趋势，即视觉文化在身体再现上的图式趋同已然成为一种社会化现象，这种现象恰恰来自于对现实生活的戏仿。

从《浣纱记》到朱邦《采莲图》，从《琵琶记》到仇英《采莲图卷》，戏曲文本与传统绘画共同分享着一个共同题材——采莲，而当某一个题材成为不同绘画媒介的共同主题时，就会因为共同分享主题而成为去私人化的图像，进入到公共玩赏领域。采莲事件中人物身体的使用方式其实是作为图像文献保存了当时江南水乡生产生活的图景，换言之，日常生活成为身体解析和身体塑造的有力素材。在这个意义上看，作为图像的接受者，采莲图的阅读将不仅仅是对故事内容的了解，画面中熟悉的身体仪态和环境背景都会消弭读者和文本之间的距离。这样的阅读与其说是接受新知识的过程，不如说是对自我生活重新审视和观照的过程。

采莲图中的身体其实不仅仅是纯粹的文学形象，也是绘图者头脑中采莲女的身体图画，沟通着文学的虚拟世界以及现实社会的经验世界。日本学者栗山茂久在回答“为什么研究身体的历史”这个问题时讲到，“历史所述说的故事也许可以让你我检视已有的认知与感受的习惯，想象过去不同的存在方式。藉由触摸、观察身体的历史，以全新的方式来拥抱、体验现在的世界”①。当再现成为一种表达手

① ［日］栗山茂久《身体的语言——古希腊医学和中医之比较》，陈新宏、张轩辞译，上海书店出版社，2009 年版，第 1 页。

段时，图像中身体行为的建构就成为理解和讲述人类自我生活的一个平台。回过头来，重新翻看这些插图，奋勇跳墙（图 3-1 至图 3-3）、垂泪送别（图 3-8 明刊本《玉茗堂批评种玉记》第十出《怆别》）、夜宴赏灯（图 3-9 清初刊本《扬州梦》第十二出《赏灯》），不就是切实发生在每个人身上，是个人身体感知的真实体验吗？小说戏曲插图仿佛是一个巨大的现实生活的包容空间，这个空间容纳了个人生命的生长过程，也是人类情感悲欢离合的传神写照。

图 3-8

图 3-9

另一个可以提供佐证的图像文献是《图绘宗彝》（图 3-10）。这部杨尔曾刊于明万历年间的木刻版画集，收录的插图包括人物山水、翎毛花卉草虫、梅谱、竹谱、兰谱、走兽等类别，由当时新安地区的名笔蔡冲寰、知名刻工黄德宠共同合作完成。作为画谱，其所收录的插图既是对典型形象的高度浓缩，同时也为学画者提供绘画图式的范本。这一具有类型意义的图式在西方图像学界被称作“公式”，特指那些

图 3-10

“对叙事的经典分析提供榜样的小型的图式”,“是艺术家储备的一部分,需要的时候,就可以随时拿出来满足不同的要求”①。在古代中国,这类辑录绘画并提供画法示范的典籍被称之为画谱,以其为载体搜集罗列的各式身体形象具有人类行为的原生性和仪式感。它的出版问世,说明了文化艺术领域对于身体感知的敏感程度,利用中国传统绘事语素中最简单同时最富意味的线条,将日常生活中各类身体行为进行分类和概括,使其成为其他作品摹写的艺术对象。出现在图谱中的这些身体不仅提供了观看的对象,“写意”的图注同时提示阅读者(包括模仿者)观图或提取图式的方式和精髓正是对现实生活和身体动作的抽象。可以说,画谱的存在本身为晚明时期视觉活动中的观看事件提供了文献支撑,而其与众多小说戏曲刊本的问世同

① [英]彼得·伯克《图像证史》,北京大学出版社,2009 年版,第 200 页。

样出产于民间书坊的事实，再次说明了二者之间图像经验流动的可能性，很多名笔名工都曾参与过多种典籍的制作，如蔡冲寰就参与绘制过闻名遐迩的《唐诗画谱》等。所以说，坊刻领域内对于戏仿现实中的身体仪态和身体活动是非常积极活跃的，并主动将其推广到视觉文化活动中的各类典籍。

三、突兀的身体

日常生活虽然是图像身体戏仿的重要素材，但是并非所有插图都像采莲图那样拥有优美的风景、协调的仪态。容纳着爱恨情仇的生活本身就是多元而复杂的，更何况文学创作还包含着想象和虚构，暴力、杀戮、冲突、死亡既是人类历史长河中的主旋律之一，也是小说戏曲主题中的重要成员。与之相对应，这类事件中身体的视觉表述也有其独特性及其表征意义。

这里以两类图像主题为例，一类是以拷打为图像主题，在刑讯惩罚中予以展示，如明刊本《裴度还带记》第三出图《宗一生非》（图3-11），从施暴者和受暴者形象造型来看，二者在衣着、头饰上基本一致，但是却因为武器持有权的不同促使身份截然不同，施暴者威风持械，受暴者无力掩面，直立俯视和跌坐扭曲的身体姿态的鲜明对比，有效地隐喻了暴力和权力之间的密切关系。明刊本《灵宝刀》第二十八出图《坐衙》（图3-12），描绘的是李逵乔坐衙、惩戒贪官污吏之事。插图绘刻较《裴度还带记》来得更加细腻精致，但是在身体暴力的展示上却并不孱弱，受刑者衣不裹体、扭曲的头部姿势都暗示出此时此刻肉体承受的痛楚。再如清刊本《一捧雪》第十八出图《勘首》（图3-13）。与前两图不同，这里展示的是女性身体被迫害的情景，前景中与匍匐在地的身躯相比较，那根绳索是那么纤细，但在施暴者的牵制下却如此刺眼和夺目。

图 3-11

图 3-12

图 3-13

又一类以死亡为图像主题，通过身体行为展示了向死的艺术。如明世德堂刊本《新锲重订出像附释标注惊鸿记》第二十七出《马嵬杀妃》(图 3-14)。杨玉环是中国古代四大美女之一，历代歌咏其美色、爱情及悲剧结局的文学作品层出不穷，著名的有如杜甫的《哀江头》诗："明眸皓齿今何在，血污游魂归不得。清渭东流剑阁深，去住彼此无消息。人生有情泪沾臆，江花江草岂终极！"白居易长篇叙事诗《长恨歌》，咏叹其绝色"回眸一笑百媚生，六宫粉黛无颜色"。小说中有唐代传奇小说《长恨歌传》、宋代文言小说《杨太真外传》，戏曲中有《唐明皇秋夜梧桐雨》《彩毫记》《长生殿》等作品，在中国文学史上这是一个长盛不衰的歌咏题材。

图 3-14

在绘画作品中，代表性的有如元代钱选所绘《贵妃上马图》(图 3-15)，人物设色艳丽雅洁，凸显出贵族风范和盛唐气象。杨贵妃在玄宗的关切注视下正由两名侍女扶持上马，周围有侍者待立。美人容颜侧露，身形有力而婀娜，姿态自然而流转。图绘以具体事件烘托出岁月静好中唐、杨二人的美好爱情。与此不同，世德堂本图绘事件已然是事态急转直下之时，欢愉之情在动乱的涤荡中早已难以为继。具体到文本中，事实上这一出中更多的篇幅在铺叙帝王与军士之间的矛盾，以及杨妃自缢前与唐明皇依依不舍的情谊，有关杨妃自缢仅有简单的一句交代："贵妃已缢死佛堂梨树下"，不过插图出以金陵地区刊本阴刻阳刻显著对比的典型风格，通过描绘上吊自缢的杨妃形象展示故事结果。贵妃与军士虽然仅仅一墙之隔，却是生死之别，强烈的暗示出二者之间不可调和的家国矛盾。就死之人不但得不到爱人唐明皇在场的陪伴，也得不到士兵任何关注，仅仅露出上半身的贵妃形象此时此刻是如此的微不足道。难怪戏曲末尾会有这样的吟唱："君王游乐万机轻，一曲霓裳四海兵。婉转蛾眉马前死，故宫惟有树长生。"是啊，在如此这般低入尘埃的尸骨面前，往日的霓裳羽衣、

图 3-15　[元]钱选《贵妃上马图》(局部)29.5cm×117cm　[美国]弗利尔美术馆藏

纸醉金迷又何足道哉?

与采莲图优美曼妙的身姿相比较,受暴者因为承受着巨大苦难而总是呈现出一种扭曲、突兀、不协调的身体姿态。从读者接受的角度看,这样一种病态的身体很难说会带来直观的审美享受。然而,检视插图,就会有惊人的发现,“突兀的身体”的数量不在少数,可以罗列出一长串这样的图像名录。“突兀的身体”不但没有遭到非难或抵触,相反,流血、审讯、拷问等毁灭式的身体作为一个既定事实广泛渗透到明清时期历史文化空间中。本书第二章第三节曾以建本插图为例进行详细分析,此处不再赘述。“突兀的身体”作为一种身体图式而被广泛接受,折射出当时阅读者观看被迫害身体的猎奇心理。观看过程中,欲望压倒了恐惧,观看欲望成为支配性的阅读情绪。

以上我们探讨了身体是如何通过视觉经验得以展示的,身体图式语言的组织和建构体现了传统文化领域对历史中的身体形态和行为的集体探索。以书坊为传播渠道,以历史典籍为载体而得以再现的各类人物形象,隐喻着“世俗的身体”所携带的各种想象空间及观念价值。无论是幸福的身体,抑或是突兀的身体,对它们的追寻都意味着对诞生形形色色身体的社会结构及思想世界的关心。而这正是我们对世界范围内身体研究的一种回应。Barbara Duden 在日本的一次演讲中,关于身体研究曾经提出了这样的期待,她希望探讨不同文化差异下的人们是如何感知自我身体,并将其变成一个知识的体系?如果不同的文化系统创造了不同的经验系统,那么一个文化系统下的人如何理解和感知另一个系统下的身体观念和感觉?[①] 历史中的国人有着怎样的身体感,身体感是如何进行展示的,又是如何与包裹它的世界发生联系的,这些问题是组建“中国的身体感”所必须要回答的问题。从这个角度看,笔者对于历史图像中身体的探讨或

---

① 转引自陈昊《触觉与视觉之间的传统与现代性?——中国历史、社会和日常生活中的身体感》,《人文杂志》2015 年第 9 期。

许迈出了有益的、积极的一步。

第二节　去叙事与图像重构

当我们以中西比较的视野关注图像学时，会发现潘诺夫斯基提出的图像学志和我们试图对小说戏曲插图进行的图像解释其实是具有共同关注焦点的。在前图像学描述的层次上，插图绘制了哪些形象和要素？这些形象正在做什么或者具有怎样的象征意义？在更深的图像学层次上，在整个文化系统中插图具有怎样的时代精神？从诠释的角度来看，当图像进入到接受视域后，“解读”变得尤为重要起来，它既可以让我们重新分享图式经验，也可以为我们了解特定时期的文化观念提供重要的线索。

在大多数情况下，叙事性图像的话语分析有其固有的模式，这还要得益于德国学者莱辛在《拉奥孔》中得出的“顷刻”概念。英国学者彼得·伯克(Peter Burke)在《图像证史》中进一步解释道：

> 叙事式的图像分别向画家和读者提出了各自的问题。在这里，“解读”图像一词可以说使用得特别恰当。例如，这里存在着如何用静态的画面来表现运动中的某个时间断面的问题，换句话说，如何使用空间去取代或表现时间。艺术家必须把连续的行动定格在一张画面上，一般来说是定格最高潮的那一刻，而观众也必须意识到这个画面是经过定格的。画家面临的问题在于，如何在表现一个过程的同时又必须避免留下同时性的印象。[①]

在这段表述中，可以捕捉到图像叙事面临的几个难题，也是解读图像叙事要把握的关键要素：行动、时间和空间、高潮。庆幸的是，中国古代的插图绘刻者不但谙熟此道，而且将这一本事发挥得淋漓尽致。

---

① [英]彼得·伯克《图像证史》，第199页。

一、叙事节奏的连续和快进

下面是六幅选自明万历间新安刻本《忠义水浒传》的插图，《景阳冈打虎》《武大捉奸》《杀西门庆》《醉打蒋门神》《血溅鸳鸯楼》《武松改行装》，连续六幅图像（图 3-16 至图 3-21）构成了武松自出场以来阶段性事件的完整呈现。

图 3-16　图 3-17　图 3-18

图 3-19　图 3-20　图 3-21

首先，让我们聚焦于图《醉打蒋门神》(图 3-19)。文本对这一段情节是这样展开叙述的：

> 武松早把土色布衫脱下，上半截揣在怀里。便把那桶酒只一泼，泼在地上，抢入柜身子里，却好接着那妇人。武松手硬，那里挣扎得。被武松一手接住腰胯，一手把冠儿捏做粉碎，揪住云髻，隔柜身子提将出来，望浑酒缸里只一丢，听得"扑通"的一声响，可怜这妇人正被直丢在大酒缸里。武松托地从柜身前踏将出来，有几个当撑的酒保，手脚活些个的，都抢来奔武松。武松手到，轻轻地只一提，提一个过来，两手揪住，也望大酒缸里只一丢，桩在里面。又一个酒保奔来，提着头只一掠，也丢在酒缸里。再有两个来的酒保，一拳一脚，都被武松打倒了。先头三个人，在三只酒缸里，那里挣扎得起。后面两个人，在酒地上爬不动。

对这段文字的再现，插图准确捕捉到了背景要素，如酒店中的一应设施，肉案、厨灶、桌子等举目可见，特别是那"三只小酒缸，半截埋在地里，缸里各有大半缸酒"。同时，详细生动地描摹了出场的几组人物形象，如酒店内掉在酒缸里挣扎不起的人、倒在地上爬不动的人，酒店外手脚活些个的人、看热闹的闲客，最大限度地容纳了小说中的人物和叙事要素。从叙事时间上看，武松打倒妇人和酒保在前，打蒋门神在后，插图采用前后相继发生的两个事件的过渡时间作为衔接点，将酒店内外两个场景以俯视视角全景式地容纳在一个画面中，既利用动作的延续性表现了妇人和酒保的滑稽场面，也展示出接到捣子报告后蒋门神"踢翻了交椅，丢去蝇拂子"急忙迎战的瞬间情境。在一个图像单元上，完美地实现了"在表现一个过程的同时又必须避免留下同时性的印象"。

这个案例分析同样适用于整个武松图像段落，如果说每一幅图像有一个主要角色和一个绘画主题的话，那么毫无疑问，除第二幅

《武大捉奸》外，武松就是主角，打斗就是贯穿其中的主题。在文字叙述展开的过程中，不同人物、不同事件先后粉墨登场。与此不同，图像主角和主题的统一设置显然是经过刻意安排和深思熟虑的，一图一事，一人多点，这其中武松打虎、斗杀西门庆、醉打蒋门神、血溅鸳鸯楼几场疾风暴雨似的打斗叠加在一起，无疑会强化读者阅读的紧迫感和刺激感。

图像段落的设置显然并未止步于过程中单一的递进速率，而是将开头和结尾都考虑进来，形成了一波三折、变幻莫测的效果。节奏的渐快渐慢、渐强渐弱结合在一起才能够真正演绎出动人的乐章。于是我们在武松登场亮相之初就看到了打虎英雄的壮举，这一番酣畅淋漓的打斗陡然将叙事节奏的力度提高到了一个顶点。此后的《武大捉奸》又以生活场景的刻画将英雄的理想和神话拉回到了现实中，这时叙事节奏的速率和力度显然有了回落。其后，连续的打斗场面在递进的节奏中将事件的发展推向了高潮。最后，《武松改换行装》仿佛画家的神来之笔，从之前动态十足的场面过渡到静态场景，颇富意味的还有武松的身份也由大开杀戒的武者改为立地成佛的头陀。图像的推进不仅呈现出一种"寒冰破热、凉风扫尘"①的叙事效应，令叙事节奏从紧张刺激的过程中挣脱出来，使读者原本紧张的情绪暂时得以舒缓；同时，节奏的变化又有效地制造了叙事悬念，激发了读者的好奇心理来推测导致人物经历发生变化的原因和具体过程。从疾到缓的速率变化并不意味着叙事的停止，相反它就像一个休止符一样，看似是对打斗主题的终止，实则只是片刻休歇，在人物身份转变之后又将展开另一个全新的故事旅程。可见，节奏的变化还具有调节叙事情节的功能，它使得图像叙事的推进在起伏变化之余又意味无穷。这种叙事效应与唐代诗人白居易形容的琵琶曲"曲

---

① [清]毛宗岗《读三国志法》，陈曦钟等辑校《三国志演义》会评本，北京大学出版社，1986年版，第14页。

终收拨当心画,四弦一声如裂帛。东船西舫悄无言,唯见江心秋月白”有异曲同工之妙。

二、去叙事性图像

当我们流连于插图故事情节的绝妙展开并准备沉醉其中时,图像的复杂性就会适时打破既定的观看态度。图像“展示”功能的重要任务是筛选文本情节链条中的主要人物和事件,并将其浓缩在画面中,因此,我们总是理所当然地将“讲故事”视作图像叙事的核心。然而,当视线驻足于逐页翻动的插图时,就会发现叙事策略并非总是如上文提到的《水浒》图像那样快速推进,有时候反而刻意延缓或暂停。

1. 抒情性时空

明末崇祯间刊本《咏怀堂十错认春灯谜记》,插图二十三幅,细致精美,郑振铎先生给予此本高度评价:“那插图是气概不凡的,绘图的一定是一位名家,刻工也极意求工,有深远飞动之势。”[①]此本插图除了在绘刻上淋漓尽致地体现出郑先生所谓的“古典美”之外,唤起我们注目和思考的是其在图绘故事上的独特方式。如第二出《赴湘》,图像再现既没有选择主人公在家中辞别父兄或是收拾行囊准备出发的场景,也没有选择登舟乘船的启程场景,而是奉献了一幅湖山垂钓图(图 3-22)。从图文关系的角度看,图像平湖远山的取景主“静”,取材垂钓则脱离文本情节,图像只是从故事发生的环境背景中抽取了一个要素,以其作为创作灵感的支点,平湖远山,宁静致远,湖畔垂钓,悠闲隽永,然而却皆非文本叙事主旨,可以说图像叙事性在这幅具有山水意味的画面中被彻底取缔了。图像之所以能够呈现出来“深远飞动之势”,是由于引入传统山水绘画中“平远、高远、深远”[②]的画法,而并非得益于人物事件的叙事成分。

---

① 郑振铎《中国木刻画史略》,第 139 页。

② [宋]郭熙、郭思《林泉高致》,见俞剑华编《中国古代画论类编》,第 639 页。

图 3-22

这里，不妨再将其和明代沈周《柳荫坐钓图轴》（图 3-23）做个对比。《柳荫坐钓图轴》是沈周晚年代表作，笔墨疏简苍劲，格调雄健宏阔。中国传统绘画在宋代以后，山水便超出了对自然的模仿，成为文人画家的内心写照。沈周画中刚中见柔、拙中藏巧的风格背后追求的是恬淡自然、天地圆融的诗意人生，正如他自题画赞："树根容我坐，八座未云安。芸屦春泥湿，荷衣晓露干。"从画面构图、主题到意蕴表达来看，图 3-22 与沈周图有异曲同工之妙，如果无视其文本出处，我们很难将其归于戏曲插图的范畴，"坐钓"主题下细笔山水、层峦叠岭、流水钓竿的视觉意象极易使人联想到《柳荫坐钓图轴》这样富含文人精神的传统山水绘画。

图 3-23

[明]沈周《柳荫坐钓图轴》23.6cm×136.3cm 故宫博物院藏

如果说导致图 3-22 图像叙事性弱化的直接原因在于取材跳脱文本，那么我们不妨再来看看第七出《改艳》插图(图 3-24)。这是一段颇富戏剧性的情节，主人公小姐韦影娘女扮男装，离船上岸玩赏元宵花灯，变装改艳这一行动直接造成了男女主人公相会以及后来错认的诸多离奇故事，曲目命名也因此而来。不过，图像却并不偏爱换装的喜剧情景或灯会的热闹场面，反而钟情于刻画上岸前小姐舟内卧病、临窗小眺的闺中情景。虽然这也是叙事链条中的一个环节，但是与换装或赏灯可能呈现出的活泼动态性相比，凭窗眺望则更加突显了闺中女子的温婉娴静。眺盼代表着视线的延展和流连，图像在描摹人物这一状态时自然地将时间的延展性纳入到了表现空间中，这种时空营造的策略有效地造成了图像再现焦点的转变，展示的核心不再是讲了什么故事，而是这个场景传达了怎样的意味和情绪。

图 3-24

这种构思和图绘方式与图 3-22 中的“垂钓”立意具有相通性，都是通过引入具有时间延续性的动作来营造抒情性时空。和上文《水浒》图像段落做个简单的对比，就会发现二者之间的差异。与《水浒》图像多组人物组群构成方式有所不同，在图 3-22、3-24 中，呈像风格极简化是构图的主要手段之一，只此一人，尽可能地排除一切复杂的叙事因子，无需费心思考图像中有几个人物，都是谁，相互之间的关系怎样，发生了什么事情。也正是在这个意义上，两图图注都没有使用具有故事意义的讲述性话语，而共同采用了文中出现的曲牌佳句，前者是“九嶷如黛列修眉”，后者是“人离梅花不远”，用以概括和突显画面整体氛围。

值得我们深入追究的是，延续性动作的利用并非是去叙事性的唯一方式。再来看第三十四出《托赘》图（图 3-25），图中彻底取消人物的存在，仅仅保留宫殿楼阁、碧柳栏杆、烟云雾霭等景观构图要素，并采取“亏蔽”式布局方式，表征的是中国古代园林建构的旨趣①。所谓“亏蔽”，指通过园景点缀呈现出遮隔与通透的布局效果，以达到深化园景、造成景深的审美功能。亏蔽功能凭借不同种类的园景，在园林景物的相互资借中孕育出美妙的艺术效果，也就是所谓的“互妙”关系。清代乾隆皇帝在《互妙楼・诗序》中曾言：“山之妙在拥楼，楼之妙在纳山，映带气求，此‘互妙’之所以得名也。”②无论是图 3-22 文人山水，抑或是图 3-25 的园林风光，文本原生的那个特定时间所发生的人物和事件皆已荡然无存，保留在视觉画面中的是一个具有永久况味的时空。

如果将《咏怀堂十错认春灯谜记》二十三幅插图作为一个整体图

---

① 关于明清小说插图构图中对园林建构之法“亏蔽”的化用，可参见拙文《明清小说中的社会风尚影响——小说文本中插图形象的演变解读》，《北京科技大学学报》（社会科学版）2011 年第 3 期。

② ［清］爱新觉罗・弘历《互妙楼・诗序》，转引自金学智《中国园林美学》，中国建筑工业出版社，2005 年版，第 309 页。

图 3-25

像序列来考察，以“＋”代表有人物的图像，以“－”代表没有人物的风景图，统计结果如下表：

明崇祯间刊本《咏怀堂十错认春灯谜记》插图风景图统计表

曲目	一	二	三	四	五	六	七	八	九	十	十一	十二
上卷	＋	＋	＋	＋	－	－	＋	＋	－	＋	－	
下卷	＋	－	＋	＋	＋	－	＋	－	＋	－	＋	＋

可以看到，在全部二十三幅图像中，有八幅插图以纯粹的景观图出现，占据插图总量的 1/3 多，在相当大的程度上取缔了行动事件的存在。带有戏谑意味的是在以“讲述一个故事”为核心的画面中，如实再现文本并不受图像推崇，用以照应文字并引起阅读趣味的图像并不以模仿故事为宗旨，营造带有诗意的抒情空间反而在视觉实践中

被合法化。这种变化不仅饶有趣味，而且应该被充分重视和强调。对一个旨在言说故事的完整图像段落而言，去叙事化无异于一种颠覆，而从其存在的数量和冠图位置来看，它从一开始就打定主意要在抒情性而非叙事性上大做文章。这一策略促使图像叙事语境发生着某些变化，驱动图像叙事的原发要素并不一定是具有强烈冲突的人物和事件，也可能是审美层面上富有传统绘画内涵的写意山水以及社会风尚表征意义的园林布景。它们的纳入，使图像段落的表现幅度变得更加宽广，从而使整个图像文本变得更加立体充实。这些非叙事性图像在具象艺术领域的存在，应该成为我们审视图像叙事的独特洞见和启示。

2. 博古图

到此为止的讨论，无论是叙事节奏的快速推进，亦或是叙事弱化的抒情性时空，图像再现自始至终还是围绕文本内容做文章的，在图文互动的层面体现的是二者之间的张力，特别是因为与文字匹配而生成插图这一既定的思维框架，也强化了我们从图文关系角度审视图像叙事。然而，正如巫鸿先生指出的那样："图像再现必然超越承载它的特殊物质实体，而与不同时空环境内创造的其他图像发生直接联系。这些联系构成了一种新的意义，联系的结果是一部部图像历史。"①当我们摆脱思维束缚，就会发现图像段落中表意的开放视域。明代戏曲刊本《新镌绣像玄雪谱》的一组插图就让人眼前豁然开朗。

《玄雪谱》是明末锄兰忍人选辑的戏曲选集，所选每种传奇配有一幅插图，这些插图虽然出自不同文本，但是在构图方式和呈像风格上却具有统一的策略。不同于一般意义上的图文配合，每幅插图实际上由前后相连的两个版面构成一组图像，前者是根据文本内容描

---

① ［美］巫鸿《时空中的美术》，第 339—340 页。

绘的故事画，后者则引入了传统绘画中的一个分支“博古图”，对一种事物或一个场景予以刻画。如《西厢记》所配“送别图”（图 3-26）采用月光式，前一幅插图刻画了张生和莺莺难舍难分的离别场景，后一幅插图则是一幅与本文无关的花卉图画。

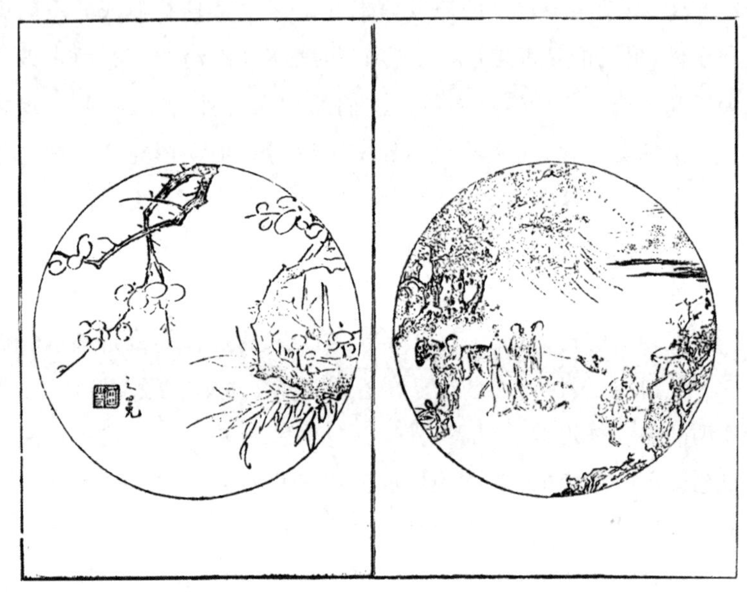

图 3-26

所谓博古图，指画在各种器物上具有装饰特征的图画。宋代就已经出现了非常成熟的专门性典籍《宣和博古画谱》，著录当时皇室在宣和殿所藏的自商至唐的铜器 839 件，细分为鼎、尊、彝、舟、卣、瓶、壶、爵、觯、敦、簠、簋、鬲、鍑、匜、钟、磬、錞、杂器、镜鉴等，凡二十类。在文化艺术领域，此类图画在发展流传过程中逐渐丰富，书画、竹石、草虫等更多种类不断进入器物装饰范畴，形成了中国古代绘画中独有的一个系列。不过，当博古图跨越鉴藏和书画的藩篱，进入到叙事文学图像领域，则带给图像学别开生面的活力。

像《玄雪谱》这样引入到文本图像系统的博古图画种类是十分丰

富的，如花卉、禽鸟、树木、山石、山水等（图 3-27、3-28、3-29、3-30、3-31）。如果我们翻阅更多刊本，还会看到有更多种类被收入插图体系之中，如明末刊本《笔耒斋订定二奇缘》中的盆景（图 3-32）。很多用于工艺品装饰的要素也被纳入图像描绘范畴，如图 3-33 就是各种工艺品的集合体，这和现藏南京博物院清代的“玉石花卉挂屏”（图 3-34）又如出一辙。构图内容和形式的相似性，让我们不得不深入思考纸质图像媒介与自然物质世界、社会历史世界之间的密切关联。

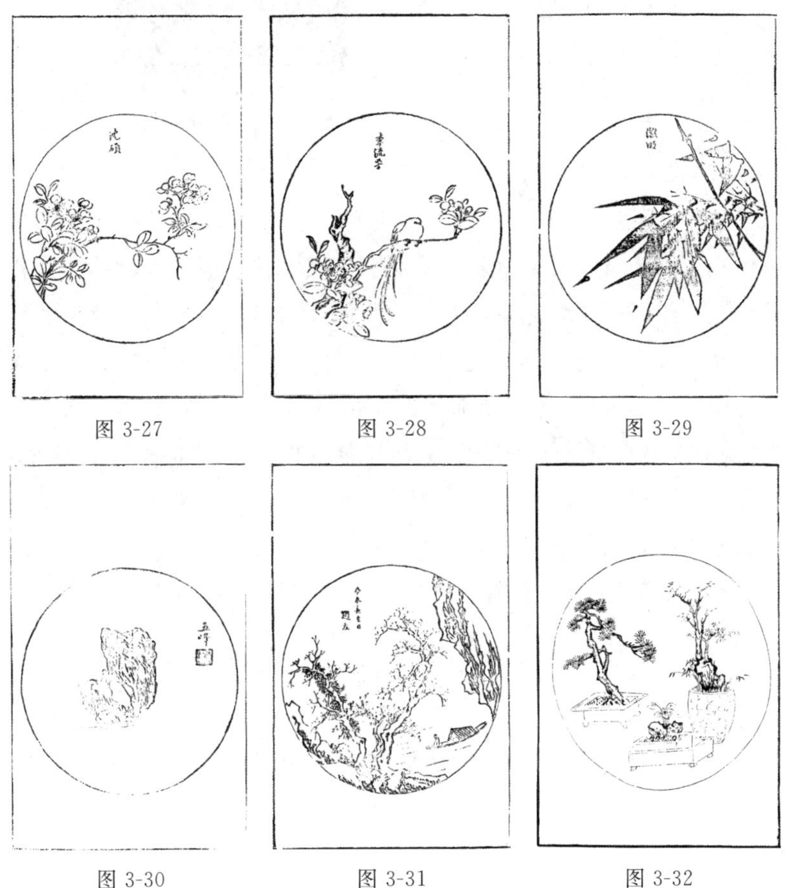

图 3-27　　图 3-28　　图 3-29

图 3-30　　图 3-31　　图 3-32

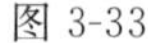

图 3-33

图 3-34 玉石花卉挂屏
南京博物院藏

从图文关系的角度看，这个扩张的形象要素成员具有重要的叙事性和风格史意义。文本叙事机制的生成有赖于固定人物、时空、背景相互交织而生成的完整体系的有序展开，在这个意义上，故事画恰好是文本叙事空间的标准化再现。与此相反，博古图中的图画则彻底跳脱了文本内容，各类装饰性图案的介入切断了叙事链条原本的走向，造成的直接结果是图像叙事节奏的暂停，叙事时空不再连续，文本叙事形象与其他视觉要素混合在一起，重新排列组合的视觉元素构成了崭新的视觉叙事语境。这一点在《玄雪谱》的《凡例》中可以得到印证，其第五条专门针对此本插图绘刻作以说明：

> 绣像近孩，未免大方之笑。然西方之雕土绘木，何亦不甚老成。想观感之妙，正妙于此。故益求其精，以供珍上。

“绣像”的最终目的并非如实地反映文本叙事进程，而真正旨趣在于是否能够“想观感之妙”。从图像谋划策略来看，这个“观感之妙”的得来，一方面通过再现文本故事内容的一般性方式，另一方面则是通过吸收具有文人玩赏价值的博古形象，从而实现扩大图像系统的整体框架。

《玄雪谱》图像框架的实现还借助于当时知名文人画家的名号，按照博古图图注的解释，这些题材丰富的小幅图画皆出自名家手笔，包括仇英、周之冕、李流芳、戴进、周臣、文徵明、沈周、沈硕、谢时臣、赵左、王穀祥、林雪、文彭、唐寅、文伯仁、吴彬、孙克弘、钱贡等。这是一批以"吴门画派"为代表的画家群体，主要活动于明代中晚期。在绘画史上，其画家大多诗文书画兼善，是由具有深厚文化素养的文人画家构成的一个大型画派，因其开宗人物沈周为苏州吴县人而得名，绘画上主要继承元代黄公望、王蒙，创作以笔墨情趣为主的文人画。从画史的角度看，"中国画"探讨的对象以及相应的理论总结均是以笔墨之作作为前提的，在文人士大夫眼中，是被称之为"雅道"的高雅艺术，具有鉴赏和收藏的价值。明代文震亨《长物志》中有一段专门探讨书画收藏的论说，认为"书画名家，收藏不可太杂"。在文氏眼中，可称得上"名家"的明代画家屈指可数，其中就有《玄雪谱》中援引的戴进、沈周、周臣、谢时臣、唐寅[①]，戏曲刊本吸纳画家的标准与当时书画鉴藏旨趣不谋而合。

从历史书写和实用流传的角度，传统文人建立的关于传统绘画的评述和记载是一个封闭式的言说体系，这个体系被美国学者高居瀚(James Cahill)先生称之为"关于中国画的本土记述"[②]。事实上，民间坊刻典籍中的插图从未与传统绘画在一个坐标体系中被衡量品评。在知识体系的层面上，理论的总结是将传统绘画和典籍插图视作两种视觉媒介的，在历史的时空中，二者朝着相互脱节的轨道各自发展。传统绘画自始至终坚守文人阵地，对其他视觉媒介产物持保留态度。书籍插图作为典籍刊刻印刷的一个分支，没有形成自身独

---

① [明]文震亨《长物志》卷五，清粤雅堂丛书本。

② [美]高居瀚《画家生涯：传统中国画家的生活和工作》，杨贤宗等译，生活·读书·新知三联书店，2014 年版，第 3 页。

立的理论话语，仅存的有关褒义评论往往是书坊主在肯定自身的前提下，在书前《题跋》或《凡例》中的简短评论。令人惋惜的是现存典籍很少有文人直接对插图阐发的评价，大多数情况是以偶发性的情形进入到文人视域内，还是贬多于褒，如叶盛在《水东日记》中云：

> 今书坊相传射利之徒伪为小说杂书，南人喜谈如汉小王光武、蔡伯喈邕、杨六使文广，北人喜谈如继母大贤等事甚多。农工商贩，抄写绘画，家畜而人有之。痴騃女妇，尤所酷好。好事者因目为女通鉴，有以也。甚者晋王休徵、宋吕文穆、王龟龄诸名贤，至百态诬饰，作为戏剧，以为佐酒乐客之具。有官者不以为禁杜，士大夫不以为非，或者以为警世之为，而忍为推波助澜者，亦有之矣。意者其亦出于轻薄子一时好恶之为，如《西厢记》《碧云騢》之类，流传之久，遂以泛滥而莫之捄欤。[1]

叶盛批评的前提在于上述小说杂书的内容缺少教化意义，负荷这样内容的图文载体也因此一概遭到了否定。而在谢肇淛那里，饱受非议的则是刊刻本身：

> 近时书刻如冯氏《诗纪》、焦氏《类林》，及新安所刻《庄》《骚》等本，皆极精工，不下宋人，然亦多费校雠，故舛讹绝少。吴兴凌氏诸刻急于成书射利，又悭于倩人编摩，其间亥豕相望，何怪其然。至于《水浒》《西厢》《琵琶》及《墨谱》《墨苑》等书，反覃精聚神，穷极要眇，以天巧人工，徒为传奇耳目之玩，亦可惜也！[2]

很明显，与肯定诗文类雅文学的“精工”态度相比较，谢氏对小说戏曲刊刻的“穷极要眇”“天巧人工”是苛责的，造成过于精致而流于“耳目之玩”的原因虽未明言，却有很大的可能性要归咎于刊本中的插图。

---

① ［明］叶盛《水东日记》卷二十一，清康熙刻本。

② ［明］谢肇淛《五杂俎》卷十三，明万历四十四年（1616）潘膺祉如韦馆刻本。

具有讽刺意味的是，从文人对传统绘画和典籍插图的对立态度以及相关史料文献的记载来看，共生于一个文化时空内的两种视觉文化产物本应是格格不入的，然而历史事实却是这个时期内的视觉文化格局很可能存在一种重要的转变，其结果是上述两种媒介在脱离理论层面以后通过视觉实践活动进而发生互动关系。

线索之一是《玄雪谱》这样刊本的存在，它有意识地将名人画作拉入图像叙事空间。事实上，在《玄雪谱》罗列的知名画家中，很难在其作品中找到和对应博古图一模一样的画作，博古图的作家题款在很大程度上可能是委托画家之名，或者采用的是画家画作的粉本，因此不同于传世画作的最终面貌，其目的在于通过比附当时知名文人从而提升刊本自身格调①。无法否认的是，小说戏曲在事实上呈现出了南北皆喜、"农工商贩，家畜而人有之"的声势，它意味着图像文本携带的图像信息将在一个具有广泛受众的阶层中流传。正如美国学者孟久丽所言："印刷的图画不仅使得那些偏远的民族和地区的人也可以享受欣赏它们的乐趣，而且在更宽广的社会范围中传播了士人精英的历史和文化观。"②在印刷技术的推动下，文人参与典籍插图制作的印象无疑将得到强化和加深。

线索之二是虽然没有直接的证据显示《玄雪谱》网罗了众多吴门画派的画坛巨匠参与到此本的绘制，但是却可以找到其他职业画家参与小说戏曲插图绘制的确凿证据。明代天启七年(1627)，二十八岁的陈洪绶将民间纸牌、小说故事、绘画结合在一起，创作了《水浒叶子》(图 3-35)，崇祯十二年(1639)，又为《张深之先生北西厢秘本》绘制了插图(图 3-36)。崇祯年间，画家杜堇绘制的《水浒人物全图》(图

---

① 关于晚明时期画作委托或赝品泛滥的情况，可参见单国强《晚明两大传统的融合趋势》，《新美术》1993 年第 1 期。

② [美]孟久丽《道德镜鉴：中国叙事性图画与儒家意识形态》，生活·读书·新知三联书店，2014 年版，第 9 页。

3-37)面世[①]。从“影响”的层面看,职业画家创作的插图作品都成为了中国古代木刻版画中具有示范性的代表作,具有图像史的意义和价值。

图 3-35

图 3-36

图 3-37

① 乔光辉教授曾撰文论及《水浒人物全图》作者为后人伪托,但从其构图呈像方式上肯定其受陈洪绶《水浒叶子》影响。笔者此处无意于作者之争,而意在强调《水浒人物全图》的创作亦为有富有绘画经验的职业画家之作。乔光辉《杜堇〈水浒人物全图〉作者伪托考》,《艺苑》2012 年第 6 期。

线索之三是明代中晚期以降，伴随印刷事业进入黄金时代，特别是饾版、拱花等工艺的长足发展以及刻工工艺的炉火纯青，能够在更大程度上再现笔墨蕴含的精神和韵致，或许正是在科技进步、文化繁荣的刺激下，有不少文人画家参与到典籍插图的制作中，造成了传统绘画与坊刻图画之间的直接互动。明万历二十七年(1599)，安徽人汪廷讷在家乡修建了一座风景旖旎的园林坐隐园和环翠堂，落成后，延请名笔钱贡为其绘制了《环翠堂园景图》(图 3-38)，由歙县名工黄应组镌刻，在其自设书坊环翠堂刊刻面世。此外，画家丁云鹏和吴左千曾强强联合打造过《泊如斋重修宣和博古图录》，滋兰堂出版过由丁云鹏绘图的"彩印本嚆矢"[①]《程氏墨苑》(图 3-39)。清康熙十八年(1679)，又一套在中国画史上声名远播的画谱《芥子园画传》(图 3-40)刻梓行世，这部关于中国画技法的图谱由清初戏曲家李渔之婿沈因伯资助，画家王概编绘，而其之所以能够问世则源于沈因伯收藏保存的明代画家李流芳临仿古人的四十三幅画稿，《芥子园画传》就是在这组画稿的基础上不断补绘而最终完整起来的。值得一提的是《泊如斋重修宣和博古图录》《程氏墨苑》《芥子园画传》都保留了珍贵的博物图样。

图 3-38　《环翠堂园景图》(局部)

---

① 郑振铎先生评价此本："今所知之彩色木版画，当以此书为嚆矢"，见《西谛书话》，生活·读书·新知三联书店，1983 年版，第 312 页。

图 3-39

图 3-40

上述视觉实践活动的直接结果是，文人画家和职业画家将传统绘事中的绘画技巧以及文人情趣注入到典籍插图中，比如陈洪绶笔下的水浒人物形象大量采用的折线就秉承了他人物画中夸张怪异的特征，比如一幅幅表征着明清之际文人玩赏鉴藏生活的博古图的绘制。这些嵌入到文本中的插图虽然并非全部如实地携带叙事信息，但是却以更加深厚的时代文化的包容力如强心剂般有力地刺激了坊刻行业，在提升和抬高典籍插图整体质量的同时，为视觉文化领域打开了一扇新的窗口。从文本角度看，叙事节奏在故事再现层面上虽然因为各种旁文性质的图画被迫中断，但是叙事幅度却并不因此而扁平化。这些中断的叙事场被各种充实的形象资源所填充，新的形象要素和文本既定的形象要素交织在一起，构成了由文本叙事空间和现实文化空间相叠加的新的叙事空间，图像叙事段落也因此变得更加具有包容性和立体化。从风格史意义上看，来自雅俗两种领域的视觉媒介就这样在碰撞中促成了视觉文化领域的重要转变。

第三节　公私领域及图像隐喻

图像叙事是插图利用图像语汇对文本内容的再现，事实上，它是图像绘刻者在文本接受基础上进行的再次创作，并将这一创作意图传递给读者。换言之，图像叙事包含了从文本语境到图像语境的媒介转换过程。这个转换过程一方面体现出绘刻者主观能动的表达自由，一方面也表征着特定时期视觉文化观念和社会伦理规范的影响和作用。

在中国传统视觉文化语境中，公私主题的展示一直是热点之一，如历代不断被描摹的雅集图就是对公共空间中文人文化活动的集中展示，风俗画是对市民阶层日常生活的真实写照，历来处于禁锢状态下的春宫图则是对私秘行为的描摹。具体到明清小说戏曲插图本中，公共空间和私人空间也没有被忽视和压抑，而是以点线集合的样式成为视觉话语中的重要议题。公共和私人以及二者之间的关系既是个体与世界沟通的一种形式，塑造和定义着个体视觉仪态和社会身份，同时也构建着特定时期的社会秩序和文化结构。在视觉文本中，图像叙事中主题空间的“构型”并非随机的，而是有章法可循的，大量有关公私议题的图像彰显出视觉景观在表达该主题上的热衷与自足，是可以为大众带来满足和快感和的视觉资源；同时因其生成于政治教化和伦理规范制约的社会结构中，促使其视觉表征引发的语义场激发了个人意识的抬头以及公众主体性的觉醒，从而进一步表现出颠覆传统伦理的意义和内容。

一、公共空间及其图像展示

陶东风先生在定义和阐释公私空间的概念及其相关特征时这样解释：

> 所谓公共性有两个基本含义，一个是通过进入公共场合而获得的可见性。二是与公共利益的相关性。从理想的角度看，两者应该是重合的，也就是说，进入公共场合、被公众谈论的应该是与公众利益相关的事件或问题，与公共利益不相关的私人问题则应该保持其隐蔽性，不可见性，而不应该进入公共场合。[①]

根据这个阐述，可以进一步对公共性事件加以解释，公众性行为事件应该具有分享性、交流性，其往往关涉社会性、历史性和道德性。以此为前提，公众性事件往往是多人参与、发生在公共场所的。文学作品中一些具有典型意义的公众性事件在插图中就有精彩的描绘和表现。

科举是中国古代选拔官吏的重要途径，是举国上下关注的重要

① 陶东风《公共领域和私人领域的双重危机》，《社会科学学报》2008 年 3 月 13 日。

事件，明代科举分乡试、会试、殿试三级，乡试每三年一次，因考期定在秋季，又称秋闱。作为三年一度的政治性事件，具有广泛的社会关注度和影响力，因此在史籍文献中保存了大量关于科举的记载，比如王夫之《永历实录·金堡列传》中记载："应崇祯丙子乡试，五策谈时政，娓娓数万言，危词切论，直攻乘舆无讳。主者奇之，举于乡，闱牍出，天下拟之罗伦廷对。"[①]文人对"闱牍"注目的焦点往往在其结果而忽略过程，至于发榜之日，谁在看闱牍，怎样看闱牍，描述不多。明末刊本《斐堂戏墨莲盟》(一名《荷花荡》)插图《阅闱牍》(图 3-41)就生动再现了秋闱放榜之日的情形。榜文张贴在"天衢"，是便于大众一起阅览的公众场所，时间是傍晚，定格的观看人群表现出强烈的动态感，有提着灯笼火把的，有攀在廊柱上的，有拥挤着争相向前的，有看过后准备回程的，有独自仰头观看的，有召唤同伴一起看的。图像虽然是无声的，但却通过人物身体语言有效地活画出一个人声鼎沸、热闹喧嚣的场景。这个场景的描绘一方面通过图像手段将戏曲文字内容形象化、具体化地再现出来；另一方面，也可以说是将"阅闱牍"作为一个历史事实还原出来，作为一个视觉文化事件，图像其实是以"缩影"的形式运用具象艺术媒介填补了史料文字所未及。

清代的《审音鉴古录》是一部昆曲剧目选本，以注重演出实录闻名，其曲文在"科介"上做了很多补充工作，使得戏曲演出有参照可寻。传奇《长生殿·弹词》一出故事本身就具有很强的舞台表演性质，讲述昔日梨园伶工李龟年流落江南，在鹫峰寺大会这天用弹词形式讲唱唐明皇、杨贵妃那段故国的浪漫和悲伤。弹词是中国传统说唱艺术之一，运用琵琶、三弦伴奏表演，主要流行于中国南方，起源于宋元词话，开始出现于明代中叶，至清代极为繁荣。较早见于文献记载是成书于明嘉靖二十六年(1547)田汝成的《西湖游览志余》，记述

---

① [清]王夫之《永历实录》卷二十一，清船山遗书本。

图 3-41

图 3-42

杭州人八月观钱塘大潮的盛况:“其时优人百戏:击球、关扑、鱼鼓、弹词,声音鼎沸,但藉看潮为名,往往随意酣乐耳。”[①]从这段记载可知,作为一种戏曲艺术,弹词的表演和观赏是具有公众参与性和分享性的,是可以用于大众娱乐和消费的。《长生殿》中李龟年表演的弹词景观就呈现出这样的特征,插图(图 3-42)中表演者李龟年怀抱琵琶、独坐中间,“四围板凳”形成了“一个圈子”,四周观众服饰不同,身份各异,“外巾服,副衣帽,净长棕帽、帕里头,扮山西客,携丑扮妓女随上”。从听曲的情状看,有已坐定的,有正在赶来的,有正襟危坐的,有半倚桌椅的,有交头接耳的。从故事文本再现角度看,图像展现的是传奇故事,作为戏剧情节中的一个环节,李龟年鹫峰寺演作是偶发性的;但是从曲艺表演的角度来看,作为说唱艺术的一种形式,弹词

---

① [明]田汝成《西湖游览志余》卷二十,清文渊阁四库全书本。

表演却是完型的和经常性的。在这个意义上，弹词事件的图像再现，在文本结构功能上构成了“戏曲中的戏曲”，在民俗展示功能上则呈现了民间曲艺表演的常态。

从文本世界扩展到现实世界，会发现插图是怀着极大的热忱来勾勒具有公众参与性的事件。除了以上提到的“阅闹牍”“听弹词”，还覆盖日常生活中的方方面面，如清初刊本《秦楼月》上卷第六出《迓遗》图（图 3-43）中状元三甲跨马游街的情景，下卷第十四出《诰圆》图中一派喜庆的婚庆图景（图 3-44）。在这些插图中，可以看到一个共性，即图像如此细致生动地刻画这些事件的参与者、围观者，上及达官显贵，下到布衣百姓，这是一个由主角和配角共同参与完成的事件。它的潜台词是作为日常生活的一份子，即便是旁观者，也希望和主人公一样分享知识、共享信息，是大众渴望参与、冀望分享的心理反映。图像描绘的虽然是虚构世界中的人物，实际上却是现实世界

图 3-43

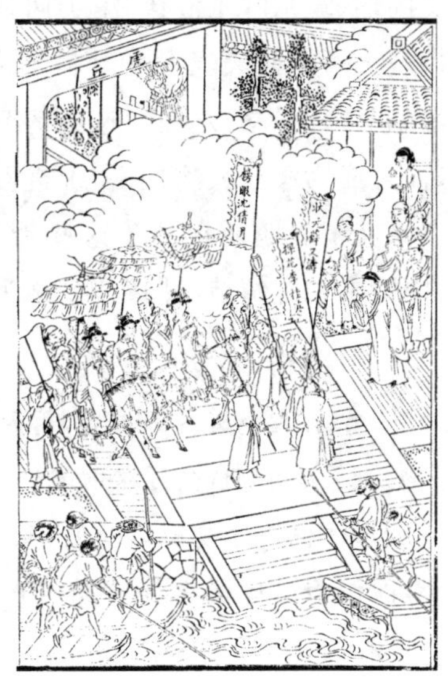

图 3-44

具有强烈好奇心、求知欲的人类主体内心世界的折射，是现实人生百态、世事日常的真实写照。公共领域的创建，正是以“在场性”表达着个人主体沟通世界的诉求和欲望。

二、私窥及结构性空间的建构

与公共空间相对，私人空间指承载私人性、个体性行为事件的空间，其往往关涉个人欲望、意识等。在小说戏曲等叙事文学中，有一种典型的私人性叙事——私窥，这一情节往往通过窥者造成一种限制叙事的视角，从窥者行为模式而言构成了一种隐蔽性、私密性事件。在界定“私窥”这一概念时，尹戴忠从语义场的角度进行辨析，解释“窥”自上古时代起所产生的三重含义，一是从小孔、缝隙或隐蔽处偷看，二是暗中窥探敌情、窥测别人，三是仔细窥视、仔细观察。[①] 有限视角内展开的情节常常能够出人意表，成为叙事链条中具有转折意义的环节。如《水浒传》第十回林冲在山神庙中听得陆虞侯、富安、差拨三人所议而火烧大军草料场之事，《红楼梦》第二十三回林黛玉隔墙细听《牡丹亭》之曲。这些情节已然成为读者耳熟能详的经典场景，而且成为彰显人物性格、推进叙事进程的关键段落。独具慧眼的评点家就精确地捕捉到了这些情节的独到性，如张竹坡针对《金瓶梅》中诸多私窥情节，并将其总结为“化笔”：

> 《金瓶》有节节露破绽处，如窗内淫声，和尚偏听见。私琴童，雪娥偏知道。而裙带葫芦，更属险事，墙头密约，金莲偏看见。蕙莲偷期，金莲偏撞着。翡翠轩自谓打听瓶儿，葡萄架早已照入铁棍。才受赃，即动大巡之怒。才乞恩，便有平安之才。调婿后，西门偏就摸着。烧阴户，胡秀偏就看见。诸如此类，又不可胜数。总之用险笔以写人情之可畏，而尤妙在既已露破，乃一

---

① 尹戴忠《上古“窥视”语义场研究》，《唐山师范学院学报》2008 年第 1 期。

语即解，绝不费力累赘，此所以为化笔也。[①]

“听见”和“看见”说明私窥涉及听觉和视觉两种官能感觉，“偏”和“险”说明私窥出于有意或无意的巧合性和时机性。私窥情节不但受到评论家关注，在插图中同样受到了绘刻者注目，并且在图像媒介的视觉表征中呈现出新的特点。美国学者巫鸿先生在《韩熙载夜宴图》的研究中提出了“私密媒材”(private medium)的概念，指出画卷的特殊之处在于其“制造出私密性和悬疑感”，并由此将分析视角从画卷的“结构性功能转移到它们对观者的心理影响及所促生的窥视(voyeuristic gaze)和想象”[②]。巫鸿先生的解析提示我们私人视角是视觉图像话语必不可少的维度，亦是视觉叙事想象性建构的重要层面。

明万历间双峰堂刊本《万锦情林》中的《传奇雅集》有这样一段情节：“生每至连城寝所，恣行欢谑，娥珠属垣窃听，春心勃然。”短短一句话的情节，在图《娥珠属垣窃听》(图 3-45)中有了具象清晰的呈现。隔窗而分，一侧是毫不知情自顾亲昵的情人，一侧是小心留意偷偷窃听的娥珠。图像用全知式的刻画方式将偷听人和被偷听人的情形状态展示无余。文字省略掉的窥者和被窥者的行为动作以及二者所处环境通过图像语言获得了直观再现。在文本叙事中，窥者是配角，是叙事的驱动力，被窥者是故事的主角，是叙事走向的主体。视觉化下的图像则公平地将窥者和被窥者的全貌同时展示出来，当传播媒介从文本转化为图像时，从窥者到被窥者的单向性叙事随之转化为窥者和被窥者同时加以呈现的双向性结构，这一转变重新定位了窥者和被窥者的主体和客体身份。

更加直观地展示这种转变的，还有清光绪十八年(1892)铅印本

---

① [清]张竹坡《金瓶梅读法》，见黄霖编《金瓶梅资料汇编》，中华书局，1987 年版，第 67—68 页。

② [美]巫鸿《时空中的美术》，第 239—240 页。

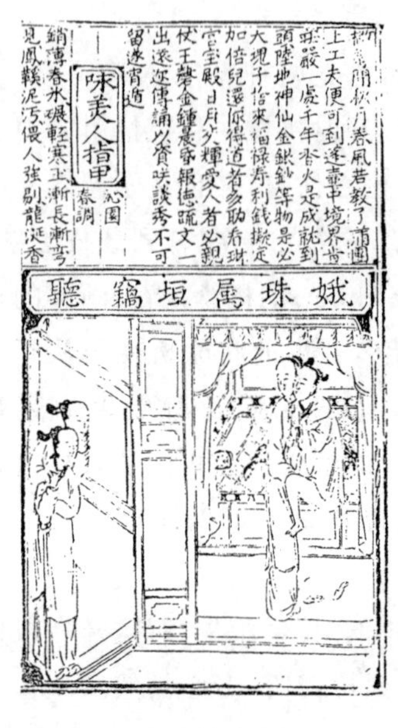

图 3-45

图 3-46

《增评补图石头记》第七十六回插图《凸碧堂品笛感凄清》(图 3-46)，该图集中表现文本情节如下：

> 这里贾母仍带众人赏了一回桂花，又入席换暖酒来。正说着闲话，猛不防只听那壁厢桂花树下，呜呜咽咽，悠悠扬扬，吹出笛声来。趁着这明月清风，天空地净，真令人烦心顿解，万虑齐除，都肃然危坐，默默相赏。听约两盏茶时，方才止住，大家称赞不已。

按照文本所述，故事主体是贾母及众人，主要场景是酒席，事件是酒席上听笛。演奏者在这段情节中实际上是只闻其声不见其人。但是插图却有意进行了置换，图像所绘正是这个不应现身的演奏者，而贾母众人则并不在场。它的巧妙之处在于通过故事主客体所在环境的位置置换解决了视觉和听觉之间相互转换的问题，“呜呜咽咽，悠悠扬扬”的美妙笛声以演奏者的身份具象化地展示出来。展演人物的变化说明视觉媒介所做出的主观选择，被听者成为图像主体，听者成为客体，随之改变的是人物所在空间的置换。

在图 3-45 中，“垣”作为界限分割出寝室外和寝室内两个独立空间，窥者和被窥者就分处于这两个空间中；同时，作为障碍物既保障了娥珠的隐蔽性，又将两个并置区域关联起来。通过“垣”的有效分割，图像成功地构建了两个空间的有机联系。而在图 3-46 中，吹笛者所在空间成为图像专一构建的场所，在文本中它其实是隐而不见的，假山、流云、屋宇实际上是图像精心提炼过的用于这一空间建构的必要形象要素。贾母和众人耳中无形的笛声在图像框定的有形空间中得以重新再现。而无论是图 3-45 中那样相互关联的并置空间，还是图 3-46 中那样的独立空间，都可以感受到在呈现私窥这样具有隐蔽性、私密性的事件上，图像叙事正在悄然发生结构性功能的转化。

当然，在结构性空间建构的过程中，十分重要的一环还要有效地制造事件的悬念，原汁原味地保留住私窥事件所携带的隐蔽性、悬念感，这样才能最大限度地调动读者的猎奇心理。图 3-46 中观者需从镜子的反射中辨识人物容貌，人物背向设计的修辞策略显示出绘图者不仅将贾母作为窥者一方，潜在的读者也一并是其圈定的窥者对象，这与巫鸿先生提到的“对观者的心理影响及所促生的窥视和想象”不谋而合。类似的构图策略还有清康熙十一年(1672)啸花轩刊本《麟儿报》第七回图《幸小姐妆男仓皇奔岐路》(图 3-47)，插图设计十分巧妙，对男女亲密行为的刻画没有简单停留在动作的亲密程度，而是将二人置于月洞门视野的延伸线上，外层空间又置于奇松怪石的掩映下。图像层层深入的空间布局恰到好处地挑起了读者的观看欲望。这里，月洞门屏蔽下的有限视角促使读者成为了人物行为的窥视者，图像结构空间的建构不再局限于故事人物主体的筛选，而是将阅读者也纳入到绘事修辞的考量之中，当读者阅读视角从全知转变为限知时，被挑起的好奇心将有力地激发阅读体验的参与感。文本外的读者和文本内的人物共同被纳入到看与被看的视觉交互过程中，这正是图像修辞另一重意义关怀的体现。

图 3-47

三、复杂的私人空间

公私空间的分界并不总是如此界限分明，插图绘刻也要面临这一难题。通常情况下，公共性和私人性被视为相互对立，前者具有公开性、公众性，后者具有隐秘性、个体性，即如图 3-45、3-47 中被窥视的对象就都是处于私密空间中的男女。不过，我们不可因此就简单地将公众和私人截然对立起来，二者之间的关系不可笼统的一概而论。比如明天启三年(1623)金陵九如堂刊《新镌批评出相韩湘子》，第二回《脱轮回鹤童转世 谈星相钟吕埋名》(图 3-48)写钟、吕二师化作算命先生和相面先生来见韩退之,导化其侄湘子,插图描绘的就是双方相见的场景。韩氏家庭本来是隶属于个体的封闭空间,具有私人性,不过当第三方算命先生和相面先生参与进来时,这个空间便因为有了个体之间的相互交流、信息分享和意见交换而具有了公共性,因此说三人展示的实际上是主客皆在场的一个公共空间,家庭原本的私人性在此发生了转变。不过,图像展示功能并未停留在该空间内主体的展示上,而是为其加上了一个窥视视角——屏风后探出头来偷偷倾听的郑夫人,公共空间的开放性展示在图像修辞笔法下成为了被窥视的对象空间,为什么窥听?三人交谈是否具有隐秘性?原本公开的厅堂转而带上了限制视线的方向性以及内容的神秘性。正是在这样的意义上,我们说窥视(听)是插图中具有视觉标示性的一种重要主题图像。

图 3-48

令人深思的是，郑夫人私窥情节与钟、吕会面其实并不属于同一个叙事层次，按照文本叙述，在湘子满月之际尚终日啼哭，吕洞宾为此来到韩家，郑夫人从屏风后将孩儿递与其夫韩会，吕为其止哭；转眼湘子三周四岁，尚不开口说话，此时韩会已亡，钟、吕二师来韩家见到的是韩会之弟退之。很明显，图像修辞通过描摹、替换、组合视觉符号等语汇形式将前后相继的两段情节糅合在一起，冲破了文本的规定，跨越了文本叙事的单元界限，强烈地体现出图像创作表意的冲动。绘图者已经在引导阅读的过程中释放了由其主导的视觉权力，借此来满足和实现审美取向和价值诉求。读者对图像的接纳和理解已然是被重新编码过的视觉符号，是一个允许私人入侵的公共空间，被强制出的一个合法化的私窥场域。

如果说图 3-48 主要展示了图像在弥合私人性和公共性空间上所做的努力，尚未能真正对社会伦理规范和道德机制造成有效的打击和破坏，那么明末刊本《清夜钟》为我们提供了一个更具震撼力的例证。第二回《村犊浪占双娇 洁流竟沉二璧》讲述了钮、顾二氏不堪忍受婆婆陈氏凌辱打骂，选择沉江而死之事，插图（图 3-49）正是对二人自沉情景的描绘。钮、顾二氏从小作为养女收在胡家，待长大后嫁与胡家为妇。照常理来说，二人养在深闺，大门不出，二门不迈，其生活空间绝对极具隐私性。但是，与此相反，小说中钮、顾二氏自嫁入胡家伊始，二人的生存现状就从来不是私事，特别是在受欺辱之事上，尽管二人自始至终不曾声张，但是文中却不厌其烦地细致描绘此事是如何被他者介入，这其中包括婆婆陈氏的相好、附近的邻人、自家的父兄等。婆媳之间叙事进程多次被中断，这一本来局限在胡家空间内的事件渐次演变为整个村子范围内的一件公共事件。

故事最终以二女沉江这一具有震撼力的悲剧结果收束，图像叙事抓住死亡事件这一具有冲击力的场景，独具匠心地设计了二人沉江的“顷刻”。值得深入思考的是，图像为二人自沉的关键时刻加上

图 3-49

了见证人——牧童。事实上，在小说叙事中，牧童并未看见二人投水，只是看见了水中衣角故而猜测二人沉江因而向胡家报信。二女自沉与牧童睹物乃是前后相继发生的两件事，但是图像却灵活果断地进行了场景的拼接，使沉江这一无人参与的私人事件变成了被人见证的、具有参与者的公共事件。从图像结构来看，近景中的二女远离远景中的乡村，意味着二人对世俗生活的逃避，然而中景中牧童的入侵彻底打破了这一绵延景深的节奏，也意味着二人自沉的私人空间彻底被打破，成为了一个共享性的开放空间。

如果说图 3-48 中，私窥的入侵者尚未掌握图像控制权，私窥目的主要是对被观看空间及其主体的好奇，那么此图中，牧童已然通过语言的传递成为图像话语权的掌控者，成为公众舆论导向不可或缺的传声筒。这个传声筒在公众空间中宣传和渗透着个人隐私，以满足集体大众的消费需求。周宪先生在探讨视觉文化中的观看问题时讲道:“客观的图像符号固然重要,但更重要的是导致这些视觉对象出现的主体视觉经验或视觉观念。显然,看的方式并不是孤立的抽象的范畴,眼光总是文化的,总是与被看的物像处在互动关系之中。”[①]图像中钮顾二氏、牧童、村景都是文本中既定的形象,当他们进入插图后就成为具有言说意义的形象符号,对这些符号的处理不仅可以体现出图像叙事的重要策略,而且够彰显出图像叙事的内在张力。单独来看,牧童和彼此搂抱在一起的二女在身份上原本风马牛不相及,但是当我们将其附着的文化背景空间剥离出来时,可以想见牧童这样的私窥者已经不仅仅是这一个图像空间的见证,而是贴上了公众空间中传声筒的身份标签。在这个意义上,插图中人物形象筛选和塑造的背后隐喻着日常公共空间中常见的私人僭越的视觉景观。

小说故事讲述的是婆媳矛盾,本质上看是一个富有传统意义的主题,其中涉及孝悌、贞洁等传统道德规范,正因如此,文本中不断入侵的各种声音造成了故事的分享性,也就造成了道德的公众评议性。然而这种种声音最终也只是停留在价值评判上,在现实层面上,谁都没有为挽救二女的生存和生命付出过任何实践行动,最后还是通过牧童的传话得知二女自沉,公众体制内的集体漠视是促成二女沉江的重要原因,图像在这个意义上隐去的邻人、父兄、丈夫可谓不显之笔。二女沉江的情景从私人空间到公共空间的位移,一方面作为温情的怜悯,是对二女为代表的养亲女生存困境的关注,另一方面作为无声的批判,则是对传统伦理和道德规范给予有力地讽刺和鞭挞。

缩结而言,在公私空间的处理上,图像是相当冷静的,在唤起不稳定感和悬念感的叙事意图上下足了功夫,它表现出图像叙事的一

① 周宪《视觉文化的三个问题》,《求实学刊》2005 年第 3 期。

种态度,即对于空间掌控中私人性和公共性的重视。叙事话语紧紧抓住图像前景(foreground)和图像背景(background)做文章。所谓前景即图像画面中展示的各种构图元素及其位置建构,而背景则是经由前景展示以及未加展示的部分来体现的文本深意,是图像隐喻的关键所在。围绕图像叙事,存在着一个由前景和背景共同构成的多层次的"意义场"。作为图像叙事的参照对象,这些"意义场"不仅仅局限在"文本"上,还包括与文本相关的"上下文",即更广阔的社会历史背景中对传统文化和观念的价值判断。图像叙事的修辞不仅仅受制于图像技巧的发展程度,同时也有来自图像"上下文"的影响。读者的接受虽然会因为个人生命体验的差异产生不同的解读,但是亦会反映出经过历史沉淀的整个民族的审美心理。正如英国学者E. H. 贡布里希所讲:"我们逐渐认识到,艺术不是产生于空旷之地,没有一位艺术家跟前人和模特儿无关,他跟科学家和哲学家一样,是某个特定传统的一部分,在一个有结构的问题领域工作。"[①]正是因为有了多个"意义场"的共同作用,我们说图像叙事空间所包含的意义是多层次的。图像叙事话语的生成和传达是一个三位一体的过程,图像叙事既受制于文本和读者,但同时也给予二者相应的反馈和深度影响。

① [英]E. H. 贡布里希《艺术与错觉——图画再现的心理学研究》,第 34 页。

第四章　明清叙事文学插图的图像风格诠释

第一节　风格解析的审美立场

“风格”(style)这个概念自 18 世纪确立为艺术史研究领域的专用术语以来[①]，就成为艺术史研究中的一项核心议题，阿诺德·豪塞尔(Arnold Hauser)《艺术史的哲学》中讲到：

> 对艺术史来说，“风格”这个概念是中心的和基本的概念。对同时期的或前后相继活动的不同艺术大师的一种描述，还附带着这些大师的确定或者有疑问的作品的目录，在这个意义上讲，没有风格这个概念，我们充其量只有一个关于艺术家们的历史。[②]

尽管直到今天对“风格”概念的界定尚有争议，不过这并不影响我们将其作为一个标准来研究和书写明清小说戏曲插图史的发展，只是我们要明确在哪个范畴和层面上使用这一概念。对于风格范畴的划分，既可以从社会历史背景出发，研究风格的地域、时代、民族特性，

---

① 1764 年德国学者温克尔曼(J. J. Winckelmann)的《古代艺术史》出版，为以时代风格为标准建构艺术史的方法奠定了基础。参见[英]E. H. 贡布里希著、范景中编选《艺术与人文科学：贡布里希文选》，第 87 页。

② [美]阿诺德·豪塞尔《艺术史的哲学》，中国社会科学出版社，1992 年版，第 202 页。

也可以从艺术原理的角度出发，研究风格的图式表现与艺术特色。就现阶段对明清小说戏曲插图的研究来看，自郑振铎、阿英等学者开始，对插图地域特征、时代特征的研究已经取得了相当的成就，而艺术角度的研究则相对薄弱，因此这一章的研究将把艺术作为风格的落脚点，集中探讨小说戏曲插图风格在艺术上的独特魅力。

如果我们将小说戏曲插图视为艺术作品的话，那么对插图的研究实际上涉及了以下两组关系：插图对文本内容的再现主要是艺术作品与外在对象之间的关系，而插图再现中所运用的形式则主要是艺术作品与创作者之间的关系。从这两组关系来看，前者指向共性特征，即插图再现在内容、题材、主题上的共通性；后者则指向个性特征，即通过富有“意味的形式”，展示插图创作者个人对文学的领悟与情感。这两个指向恰恰是插图风格体现中最为重要的两个层面——插图的内容体现和形式体现。因此，这一章我们将集中于内容分析和形式分析两方面对插图风格作具体阐释，并且将小说戏曲插图还原到特定历史时期的文学艺术环境中，借以勾勒和贯穿插图风格的演变轨迹。

从古代小说戏曲插图发展的纵向历时性来看，在插图发生之前和同时，有一个源远流长且已然成熟的绘画传统，插图从这个传统中汲取了丰富的创作灵感和图像经验。从横向断代性的明清时期来看，它体现出当时整体社会风尚的浸染。中外很多文艺批评家都认为艺术作品与时代风气之间具有密切牵连，如法国批评家丹纳概括尼德兰绘画取得的成果：“绘画在那个民族中诞生，存活，发育完全；周围的自然环境和创立绘画的民族性，使这一派的绘画有它的题材，有它的典型，有它的色彩。”[①]再如沈从文谈到中国古代山水画的源流：“隋之工艺文物有一特点，以雕刻为例，似乎因南朝传统与女性情

① ［法］丹纳《艺术哲学》，第129页。

感中和，线条明秀而纤细，诗、文、字，多见出相似作平行发展。画是建筑装饰之一部，重漂亮也可以想见。这种时代风气是会产生《游春图》那么一种画风的。”[①]正是在艺术传统与时代风气共同作用的结果下，古代小说戏曲插图才诞生了一系列优秀作品，并且吸引着知名文人画家或职业画家参与其中。刊本插图的诞生作为印刷工艺的智慧结晶，也裹挟着绘画的艺术因子，因此要想对其达到更为深入的理解，就不应该将其仅仅局限在刊本插图内部，从当时的艺术体系中孤立出来，而应该放眼古代绘画传统，甚至视觉艺术传统，在宏观视野内定位其艺术风格，并探索其文化价值。

之所以要从小说戏曲插图与传统绘画的关系着眼，除了二者共同隶属于视觉艺术领域外，在古代绘画艺术的创作中，是存在二者之间互动的产物的。清康熙十八年(1679)，出现了一部声名远播、影响深远的作品，这就是《芥子园画传》。此本是精印本之最初本，用纸细腻，颜色鲜艳，套刻精美。这部关于画法程式的作品凡三集，囊括树谱、山石谱、人物屋宇谱、梅兰竹菊谱、花卉草虫翎毛谱之精华内容，结合绘画实例既有从宏观角度进行的总说论证，也有从微观层面进行的具体探讨，如笔法、颜料、形象等。值得注意的是，在其列举的绘画实例中，其山水部分恰恰是以明末吴门著名画家李流芳临仿古人各家风格的课徒画稿为蓝本编纂刊刻而成。

李流芳(1575—1629)，字长蘅，一字茂宰，号檀园、香海、古怀堂、沧庵，晚号慎娱居士、六浮道人，歙县人，寓居嘉定，是明末一位多才多艺的大家，诗、书、画、印四绝兼善，在绘画上则善画山水，画风清新自然，为“画中九友”之一。清代学者李渔在《芥子园画传·序》中有这样一段叙述：

因伯(沈心友)遂出一册，谓予曰，是先世所遗，相传已久。

---

① 沈从文《花花朵朵坛坛罐罐》，外文出版社，1996年版，第234页。

予见而奇之，细为玩赏，委曲详尽，无体不备，如出数十人之手。其行间标释书法，多似吾家长蘅手笔。及览末幅，得李氏家藏及流芳印记，益信为长蘅旧物云。但此系家藏秘本，随意点染，未有伦次，难以启示后学耳。因伯又出一帙，笑谓予曰，向居金陵芥子园时，已嘱王子安节增辑编次久矣。迄今三易寒暑，始获竣事。予急把玩，不禁击节，有观止之叹。计此图原帙凡四十三页……安节于读书之暇，分类仿摹，补其不逮，广为百三十三页。更为上穷历代，近辑名流，汇诸家所长，得全图四十页，为初学宗式，其间用墨先后，渲染浓淡，配合远近，诸法莫不较若列眉。依其法以成画，则向之全贮目中者，今可出之腕下矣。[①]

这段文字首先记载了画谱刊印的过程，就画谱的画源来看，主要来自于李渔之婿沈心友（字因伯）家藏的李流芳画作。不过，沈心友最初所见之画稿“随意点染，未有伦次”，因而难以实现画谱“启示后学”之目的。于是，沈心友又找到了画家王概（字安节），在此基础上进行进一步创作和编辑，一方面是增加画稿数量，从原有的四十三页拓展到一百三十三页，另外一方面是对这些画稿进行分类编辑，使其形成次第。既有的李流芳画稿加上增补的王概画稿，实现了“为初学宗式”的目的，即为初学画者提供方法上的经验和借鉴，包括笔法上的“用墨先后，渲染浓淡”以及构图布局上的“配合远近”等等。

从传播链条上看，李流芳、王概的画作是最初的图绘源泉，《芥子园画传》积极地吸收了这些优质图像资源，并利用印刷品数量大、速度快的特征极力地推广这一图绘内容，接下来，便有更多的社会群体能够利用画谱实现学习绘画的目的，使之成为具有延续性的图像传统。赵万里先生就曾称誉此本“为画学津梁，初学画者多习用之”。近现代著名画家黄宾虹、齐白石、潘天寿、傅抱石等都曾将其作为绘

① ［清］李渔《芥子园画传·序》，［清］王概《芥子园画谱》，上海书店，1982 年版，第 2 页。

画进修的范本。可见,传统绘画与古代书籍插图刊刻之间积极的互动关系在这里得到了最佳组合和动态反映。正是在这样一种视觉文化的社会氛围和图绘传统中,我们说小说戏曲以及其他种类题材刊本插图图像风格的形成与传统绘画之间存在着积极的互文关系,二者之间进行图式探讨存在合理性依据。

第二节　形式的生成与图像印象

插图风格的形式体现包括两个部分,一是插图的外部形式,表现为图幅版式形态的变化;二是插图的内部形式,表现为图像修辞语汇和构图策略的全局调整。外部形式和内部形式结合起来,会使我们对插图风格的观照更加全面和完整。通过对插图风格的形式体现及其相关意义的辨析和审视,可以使我们对小说戏曲插图个性的形成和生长以及风格史的延续和流变产生更加深入的体认和理解。

一、插图版式与风格之关系

本书在第一章曾经详细梳理和分析过小说戏曲插图版式形态的生长和变化,与插图上图下文和单页大图版式相对应,传统绘画的画幅形制亦主要有两种形式,一为横向舒展开来的手册式,一为纵向展开的卷轴式。从图幅的形式上看,可以说小说戏曲插图与传统绘画几乎取得了惊人的相似特点。那么这两种不同领域的绘画艺术,在形式相似的图幅之上的艺术表现具有怎样的关联呢?为了认清这一问题,我们不妨将二者相似形式的图幅做一个详细比较。

1. 手册式与上图下文式

上图下文式作为古代小说戏曲插图初期的版式形态,这个时期插图艺术的发展尚处在起步阶段,表现手法尚不够成熟完善,但是横向的图幅又赋予它与传统绘画连环长卷相似的艺术属性和功能①,那么它又是如何解决这一难题的呢?以宋刻《古列女传》为发端,古代小说的版本进入了插图本时代,福建刻本所广泛采取的上图下文式插图就是对宋代以来《古列女传》所开辟的小说插图史的接续。元至治间建安虞氏刻本《新刊全相武王伐纣平话》作为承上启下的插图本代表,正可以反映该类型图版所具有的典型图式。图《伯夷叔齐谏武王》(图4-1)是一幅双面连式的上图下文式插图,表现的是武王出师伐纣、伯夷叔齐上谏"臣不可伐君"之事。图像中人物数量众多,看似杂乱无章,实则不然。当视线按照阅读顺序从右向左慢慢移动时,就会发现画面中最右端的三人向左前倾的方向与最左端向右拱手的伯夷、叔齐二人,正好构成了相互牵引的力量,而位于画面中心的武王一人一马则成为制约这两股力量的平衡点。也就是说,画面是以中心轴为核心,沿水平一字向左右两个方向展开构图,并确保左右两方在质量上的对称,从而形成三点一线的水平图式。在这个水平图式中,又因为伯夷叔齐上谏双双受到阻挠、武王率众行进对冲的动态性使整幅画面充满了张力。

图4-1

这个图式在此后明清小说插图中得到了广泛的应用。明弘治间刊本《新刊大字魁本全相参增奇妙注释西厢记》是《西厢记》刊本中现

① 古籍插图版式的变化与古籍装帧形式变化密切相关,这点并非此处论述重点,本节论述焦点在于插图横向版式与传统绘画之间的关系。

存完整保存的最早插图本，徐小蛮、王福康所著《中国古代插图史》称誉此本插图"有北方版画的粗犷，但刀刻粗中有细，粗细有当，线条明细而富有生气"①。图《夫人同莺莺修斋事》是一幅六面连式插图，所选三面连部分(图 4-2)为室内场景，可以发现，画面构图呈左右对称形式，中间供桌摆放各种蔬果，八名和尚分作两边诵经祝祷。同时，利用界线刻画方格地砖，不仅充实了画面，增强了装饰感，而且在其映衬下整个画面呈现出一种均匀平衡的稳定感，可以说图像结构方式有效地强化了图像佛事的主题。

图 4-2

追溯传统绘事艺术，就会发现这种一字型水平构图并非凭空产生的，笔者在第二章第三节曾详细分析过上图下文图式结构稳定的艺术史原因，诸如山东省苍山画像石墓的迎宾图拓片(图 2-47)、南京博物院藏极富盛名的砖画《竹林七贤》，以及唐代孙位《高逸图》(图 4-3)、明代陈洪绶所绘《雅集图》(图 4-4)等都体现了这一图式在艺术史中的传承和延续。可以说这些作品都是明清小说戏曲插图水平一字图式构图形成的重要图像经验来源。

艺术史领域内这一图式的不断涌现，充分说明了上图下文图式内横向布局的建构方式渊源有自，并且该图式并未随着上图下文式插图的式微而消失，而是以变体形式在双面连式插图中得以呈现。与上图下文式相比较，较早时间出现的双面连式插图虽然图幅面积

① 徐小蛮、王福康《中国古代插图史》，第 134—135 页。

图 4-3　[唐]孙位《高逸图》残卷 绢本设色 上海博物馆藏

图 4-4　[明]陈洪绶《雅集图》29.8cm×98.4cm 上海博物馆藏

有了巨大拓展，但是横向构图依然是其重要的图像结构特色，因此在图式上也依然因袭了三点一线的图式经验。如明万历二十五年(1597)三山道人刊本《新刻全像三保太监西洋记通俗演义》二十卷一百二十回，插图皆为双面连式，且左右两边有楹联式题句。图《补陀山四海龙王献宝》(图 4-5)，画面呈对称布局，如来、观音分据一端，四海龙王位于下方也被平均分隔在两个页面中，画面的对称分割不仅通过左右上下的定位展示出神仙世界的等级秩序，而且显示出这个等级秩序的严肃性和不可侵犯性。和图 4-1、4-2 相比较，可以看到图像在水平对称式构图上的承袭性。当然，这并不是说刊本中所有插图都千篇一律地采用一种构图方式，而是从图像互文的角度看，这样一种带有鲜明图式特征的图像结构，让我们在插图史的延展中看到了一贯的规律性，从而为插图史的书写和评价提供了一个连续不断的参照视角。

图 4-5

2. 卷轴式与单页大图式

明代中晚期以后，单页大图开始逐渐代替上图下文式成为小说戏曲插图的主体版式形态。如果说传统绘画中的风俗连环画卷与上图下文式插图图式的形成可以互为参照，那么山水画则可作为单页大图整体图式风格考察的重要参照对象。因为纵向的卷轴画与小说戏曲插图单页大图形式更为接近，因此这里我们暂时略过横幅形式的各类山水画佳作。事实上，面对山水画视域内不胜枚举的名师大家和复杂壮阔的历史变迁，其风格和结构的解析是绝对无法用三言两语或几个特点加以概括的。这里的讨论是基于小说戏曲插图的呈像特质，有针对性地选取与小说戏曲插图图像结构和修辞语汇密切相关的绘事特征。这样，进入笔者视野中的首先是山水画中所蕴含的“势”概念，它以一种潜在力量贯注到小说戏曲插图中，成为绘图者创作中极力吸收借鉴的重要法则。

传统画论中的“势”概念可以追溯至谢赫“六法”中的“经营位置”，他认为其与画面结构布局密切相关，这一点正契合于我们对小说戏曲插图形式的考量。具体而言,“势”表现为图像中各类形象以及形象之间所呈现出的一种运动状态和趋势,从而促使画面呈现出独有的运动感、空间感、生命感。山水画由于其特定的表现对象“山水”具有连绵不断的自然特性,因此画家的创作往往注重呈现其连绵起伏、一泻千里的气势。例如明代画家董其昌借鉴古代书论中的“势”观念,提炼出“起伏”“分合”“虚实”等要素,方闻先生总结为:“董其昌的立体块面和叠加的树叶图案,充实了视觉上混合与变形的微妙效果,最终打破了传统的单一处理。在董其昌的画中,物象似乎在画面各个部分前后跳跃,近、中、远景的各个层面都被交迭、挤压在一起。连贯不断的气势显然顺着山水形态的交错起伏在回环、振荡和流动。”①(图 4-6)

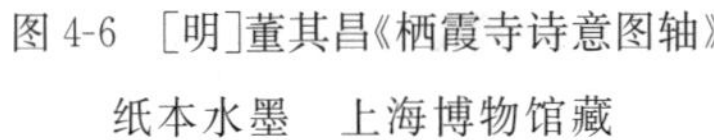

图 4-6　[明]董其昌《栖霞寺诗意图轴》
纸本水墨　上海博物馆藏

图 4-7　[清]石涛《长松老屋图》
[美国]普林斯顿大学艺术博物馆藏

① 方闻《心印:中国书画风格与结构分析研究》,陕西人民美术出版社,2006 年版,第 192 页。

另一位引起我们注意的是明末清初著名画家石涛，他以“集大成”的样式成就了卓越的个人画风和画论。《长松老屋图轴》(图 4-7)是石涛晚年的得意之作，苍劲奇崛的松石极富视觉表现力，环抱式的群山、挺拔高耸的山石出以书法性笔力，看似静谧的画面实则暗含着风雨欲来般喧腾壮丽的气脉。而这种画面构图也正体现了他在《画语录》中提出的“笔能倾复山川之势”[①]的追求和旨归。山水画中的“势”既可以如董其昌那样体现为雄浑刚劲的力度，也可以像石涛这般体现为温婉含蓄的意脉，而不论哪种图式与风格，都能够产生一种如磁石般的力场，焕发出动人心魄的艺术感染力。

在谈到石涛的成长经历时，方闻先生讲到：

> 他不同于董其昌和四王这些正统派的文人画家，这些饱学之士都借助于最上乘的古代名作接受过熏陶和训练。石涛是个失学的和尚，主要依靠自学，他大约通过晚明流行的画作，诸如吴彬(约活动于 1583—1626 年)，陈洪绶(1599—1652 年)和丁云鹏(约 1584—1638 年)等人的人物画以及木版插图进行过早期训练。但是跟晚明常见的流畅铁线描和抽象平面图案图画不同，石涛使用的是遒劲的书法性线条和赫然的气势勾画他的作品。[②]

吴彬、陈洪绶、丁云鹏都有过参与木刻版画绘图的经历，吴彬曾与胡正言合作，参与绘制过版画史上著名的《十竹斋书画谱》，陈洪绶的《九歌图》《博古叶子》《水浒叶子》《西厢记》等，皆是版刻史上的经典之作。丁云鹏曾积极参与徽派版画的制作，《程氏墨苑》《养正图解》《诗余画谱》《琵琶记》《西游记》等很多作品都留下了他的墨笔，为徽派版画的蓬勃发展做出了重要贡献。根据方闻先生的推断，石涛画艺在发展和成熟的过程中曾经从这些民间通俗读物中汲取养分和经

---

① 王宏印《画语录注译与石涛画论研究》，北京图书馆出版社，2007 年版，第 119 页。

② 方闻《心印：中国书画风格与结构分析研究》，第 223 页。

验，传统绘画和木刻版画双重媒介的助力造就了石涛伟大的艺术表现功力，这也成为传统绘画和木刻版画两种媒介之间相互沟通的有力证据。

小说戏曲插图发展到明代中晚期，精雕细作的刊刻十分重视图中山水部分的描摹，在这些山水景象的勾勒中不难发现贯注其中的体势动感，这股“势”感与传统山水画之势有异曲同工之妙。如明刊本《麒麟罽》第十二出《手擒大寇》图（图 4-8），近景“S”型峭壁一路蜿蜒，直插云霄，正是“巉岩千层万层”的真实写照，背景中烟雾缭绕，加深了层峦起伏的壮阔感，是那样富有自然惯性的力量和气度。画面整体孕育的“起伏”“分合”“虚实”之势与董其昌《山水》一脉相承。

图 4-8

除了同样以山水为表现对象的小说戏曲插图外，其他题材的插图在山水图式上也出现过类似构图，不同题材插图的相似呈像方式也可以从一个侧面说明当刊本插图发展到成熟期时，图像修辞语汇会表现出一定的程式化和秩序性特征。比较明弘治元年(1488)莫且刻本《吴江志》中《思龄返棹图》(图 4-9)和明万历间新安本《忠义水浒传》图《说三阮撞筹》(图 4-10),两图对具象景物的造型与构图要素的位置安排如出一辙,如此相似的图式很难让我们否定二者之间的互文联系。

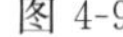
图 4-9

图 4-10

根据《徽州府志》《休宁志》《新安文献志》等文献记载,在 1490 年至 1950 年间,黄姓和仇姓刻工群体以集体或个人的方式致力于多种类型作品的刊刻,不论雕版的书籍种类如何,也不论出版的性质如何[①]。历史文献的记载坐实了不同地域、不同题材版画之间的相互交流,这种交互影响与传统绘画中的经验借鉴具有共通性,如高居瀚先生对董其昌作品的评价:“以古人(指董其昌之前的画家)的风格为师,而不以自然为参考对象,并不见得就会给画家更多的限制,仿古

① [法]米盖拉(Michela Bussotti)《历代休宁县方志》,《徽州:书业与地域文化》,中华书局,2010 年版,第 233 页。

也能提供画家相当的自由，使他们对眼前所见的意象进行创造性的转化。”[①]图式经验的获得除了经由传统绘画导入以外，还得以在古籍插图整个领域中共享和流通，从而促使图像领域在风格呈现及图式表征上表现出极大的相似性。

当然，小说戏曲插图中不仅仅只有山水，它以再现文本情境为目的，还要表现不同人物和复杂环境，因此传统山水画中的“势”在插图绘刻者的笔下出现了灵活的转换，从山水之势拓展为以山水为代表的环境与人物形象之间的“势”，也就是在二者之间制造出富有力场的艺术张力，从而强化画面的戏剧效果。如明汪氏环翠堂刊本《彩舟记》第十五出《藏春》图（图 4-11），纤细的线条反复叠加刻画出波浪兼天的翻涌之势，帆尾处操帆人正竭尽全力拉紧前帆控索使前帆高高扬起，整幅画面呈现出强烈的动态感，人力与自然的抗衡和角力在这种动态中淋漓尽致地展示出来。

图 4-11

① ［美］高居瀚《气势撼人：十七世纪中国绘画中的自然与风格》，第 76 页。

再如明崇祯间天德堂刻本《新镌全像武穆精忠传》图《岳统制楚州解危》(图 4-12),山体部分大面积的阴刻阳刻团块对比首先给人以强烈的不安压抑感,鲜明的色调对比立刻使人联想到这是一个险象环生的情境。山脊一路蜿蜒向上不仅体现出山势的挺拔陡峭,而且其纵向延伸的方向与岳飞纵马飞奔的水平方向构成了画面延伸方向的对比,越发凸显出前景中岳飞单人匹马的刺激感。画面特有的形式设计强有力地助推了人物和环境之间的紧张力度和骚动感。

图 4-12

从以上分析中,可以发现纵向图幅与横向图幅在视觉观感上的差异。在上图下文式插图中,读者的视觉感受是由小及大的,首先要锁定视线焦点,其后再以这个焦点为核心发散开来,观察这个画面的整体内容和风格。单页大图则恰恰相反,其视觉感受是由大及小的,在一幅形象纵横交错的画面上,读者首先抓住的是图像整体的风格意境,然后再将视线聚焦到形象元素上,辨明每个形象所处的位置及其所具有的特色，思考图像语汇的构成形式及其意义内涵。

以上我们比较了两种不同图幅形式插图的风格特征，在图幅转变中，图像通过有意识的图式选择和建构呈现出风格特征的差异，这种选择和建构不仅溯源于多种图像经验的启发，而且也反映出绘图者对于文本与绘画艺术的直觉和思考。在传统绘画到文学插图的跨领域传播中，一些恒定不变的概念和观念经由插图绘刻者富有创意性的转换流传下来，这些经过岁月沉淀后的图像语汇仿佛隐藏在插图中的隐含主语一般，向我们诉说着图像历史语境中插图的变迁和消长。

二、图像风格的沉潜和延续

探讨插图史的流变，首先要明确源流，其后才是变化，面对体量庞大的小说戏曲插图文献资料，我们首先要着手理清其发展脉络的主干，认清每一阶段甚至每种具有代表性的个体插图的风格特色，然后才是沿着这条线索，发现其消长起伏和辗转变化。有变，对应的就有不变，认识变固然重要，认识不变也不可或缺，正是这些不变的因素经过历史的沉淀，构成了插图发展线索中的中流砥柱。在这股绵延不绝的力量中，有两点最具代表性，即图像的平衡质感与留白余韵，它们不仅是小说戏曲插图的共性特征，而且也是与传统绘画沟通的重要枢纽，体现出中国古代小说戏曲插图在向传统绘画致敬的同时亦不乏自身个性的张扬。

1. 平衡质感

“平衡感”指图像各构图要素通过在数量和质量上的布局调配达到一种稳定的状态，“质感”在造型艺术中指通过特定的技法来实现形象表现的真实感，二者结合在一起指画面通过图像语汇形式的运用，在保持视觉效果稳定的同时又富有艺术美感。平衡质感的营造在视觉艺术中，特别是在传统的富有古典美意味的艺术中是十分重要的，它可以带给人舒适感和安全感。

中国古代小说戏曲插图以最为简练的点线为基本单位进行绘刻,构图元素看似简单,实则不然。仔细读图,就会发现这些元素其实是经过了精心的构思和安排的,富有十足的变化。而在由单一的点线到点线的集合体、从分散的元素到表情达意的完整图画,画面平衡质感的控制就显得十分重要。按照贡布里希的观点,视觉观感与人的大脑反映有密切关联①,小说戏曲插图作为视觉艺术的一个分支,除了具有艺术赏析的功用外,以图绘形式吸引读者注意显然是更为直接的目的,只有牢牢掌握住读者的注意,其后才可能进入到更深一步的观赏、解析、评判等阶段。而要想把握住读者视线,画面整体的和谐性、平衡性就起到了至关重要的作用,因为图像元素整体上的平衡和谐往往可以呈现一种惬意安详的风格,带给读者安全舒适之感,能够使读者自然而然地进入到图像的叙事引导中,进而达到解读文本的目的。

文本叙事机制的有机组成需要人物、情节、环境三种主要因素的相互配合,而要实现对叙事内容的生动再现也就意味着插图势必要运用多种不同类型的图像元素。图像对这些元素如何布控才能实现画面的整体平衡呢?如上文所述,在水平方向上营造各元素之间的匀称质感是图像修辞所采用的一种主要技法。在最初的上图下文版式形态的插图中,中轴线呈对称布局是主要手段。伴随着插图版式的发展,插图平衡质感的营造方式也变得更为丰富,除了早期双面连式插图如我们熟知的金陵世德堂本《西游记》、大业堂本《三国志演义》、富春堂本《西厢记》对称平衡的沿用外,还出现了许多变化形式。

明刊本《麒麟罽》第一出《韩公别友》图(图 4-13)描绘韩世忠欲往江左拜别陈公,画面近景是策马扬鞭之韩世忠,以其为中心,向左右延伸有小桥、巨石、高树,一江之隔的远景山峦连绵起伏、深秀幽静,

---

① [英]E. H. 贡布里希以“兔还是鸭”为例,引入图像读解与头脑意识之间的密切关联。见《艺术与错觉——图像再现的心理学研究》,第 4 页。

山脚茅舍正是陈公隐居所在，与图赞“一鞭遥指五云乡”相照应。上下结构图像分别沿水平方向展开的构图元素形成了远景和近景的平行图式，加固了画面的平衡感，二者之间位置层次的差异又强化了视觉景深的效应。

图 4-13

从艺术表现的手法和风格来看，图绘性传统的潜移默化对插图创作可能具有更为重要的影响。我们不妨来欣赏明初吴门画派的先声人物杜琼的《江亭饯别图》(图 4-14)，画面远处高山层峦叠嶂、雄伟壮阔，山脚茅舍清幽安静，中景水面宽阔延展，近景江亭树木掩映成趣，一叶小舟划橹离岸，动静相宜，上中下三段景致同时关注到水平方向上布景元素的配置，既展示出高低错落的节奏感，也不失画面工整的平衡质感。从全图艺术构思来看，《麒麟罽》的创作在构图元素的选择和布局上都与《江亭饯别图》有异曲同工之妙。

图 4-14 ［明］杜琼《江亭饯别图》 纸本水墨 上海博物馆藏

再来看清康熙间翰海楼刊本《豆棚闲话》，此本开篇第一则有这样的描述：

> 那些中等小家无计布摆，只得二月中旬觅得几株羊眼豆秧，种在屋前屋后闲空地边，或拿几株木头、几根竹竿搭个棚子，搓些草索，周围结彩的相似。不半月间，那豆藤在地上长将起来，弯弯曲曲依傍竹木随着棚子牵缠满了，却比造的凉亭反透气凉快。那些人家或老或少、或男或女，或拿根凳子，或掇张椅子，或铺条凉席，随高逐低坐在下面，摇着扇子，乘着风凉。

插图《豆棚架下》（图 4-15）正是针对这段文字描摹的一幅夏日图景，图像右下方刻画的正是文本最经典的场景，炎炎夏日，人们聚在豆棚架下消暑纳凉，轮流讲演故事。人们有站、有坐、有早早聚集在此的，也有带着小孩刚刚赶来的，画面设计富有时空动态感。不过，图像并不只是满足于不同人物群体“顷刻”的定格上，图绘者对画面整体格局有着很高的要求，于是特意在左上方增设了远山茅舍渔舟，这一角落的设置恰好与右下方图景构成了呼应，画面平衡效果的实现就来源于这二者之间的呼应。

图 4-15

再看明天启元年(1621)闵光瑜朱墨刊本《邯郸梦记》第三出《度世》叙述吕洞宾下尘寰寻找可度取之人,图《晴岚山市语 烟水捕鱼图》(图 4-16)展示其行走到洞庭湖边之景象。图像整体采用对角线构图,右下方刻画的是洞庭湖山水相依之景,湖边崇山峻岭、巨石巉岩,湖水平流浅濑、烟波茫茫,近景处吕洞宾徐徐走来,中景处渔人泛波而钓,画面设计富有时空动态感。

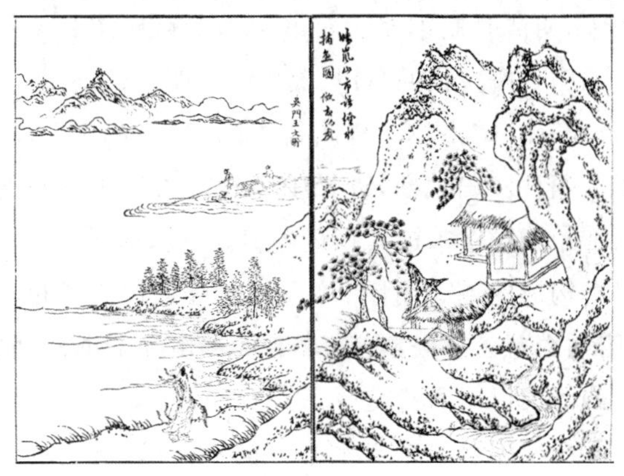

图 4-16

如果将图 4-15、4-16 的构图用几何图案加以总结的话,可以发现这实际上是由大小两个具有稳定性的三角形集合而成的图像(图 4-17),至于每个三角形的规模大小以及每组边线的长短都可以根据实际情况作出相应调整。两个三角形大小的差异恰好可以营造出视觉景深上的变化之感,而三角形的固定属性又有效地弥补了二者上下位置之间的层次差异,在人物形象的动态以及整体风格的祥和上控制得恰到好处。

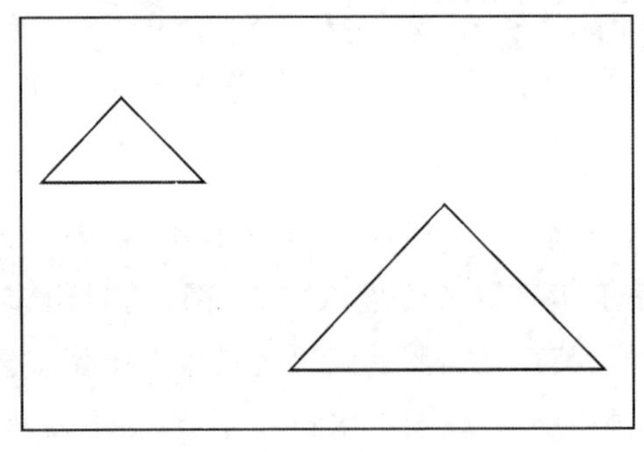

图 4-17

拓宽阅读视野,我们就会发现类似的图式风格不仅仅局限在小说戏曲插图中,明清时期很多非叙事文学书籍插图的绘刻也运用了这一模式。如明代陶宗仪的笔记《辍耕录》(明嘉靖间玉兰草堂刻本)中《归棹发秋江》图(图 4-18),构图与 4-15、4-16 如出一辙,远山近水之间描绘了一幅秋江归棹图,近景中高耸入云的奇峰与挺拔奇崛的松石构成的三角构图本来极具垂直势感,不过,远景中横向绵延的山峦和点点帆影构成的倒三角图式,不但和近景构成了相互呼应的格局,而且在瞬间消解了这一险势,营造了平衡和谐的舒适感,归家主题与秋景中的静谧风格浑然交融。

平衡质感的实现可以来自水平方向,也可以通过垂直方向的合理分布来实现,如明天启间吴兴闵氏刊朱墨套印本《玉茗堂摘评王弇

图 4-18

图 4-19

州先生艳异编》中图《洛神》(图 4-19)就采用垂直构图,纵向平衡感的实现不仅仅融入了绘图技巧,更重要的是在图像内容的垂直分布中融入了传统的天地人三才观念。天地人的纵向序列不仅表现出“有物混成,先天地生”“人生天地之间”这一隐含着万物相生的自然理念,同时将小说中人神之间“情况昵洽”的美好意境蕴含在天地人和谐统一的哲学观念之中。哲学意味与故事本身的浪漫色彩相结合,图像外在的形式安排被淡化,画面本身的寓意和情调得到了突显。

“洛神”在中国古代文学和艺术中是传唱不衰的经典题材,如果我们将其与那幅传为东晋著名画家顾恺之所绘的《洛神赋图》(图 4-20)相比,就会有更多的发现。《洛神赋图》以手卷横向展开,随着画幅的舒展,人物错落起伏,分三部分描绘了洛神与曹植之间的爱情故事。很明显,小说插图《洛神》没有僵化地模仿《洛神赋图》,它将这一既有的图像经验进行了转化,手卷横向的无限展开与小说刊本

图 4-20 《洛神赋图》(局部)宋摹本 绢本设色

27.1cm×572.8cm 故宫博物院藏

版式阅读的有限幅度并不相称，于是《洛神》明智地化横为纵，重新进行有序布局。图像的整体平衡风格不但没有丧失，而且还在和谐统一的艺术风格背后融入了天地人和的文化观念。

2.留白余韵

明代中晚期伴随刻工技艺的进步以及刊本品质的提升，小说戏曲插图已经实现构图饱满繁复，形象造型精美传神。图像中的构图元素得到了大幅增加，很多画面看似充斥着各类形象的满幅式构图，其实不然，细查之就会发现图像中的奥妙之处。在这些丰富饱满的形象布局中，画家往往有意识地劈出一块空白，毫无笔墨或者只做寥寥几笔的绘饰，通过图像中空白空间的保留营造出一种余味无穷的画面意蕴和视觉印象。

留白的出现能够使视线得到一定的缓冲，读者在浏览中反复多次确定图像焦点，并对此进行更多读解和思考。如明汪氏环翠堂刻本《彩舟记》第十八出《发伏》图（图 4-21），画面上方的留白与下方的景物构成了对立空间，高飞的大雁虽然在画面中形象微小，却恰到好

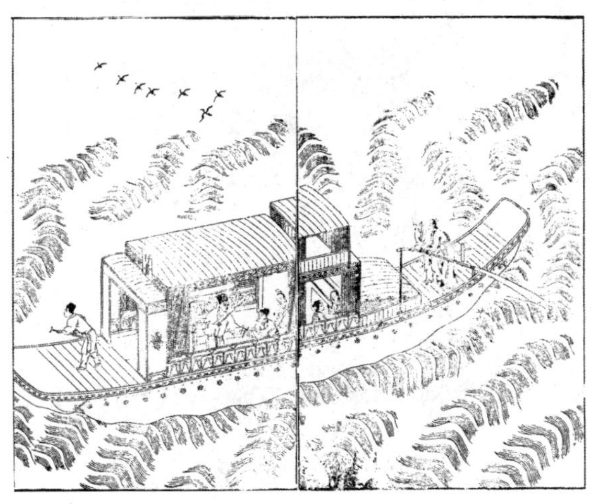

图 4-21

处地突显了海天之上的高远辽阔，它与横贯画面的巨型沙船、翻滚着巨浪的海面构成了一个整体，显示出船员与自然相抗衡的不遗余力。特定空白空间的制造可以与非空白空间相互对比和呼应实现共同传达图像内涵的目的。

插图对留白的偏爱还在神幻题材作品中得到了很好呈现，在神魔小说中，将神魔世界与现实世界的对立统一描摹出来是插图所要面对的最具挑战力的难题，解决这个难题，空白空间成了关键所在。它往往能够成为区分天地空间的喻示，成为展示宇宙秩序的有效手段。这里我们以清光绪十四年(1888)邗江味潜斋刊本《新说西游记》第一回图《灵根孕育源流出 心性修持大道生》为例(图 4-22)，图中由松柏祥云阻隔而成的最上方的留白与中段的留白结合在一起，除了起到强化图像纵深感的作用外，更为重要的是成为千里眼、顺风耳所代表的天界的象征，构成了与孙猴儿所在地界的强烈对比。作为首幅回目画，这一背景空间具有十足的暗示效果，它意味着悟空出世之初与天界割不断的密切关联，其后他对天界的抗争和遵从都在这里

图 4-22

埋下了深深的伏笔，可以说留白所呈现的这个宇宙天地是极富戏剧效果的。

留白余韵除了立足于文本意义的表现外，它能够在中国古代小说戏曲插图的创作中绵延不断，也得益于传统绘画的影响。试看明代画家仇英的《枫溪垂钓图》（图 4-23），此图以红绿设色为主，笔墨古朴纯熟，展示了深秋之际山川郊野一片辽阔壮丽的景色。画面中，高幛巨壁，丘壑深远，红枫掩映，呈现出一派气势雄浑、枫溪撩人的迷人

图 4-23　[明]仇英《枫溪垂钓图》纸本设色
127cm×38.5cm 湖南省博物馆藏

景致。画面虚实相辅相成，在秋日的斑斓爽气中蕴涵着文人恬淡怡然的自适追求，画中有清乾隆帝的题诗："枫落吴江候，烟蓬破冷浮。聊存竿线意，讵为釜鬲求。山色早辞夏，波光宜是秋。思莼风味在，静与日相谋。"我们在明崇祯六年(1633)刻本《春灯谜记》第十一出《沉误》图(图 4-24)等许多戏曲作品的插图中也都可以看到留白余韵效果的刻意营造。两山夹水的构图与《枫溪垂钓图》是那么的相似，蜿蜒的江水既突显了两侧山峦的绵延起伏，也起到了强化景深的作用，促使视野倍显开阔。在这些不同题材内容的作品中，留白的广泛运用恰恰说明了绘图者对这一形式所蕴含意义内涵的准确把握。图像布局别具匠心的组织安排，正是为了获得一种无声胜有声的艺术效果。

图 4-24

为什么传统绘画会偏爱留白？不妨再向前溯源，早在春秋时期，老子关于有无之辩而阐发的“道生一、一生二、二生三、三生万物”以及“有无相生”虽然是谈对宇宙秩序的认识哲学，但是却在更加广泛的层面上将虚实、有无的观念推向了中国古代文艺美学的领域，对后世美学思想产生了重要影响。例如在古代文学创作和理论总结中，明代焦竑曾经在《诗名物疏序》中论诗：“诗有实有虚，虚者其宗趣也，而以穿凿实之，实者其名物也，而以孤陋虚之。”①指出虚实各自的价值功能。在文学作品中，不写之写有时具有不可言说的无穷妙处，金圣叹在《水浒传》第五十九回评宋江的塑造，并将其称之为“深文曲笔”：“故于打祝家则劝，打高唐则劝，打青州则劝，打华州则劝，则可知其打曾头市之必劝也。然而作者于前之劝则如不胜书，于后之劝则直削之者，书之以著其恶，削之以定其罪也。”②小说插图对不写之写亦有化用，典型的如背向展示，笔者在《〈红楼梦〉的“闺阁空间”》一文的“人物形象的背向处理”中有具体分析③，这里不再赘言。

从绘画技法上看，留白属于画面整体结构建构的一个方面，自南朝谢赫“六法”中提到“位置经营”以来，绘画的结构问题就一直是古代画论史上一项重要议题。而留白在一定程度上等同于与实景相对的虚景，古代画论留下了许多有关虚景实景的探讨可供插图绘刻者借鉴和参考。如清代画家笪重光有专门针对留白的论述：“实景清而空景现……虚实相生，无画处皆成妙境。”④这种技法和理念一直延续至今，美学大家宗白华先生指出：“纸上的空白是中国画真正的画底”，“这无画处的空白正是老、庄宇宙观中的‘虚无’”。⑤ 作为一种文艺美学的核心范畴，留白的表现手法在创作层面得到了充分的肯定

① [明]焦竑《焦氏澹园集》卷十四，明万历三十四年(1606)刻本。

② [清]金圣叹回评，陈曦钟等辑校《水浒传》会评本，北京大学出版社，1987 年版，第 1084 页。

③ 见拙文《〈红楼梦〉的“闺阁空间”》，《红楼梦学刊》2012 年第 6 辑。

④ [清]笪重光《画筌》，见俞剑华编《中国古代画论类编》，第 814 页。

⑤ 宗白华《艺境》，商务印书馆，2011 年版，第 103 页。

和认同，在理论层面也获得了深入的研究和深化。

有关虚实、有无的观念在中国古典文艺领域和哲学思想领域一直绵延不断，可以说它已经沉潜和内化为民族思想文化的一部分，成为文艺创作中一种潜意识的认知和理念。在这个意义上，我们也就不难理解为什么小说戏曲插图会这样广泛并巧妙地运用留白这一图式，这一风格的呈现可以说恰好在文学和艺术之间架起了一道沟通的桥梁，既体现绘图者对文本意蕴的独特感悟，让我们体悟到文学与艺术在形式与意义之间的呼应性，也是图绘性传统乃至整个文艺传统在古籍插图领域的外化表现。

从插图与传统绘画的关系来看，无论是平衡质感亦或留白余韵，都体现了小说戏曲插图对既有传统绘画的遵从和借鉴，二者之间的互动既说明了传统绘画具有的影响力，也说明了刊本插图对传统绘画的信任和崇敬。当然，这种图式和风格的延续绝不是机械的模仿和照搬，而是糅进了绘刻者对文本解读后的个性领悟和创作。传统绘画为中国古代小说戏曲插图提供了丰富的图像经验和图式资源，插图则在此基础上灵活加以运用，呈现出一幅幅个性十足又别具韵味的佳作。

三、图像风格的嬗变

在中国古代绘画理论的构建中，一种方式是抓取各种转折点作为关键枢纽从而串联起整部画史。例如明初宋濂对早期绘画的描述，“是故顾、陆以来，是一变也；阎、吴之后，又一变也；至于关、李、范三家者出，又一变也”[①]；其后王世贞将这一论说进一步细化：“山水至大小李一变也，荆、关、董、巨又一变也，李成、范宽又一变也，刘、李、马、夏又一变也，大痴、黄鹤又一变也。”[②]这些“变”不但勾勒出一条波

① ［明］宋濂《画原》，见俞剑华编《中国古代画论类编》，第96页。

② ［明］王世贞《艺苑卮言》，见俞剑华编《中国古代画论类编》，第116页。

澜起伏的历史，而且在历史的长流中在每一阶段竖起了鲜明的标尺。古籍插图领域尚未建立起系统的理论，但是中国古代传统画论的建构脉络却为我们提供了启示，可以试图通过在插图史的源流中建立转捩点来描述图像历史的上下文。

清唐岱《绘事发微》专设一章“正派”①，为传统绘画发展树立正统一派。与中国传统绘画的树立正派正传有所不同，文学插图在理论层面的派系束缚相对没有那么严格，明代胡应麟等人虽然对各地刊刻有所评价，但是这些评价并未如绘画的派系门户之论那样众多且互不相容，画家、画工、刻工虽然有个人主体绘刻风格的差别，但是却可以根据具体文本进行最大限度的个性发挥。当然，正如上文所述，插图创作还是有主体风格的趋向的，那些沉淀在图像中稳定的要素仍然在潜移默化中规定着插图史的发展方向，但是这并不妨碍部分图像创作的求新求变，尤其是在一些精品插图中，风格变体的出现往往能够带来崭新的亦或更加贴切的阅读感受。而从整个时代绘刻事业的宏观视角来看，笼络这些画家、画工、刻工的数量庞大的书坊队伍自然就会制造出一系列异彩纷呈的作品。

1. 平和与骚动

如果说插图平衡质感是最为主要的风格取向，那么营造带有不安性质的骚动感则是一种完全迥异的选择。对山水的描绘在唐代以后成为传统绘画的重要议题，宋代以后直至明清，画家对山水的表现意境超越自然、进入以山水为表征的阶段，因此，自然山水就随着不同画家心境的转变呈现出多样化的特征。刻意制造不平衡的骚动感在许多知名画家的画作中早有先例，元代画家王蒙的名作《葛稚川移居图》(图 4-25)描绘晋代道士葛洪携家移居罗浮山修道之事。王蒙出身贵族，虽有用仕之心，但却屡遭世弃，因此避世隐遁山林，此图正

① [清]唐岱《绘事发微》，见潘运告译注《清人论画》，湖南美术出版社，2004 年版，第 290 页。

是用来表征其出世之心。画面中崇山峻岭，茂林丛树，山顶坳间有茅舍房屋，屋舍旁烟岚浮动，流泉回环，山径曲折，环境幽深，杳不可测。全图构图虽繁复，但却井然有序，郁然深秀的精致却意外地带来一种山川的骚动不安之感，仿佛正暗示着归隐环境并非如想象中那样和谐稳定，画面主题与风格的矛盾似乎正在隐隐诉说着元末动荡社会中画家对于理想生存境况的期待与焦虑。

图 4-25 [元]王蒙《葛稚川移居图》
纸本设色 58cm×139.5cm
故宫博物院藏

图 4-26 [明]董其昌《青弁图》
纸本水墨 66.88cm×225cm
[美国]克利夫兰美术馆藏

明代大家董其昌在追法古人的同时有了进一步创造，如其传世之作《青弁图》(图 4-26)尽管有山间云雾的遮蔽，但是依然掩盖不住山势整体上迷离与搅动的不安之感。对于产生这种视觉困惑的原因，美国学者高居瀚给予了具体的分析：

> 在视觉上，整幅构图也同样有一种无法解决的不连贯性：即使中断景致融入了各种向后穿透的动势，但是，看起来还是像一块垂直的平面，而原本，此一段落应该与后面的远山相接，结果却变得难以解读。事实上，此一段落的作用相当于古典式三段构图的中景部位，惟其繁复无比。①

高居瀚的分析说明了画面位置经营的重要性，特别是通过纵向方向上的处理更益于制造“不连贯性”，从而展示画面不平衡的动态效果，这一点在唐明皇西行入蜀图中也有充分的体现。

以明万历间顾曲斋刊本《古杂剧》收录《唐明皇秋夜梧桐雨》第三折图(图 4-27)为例，安史之乱中，唐明皇西行入蜀，期间在马嵬坡赐死杨玉环是有名的历史事件，其中蕴含的历史兴亡与爱情悲剧主题在历代文人作品中吟咏不衰。杂剧取材历史史实，图绘刻画了西行入蜀的自然风光。高耸入云的巍巍群峰峥嵘而崔嵬，千仞峭壁，如刀削斧劈，烟云雾霭，氤氲缭绕，加之天高人小的高差对比、黑白两色的色调反差，明显呈现出一种迥异于平衡质感的风格，即强烈的不平衡感、骚动感。当然，这种不平衡并非意味着无秩序的错乱失衡，点线构图虽然与水墨笔法存在差异，但是在繁复构图中利用直线曲线的扭曲变化，施以阴刻阳刻的团块对比，强化山势的挺立高远，行人的小心翼翼，突显人物和环境之间的张力。行走在这样一种浓重色调的山水之间，自然会产生一种惴惴不安之感。

---

① [美]高居瀚《山外山：晚明绘画》，王嘉骥译，生活·读书·新知三联书店，2009 年版，第 125—126 页。

图 4-27

从图像意象精神的表现来看，小说戏曲插图的创作并非像传统绘画那样受到文人旨趣之约束，虽然不是以自然山水为旨归，而是以山水以及山水与人物的特定关系来反映文本的内在意蕴，不过，从形式追求来看，图 4-27 刻意营造的这种骚动不安感的确显示出与传统绘画的密切关系。对于那些以插图绘刻为职业的绘图者和刻工而言，虽然在创作意图、笔法、刀法等诸多方面有别于文人画家，不过作为同样从事艺术相关工作的人，很难避免受到来自同时代以及既有传统艺术的熏陶，在耳濡目染中会自然消化和吸收这些图像经验；而对于那些跨领域从事插图创作的文人画家或职业画家而言，他们则更会有意识地将传统绘画的精髓有秩序地转移到插图中，以下所要提及的一位画家就是这其中典型的代表。

明末清初著名书画家陈洪绶以擅绘人物画见长，被清代鉴赏家张庚评为："其力量气局，超拔磊落，在隋唐之上，盖明三百年无此笔墨也。"[①]他所绘《水浒叶子》(图 2-6、2-7、3-35)有别于其他水浒人物形象，画作风格集中展示了骚动感。《水浒叶子》属于酒牌的一种，也就是说陈洪绶的创作是为着"通俗"的目的而作的。在这个社会大众闲暇娱乐的道具上，陈洪绶本可以借用既有的图像经验草草成画，但是他却不惜大费周章另起炉灶，其创作是摆脱了以往小说插图人物画传统束缚的。高居瀚先生对这组人物系列有过精到的艺术分析：

> 这些人物系以棱角转折及粗短结实的笔风描摹，这是陈洪绶在 1630 年代所喜爱的一种画法。人物的体态变化有致，但头、手、脚看起来却几乎与身体没有关联，反而像是从块状的衣褶里，或是从僵硬的盔甲里，突然冒出来的一般。他们的手势似乎具有夸张的表现力，身体的姿势则显得扭曲变形——从而营造出这些强势有力的表现法。[②]

陈洪绶笔下水浒人物表现力的"强势"来自于造型的特殊笔法，变流畅为曲折，变圆滑为棱角，变平顺为突兀。这样一种"扭曲变形"的姿势绝不会带给读者平和怡然的观感，反而会因为人物身体与动作节奏的割裂感到紧张和压抑。同时代的文学作家张岱就解读出了陈洪绶的创作是"以英雄忠义之气，郁郁芊芊，积于笔墨间也"[③]，汪念祖称陈洪绶所绘水浒人物"颊上风生，眉间火出，一毫一发，凭意撰造，无不令观者为骇目损心"[④]。陈洪绶以其特立独行的笔法为水浒人物注入了新的内涵，英雄人物本应高大伟岸的形象再次彻底遭到颠覆，抑郁愤懑的主体精神与传统英雄形象是那样格格不入。这样一组夸张

---

① [清]张庚《国朝画征录》卷上，清乾隆间刻本。

② [美]高居瀚《山外山：晚明绘画》，第 316 页。

③ [明]陈洪绶《水浒叶子》，四川美术出版社，1986 年版，第 3 页。

④ 汪念祖《陈章侯水浒叶子引》，[明]陈洪绶《水浒叶子》，第 5 页。

扭曲的形象群体富有冲击力的视觉观感，势必会打破读者常规的阅读预期，给人以强烈的心灵震撼，进而引发读者对于英雄主题乃至文本意义的深刻反思。

2. 疏简与繁复

明清小说戏曲插图变迁的整体趋势是从疏简向繁复逐步过渡，表现为点线运用更加细腻流畅，构图元素更加丰富饱满，形象造型更加逼真生动，布局结构更加富有层次。悄然发生在刊本中的这些变化，实际上是明代社会商业化和资本化共同作用下出版者规划意识愈加成熟以及绘刻匠人工艺日臻精湛的结果体现，是融合进印刷事业兴盛繁荣景象之动态变化中的，像明万历元年刊本《帝鉴图说》中《遣使赈灾》图、万历刊本《程氏墨苑》中《百子图》、明崇祯四年刊本《隋炀帝艳史》中《东京陈百戏》图等都是满幅图式的典型代表。不过，刊本插图的这一追求却似乎与传统绘画有所不同，古代画论对“繁”往往保持着极为谨慎的态度，宋代画家李成在总结山水画要诀中讲到“(景物)辟绰繁絮则失神”“云烟取秀不可太多，多则散漫无神”“林麓铺陈不可太繁，繁则拍塞不舒”[①]。可见，繁容易陷于琐碎、纷杂、失次之弊病，因而要“先立宾主之位，次定远近之形，然后穿凿景物，摆布高低”。与传统绘画传神写意之宗旨不同，小说戏曲插图在体现艺术审美性外还受到文本内容的约束，因而简与繁的选择还要增加一重考量因素。

画面的繁复风格表现为两方面：

一是叙事因子的丰富紧凑。它源自于图像叙事与文字叙事的时空差异，文字叙事可以“话分两头，各表一端”，但是图像叙事却有图幅的束缚，不可能肆意铺张。为了弥补二者之间的差异性，插图往往采用合并组合的方式，将发生在异地时空的不同事件拼接组合在一

---

① [宋]李成《山水诀要》，见俞剑华编《中国古代画论类编》，第616页。

幅图像之中，本书第二章第二节“叙事时空的建构类型”已作论述，这样就造成了图像包容度的极大扩展，使得画面叙事因子骤增，呈现出繁复的风格。画面繁复风格的呈现实际上又体现了刊刻工艺的进步，特别是线条的纤细流畅不但使形象勾勒更为清晰精致，极大提升了形象的生动程度，而且可以在有限的图幅面积中容纳更多的叙事元素，将文本内容的再现变得更加细致、生动和翔实。

繁复风格的另一方面表现为插图中各种形象的细致丰满，由于每一个细节都得到了详细生动的描绘，于是画面整体呈现出繁缛饱满的意态。我们以明万历年间和崇祯年间三种《水浒传》插图本的同一回目的回目画为例：明万历二十二年(1594)双峰堂刊本《京本增补校正全像忠义水浒志传评林》图《金光从地起　黑气向天飞》(图4-28)、明万历三十八年(1610)杭州容与堂刊本《李卓吾先生批评忠义水浒传》图《洪太尉误走妖魔》(图 4-29)、明万历间新安刊本《忠义水浒传》图《误走妖魔》(图 4-30)。很明显，三幅图像的繁复感逐渐加强。如果将图像与文本相对照，就会更加清楚地看到三者不同的再现效果：

> 只见一道黑气从穴里冲将起来，掀塌了半边殿角，那道黑气直冲上半天中，散作百十道金光去了。众人大惊，发声喊，都奔将出来。①

在被郑振铎先生称为黄金时期的万历年间，以上图下文式为主流版式形态的插图，疏简依然是众多刊本的共性特征，双峰堂刊本插图主要集中于表现人物形象，着力突显洪太尉及他身边几个人物的神情动作，而缺少对环境背景的描绘，宫殿的整体格局只是露出冰山一角，那道“黑气”“金光”及其“冲天”的气势都难以在狭小的图幅中全面展示出来。

---

① 《水浒志传评林》卷一，《古本小说丛刊》第十二辑影印明万历二十二年(1594)双峰堂刊本。

图 4-28

图 4-29

图 4-30

随着单页大图式版式形态的全面繁荣,繁复风格也随之受到众多刊本的青睐。伴随版式的扩展,绘图者有了更多的发挥空间,于是我们在容与堂本插图(图 4-29)中可以看到宫殿的整个建筑形式,甚至连牌匾、地砖等细节也有详细描绘,人物数量不但有所增加,而且服饰动作的勾勒也更为精致,特别是人物肢体动作更加富有动态性,那道“黑气”也终于以阴阳团块对比的形态得以鲜明而完整地呈现。在各种形象的细致勾勒和对比中,图像的立体感得到了极大加强,这也正应和了周心慧先生对此本绘刻的评价:“重视人物形象的塑造,善于在情节描绘中展示人物的内心情感”，“此本捕捉人物动态、表情很细致，线条运用却较粗简，刀法亦显粗犷豪放，粗中见细，颇具特色。”①

新安本插图（图 4-30）在此基础上有了进一步深化，首先整幅画面线条更为纤细流畅，布局更加丰富饱满，那道“黑气”以漫天之势的规模展示出震撼效果，再有准确地再现了各类人物从宫殿里到宫殿外“奔逃”的动态，以俯视视角统揽全境，场面刻画大气磅礴又不失细节的微妙精到。尤其值得我们注意的是，图 4-29 和图 4-30 均是作为首幅图像亮相，其登场序列的特殊性对吸引读者关注具有重要影响，在很大程度上决定了读者对整个图像系统的视觉印象。比较而言，图 4-29 阴刻阳刻对比的力度更加强烈，近景中人物形象如在目前，形象刻画立体感非常突出；图 4-30 背景刻画更加精致细腻，立体空间感更加强烈，画面结构氛围的渲染更加突出。二图以不同的修辞形式构成了对读者视觉官能的冲击，强烈地激发了阅读的快感和好奇心理。

当然，这并不是说构图繁复者就一定是好的，疏简者就一定不如繁复。由明末知名刻工项南洲刊刻的《怀远堂批点燕子笺》插图就是疏简风格的典型代表，画面构图通过有效的结构布局，精选简要的形象要素，布景和留白相得益彰，富有空间节奏感。繁复风格图像的出现，说明了刻工技艺的精湛程度已然可以在有限图幅内彻底贯彻绘图者的创作意图，但是是否要施以繁复却要针对特定刊本有目的性地予以设计。

3. 粗犷与典雅

明代中晚期以来，当叙事话语逐渐发展和成熟以后，伴随着明代社会园林装饰等工艺审美风尚的流行，小说戏曲插图的风格取向也纳入了典雅化的追求。然溯源而上，则不难看到小说戏曲插图的肇始却恰恰与此相反，是以一种粗犷风格开始的。在早期上图下文插图以及早期双面连式插图中，粗犷风格突出表现为简练的人物白描、

---

① 周心慧《中国古代版刻版画史论集》，学苑出版社，1998 年版，第 47 页。

背景勾勒以及阴刻阳刻的团块对比。这些都使插图染上了浓墨重彩的厚重质拙感，于是不论是现实主义的历史演义，亦或是魔幻色彩的神魔题材，都不约而同地披上了浑厚质朴的外衣，成为粗犷风格的代言。具体来看，上文下图和单页大图的粗犷还是有一定区别的，二者在整体上都突出表现为平面的单一性，缺少立体的纵深感。特别是上图下文式插图与中国古代早期岩壁画像极为相似，尽管图像中出现的是各类形象，但是我们感受到的却仿佛是一条条变化的线条正在进行演绎和诉说。发展到双面连式，不但形象造型的整体感得到了强化，而且空间感也有了更多拓展。它利用山石树木的遮蔽增添空间的上下层次来表现距离的远近之差，在图像的粗犷风格中融入了更加富有现实感的元素。从视觉经验上看，是朝着更加贴近生活、更加符合视觉感受的方向发展的。也正是在这一发展趋势下，中国古代小说戏曲插图才变得越来越精致优雅。

典雅风格的展现首先要求图像绘刻的精致细腻，这是典雅化的先决条件和基础，而这一点显然离不开绘图者、画工、刻工各类角色技术的精益求精。贡布里希在《艺术发展史》中分析艺术风格演进的一种重要力量是技术进步①，插图风格的演变也从一个侧面印证了刊刻工艺的重要影响。我们以明万历十九年(1591)南京仁寿堂万卷楼周曰校刻本《古本全像三国志通俗演义》图《凤仪亭吕布戏貂蝉》(图4-31)和明刻本《李卓吾先生批评三国志真本》图《凤仪亭布戏貂蝉》(图4-32)这两种极富艺术感染力的插图本为例，不难发现二者风格的差别。周曰校本图采取平视视角，运用阴刻阳刻技法突显各类形象造型的外在形态，大抵构图呈现平面化，缺少景观的纵深延展，一字型对称构图主要展示了三位主人公在文本中的对立关系。郑振铎先生评价此本绘刻特征："大抵线条较粗，动作甚复杂，人物则皆大

---

① [英]E. H. 贡布里希著，范景中编选《艺术与人文科学：贡布里希文选》，第89页。

型，表情皆甚显露，尚具民间艺术草创豪迈、大胆不羁之作风。”①图4-32则以俯视的视角构图，提炼出貂蝉、吕布温存时光予以集中，使读者站在全知视角的位置上专心致志地静观貂蝉的美人计，领略春色满园的美景，美人加美景不啻为一场视觉盛宴的享受。与图4-31相比，观者可以明显感受到图像创作笔法的更新、创作思路的转变。而这些又要归功于图像中俯视视角的介入、线条的纤细如丝和婉曲流畅、点线的节奏控制、阳刻阴刻的精准明晰等等。正是这一系列绘刻技术的炉火纯青，才能使绘图者与刻工随心所欲地进行发挥和创作，也才能保证二者之间天衣无缝的配合，最终呈现出一幅精妙绝伦的图像。而在诉诸典雅风格的呈像造型中，带给图像风格转变的则包括宏观上图式语言的整体结构以及微观上细节的精雕细刻。

图 4-31

图 4-32

谈及插图的典雅化，徽刻版画在这个过程中无疑发挥了中坚作用，郑振铎先生就曾给予徽刻刻工高度评价，称他们是“中国木刻画

① 郑振铎《中国版画史图录自序》，《郑振铎艺术考古文集》，第258页。

史里的天之骄子"[①]。这之中,安徽人汪廷讷在促成和推广插图雅致化上功不可没。万历二十七年(1599),他在家乡修建了一座风景旖旎的园林坐隐园和环翠堂,落成后,延请名笔钱贡为其绘制《环翠堂园景图》(图 4-33),由歙县名工黄应组镌刻,全长 1486 厘米,高 24 厘米,展示该园之内复杂精巧的建筑群体和三百多个人物,堪称中国版画史上一部大手笔,其"画面细条纤细入微,刀法谨丽,风格俊逸缜修,气韵清雅,具有鲜明的徽派特色"[②]。此后汪廷讷以环翠堂为名号,网罗了一大批技艺精湛纯熟的刻工,刊刻了传奇《环翠堂乐府》十八种,成为戏曲史和版画史上的经典之作。从《环翠堂园景图》到各本传奇(图 4-34 明末环翠堂刊本《投桃记》图),"每一幅画面都显示出迷人的美好,这就是'古典美'的作品的一个最标准的范本"[③]。画面中由无数点和线组成的细密的景色,在黑白色块的叠加中依次重复,庭园中的片山寸石、房屋装饰、人物头髻须发,没有任何瑕疵败笔,都得到了最为精致绝伦的描绘。

图 4-33 《环翠堂园景图》(局部)

其实,综观明清插图本典籍,从粗犷向典雅的转化,不仅仅局限于小说戏曲插图中,它已经成为明代中晚期以来图像绘刻风格的共同取向,如明刊本《唐诗画谱》(图 4-35)由明代集雅斋主人黄凤池编辑,

---

① 郑振铎《中国古代木刻画史略》,第 96 页。

② 徐小蛮、王福康《中国古代插图史》,第 145 页。

③ 郑振铎《中国古代木刻画史略》,第 103 页。

图 4-34

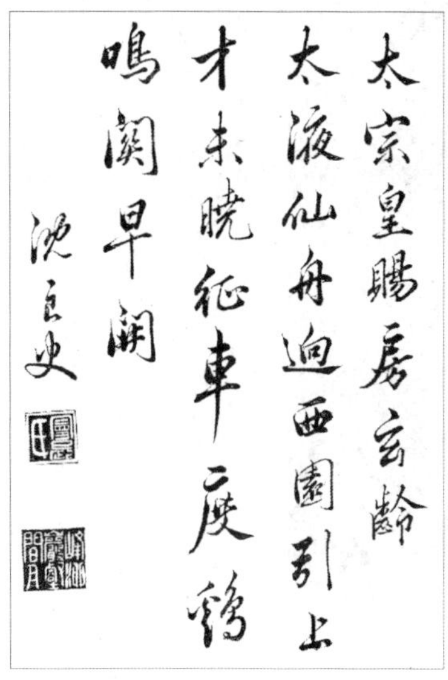

图 4-35

共包含八种画谱，又名《集雅斋画谱》《八种画谱》，包括五言唐诗画谱、六言唐诗画谱、七言唐诗画谱、梅竹兰菊四谱、木本花鸟谱、草本花诗谱、唐解元仿古今画谱、张白云选名公扇谱。该书延请名公董其昌、陈继儒等为之挥毫，名笔蔡冲寰、唐世贞为之丹青，徽派名工刘次泉等刊刻，堪称诗、书、画三美合一。又如明万历间程氏滋兰堂刊本《程式墨苑》（图 4-36），是明代墨模雕刻图谱集，由明万历年间安徽歙县制墨大师程大约辑刻，著名画家丁云鹏、吴廷羽绘图，徽州黄氏木刻名工黄应泰、黄一彬等镌刻，全书收录名墨图案五百二十式，图版五十幅。郑振铎先生称誉此本："此'国宝'也！……此书各彩图，皆以颜色涂渍于刻板上，然后印出；虽一版而具数色。后来诸彩色套印本，盖即从此变化而出。"[1]可以看到，插图对山水楼阁予以精细绘刻，线条婉转流畅，疏密有致，在构图要素的位置经营上体现出如传统绘画那般对虚实、起伏的追求。可以说精工细致已然内化为插图自身品质和格调的象征。

图 4-36

① 郑振铎《劫中得书记·程氏墨苑》，《西谛书话》，第 312 页。

事实上，典雅化的风格追求与明清时期社会上追求典雅的装饰风尚相呼应，体现出绘刻者对时下读者审美趣味特别是明清时期园林审美风尚的迎合，在景物要素的构成和布局上都体现出造园文化的影响。这种迎合有利有弊，一方面在精益求精的整体要求下，诞生了一大批插图佳作，成为图像文献中的经典，另一方面也因为审美趣味的趋同，很多插图的风格呈现出类型化特征，在一定程度上消泯了图像自身的个性，也就难免有损于插图整体的格调和品质。比如就《三国志演义》这个文本来看，精工细丽固然完美，但是联系《三国》波澜壮阔的历史画面，它却在一定程度上产生了悖逆。尽管在视觉效果上更加令人赏心悦目，但是与上图下文式相比较，粗豪壮健较温婉细腻似乎与小说叙事内容更为贴切。此外，文本通过宏大的叙事结构为我们展示了广阔的社会历史风貌，在叙事进程中融注了强烈的历史感和深邃的哲学思考，而浸染着明清园林风尚的插图在造型上倾向于精雅细致，徜徉在精美的亭台楼榭、禽鸟花木之中，读者很容易因为贪恋视觉满足而忽略沉潜在文本中的历史命题；插图对人物栩栩如生的描绘往往会使读者停留在文本故事层面，而难以深入到哲学层面进行深入思考。因此说，典雅化倾向也在一定程度上消弭了蕴藏在文本中的历史感和哲学感。

从我们对小说戏曲插图风格的分析来看，戏曲插图风格特征及其变迁演化，在一定程度上可以说是明代绘刻风格的一个缩影。在对风格演变的探寻和质问中，我们既发现了这条长河中的恒定基调，也看到了基调中不甘沉默跃跃欲试的变体，其间又杂糅着绘画形式、技法以及文化观念、时代风尚等许多复杂因素的交叉影响。戏曲插图与与艺术史中很多重要议题一样，具有两极化的特点，不过这种两极风格因为历史的连续性变得相互关联和呼应。它使我们认识到插图的绘刻者并非无视历史传统和流行风尚，他们的创作既建立在图像共同经验的累积上，同时也极为注重自身的个体性和差异性，暗示出戏曲插图在沟通通俗文学与高雅艺术中的情感纠葛。

第三节　范式的生成与图像互文

一、插图主题与传统绘画题材

中国古代传统绘画作为先于小说戏曲插图发展并取得杰出艺术成就的图像经验，可以为插图的发展提供可资参考和借鉴的资源。从图像内容来看，传统绘画中那些诸如送别、游春、隐逸、风俗、博古等一系列主题都在版刻插图中得到了延续。不过如果只看到哪些主题得到了延续还远远不够，这些特定主题所包含的图式与风格是怎样传承并发生了哪些变化，同样值得我们关注。在主题的流传过程中，不仅能够反映出插图与传统绘画的互动关系，而且可以体现出插图自身发展轨迹中艺术特色的变迁和消长。

中国古代小说从题材上可以分为历史演义、英雄传奇、神魔小说、世情小说等几大类，戏曲则可以分为神仙道化、烟花粉黛、忠臣烈士等类别，可以想象以这些题材为依据进行创作的插图自然会具有丰富的表现内容。不过图像语言在叙事上的自由性毕竟不如语言文字，不可能巨细无遗地将文本内容全部再现出来，于是摆在绘刻者面前的首要问题，就是要解决每一幅图像再现主题的选择，可以说这些经过深思熟虑之后表现出的图像主题反映了画家对文本的独特感悟。微观来看，具有特定主题的单幅图像联合起来构成了一部小说或者戏曲完整的插图系统；宏观来看，这些插图系统组合起来，又构成了插图史所秉持的艺术性格。

在传统绘画的各种题材中，山水画对小说戏曲插图从主题到风格的表现均具有重要影响。宋代郭熙曾指出：

世之笃论，谓山水有行者，有可望者，有可游者，有可居者，画凡至此，皆入妙品；但可行、可望不如可居、可游之为得。何者？观今山川，地占数百里，可游可居之处，十无三四，而必取可居、可游之品。君子之所以渴慕林泉者，正谓此佳处故也。故画者当以此意造，而鉴者又当以此意穷之。此之谓不失其本意。①

郭熙的这段论述探究了山水林泉受到青睐的原因，而且从传播角度指出从绘画者到赏鉴者在山水画创作和欣赏上的宗旨。“行”“望”“游”“居”活动的主体对象无疑是出现在山水画中那些人，自然山水无疑又是人类“行”“望”“游”“居”的理想环境，反映出人景之间微妙的互涉关系。于是在山水这个大议题下，又可以剥离出郊游、送别、隐居、访贤等一系列子议题。插图对小说戏曲文本内容的再现，在这一点上与传统山水画有很多相通之处，呈现出一系列与这些子议题相重合或相类似的主题，如明末刊本《怀远堂批点燕子笺》第十二出《拾笺》图的游春（图 4-37）、明刊本《樱桃梦》第七出《猎饮》图的雅集谳饮（图 4-38）。文本内容的包容度是相当广泛的，然而插图绘画者在截取文本内容进行描绘时，为什么会出现这么多与传统绘画主题相同的选择呢？贡布里希做出了这样的回答：“艺术家会被可以用他的惯用手法去描绘的那些母题所吸引。他审视风景时，那些能够成功地跟他业已掌握的图式相匹配的景象就会跃然而出，成为注意的中心。”②画家内心所固有的图像语汇所构成的主题会在无形中使其自然选择那些他所熟悉的图像程式，支配其创作的主体取向。因此，从插图主题确定这个层面来看，它实际上反映出了艺术传统在民族心理上的传承和累积。

从山水主题的图式来看，古代小说戏曲插图从亮相之初即在上

---

① ［宋］郭熙《林泉高致》，俞剑华编《中国古代画论类编》，第 632 页。

② ［英］E. H. 贡布里希《艺术与错觉——图画再现的心理学研究》，第 101 页。

图下文的版式形态中继承了人景配合的表现方式，不同的是在肇始阶段，人景之间的依附关系并不紧密，二者尚未浑然融为一体。如若将插图和山水画图式相比较，可以看到插图基于对文本故事的依赖，在表现具体内容时对山水画景主人次的图式作出了调整，将山水画中原本形象较小的人物骤然放大，使其成为插图的主体，而山水则彻底成为陪衬。不过明代中晚期以后，伴随着插图版式从上图下文的横向式图幅过渡为单页大图的纵向式，以及在读者审美趣味趋向的影响下，插图的构图程式开始逐步向山水画图式靠拢。环境刻画得到了极为工巧细腻的表现，人物形象不再是上顶天下立地的巨人形象，人物景物以最为恰当的比例和谐地呈现在图像之中，在有些插图中甚至富有了某种象征暗示意义。图 4-38 中芍药盛开，傍花而酌，吟诗行令，与传统绘画题材中的文人“雅集图”构图可谓相得益彰。

图 4-37

图 4-38

插图创作从传统绘画中汲取营养的另一重要题材即风俗画，这一在宋代盛行且成熟的绘画艺术，在题材和表现手法上均为其后明清小说戏曲插图的发展提供了重要的绘画经验。风俗画一大典型特征即对现实生活细致入微的描绘，其对世俗风情的反映包罗万象，以《清明上河图》《七夕夜市图》《货郎图》《村童入学》《郊居丰稔》《纺车图》《婴戏图》①等一大批作品为例，对城市和乡村两种不同空间中农工商贩的生存境况进行了生动描摹，而这两种不同空间也正是很多叙事文本中故事发生的重要背景，城乡风俗也就顺理成章地成为小说戏曲插图描绘的重要议题。于是我们看到，有关贸易、童趣、村耕、佳节等一系列出现在风俗画中的主题，在小说戏曲插图中又不断被反复征引，插图成为市井村野的生动写照。如明广庆堂刊本《新绣全像点板宝禹钧全德记》第十五出《佳偶》图以双面连式展示了大婚场景(图 4-39)，明崇祯间刻本《新刻绣像批评金瓶梅》图《本衙绸缎》(图

图 4-39

① [宋]张择端《清明上河图》;[宋]燕文贵《七夕夜市图》;[宋]李嵩《货郎图》;[宋]毛文昌《村童入学》《郊居丰稔》;[宋]王居正《纺车图》;[宋]苏汉臣《婴戏图》。

4-40)描绘了明代市井中交易的情形。人与自然、人与社会的和谐色彩也被一以贯之地运用到插图中。以明崇祯间刻本《八公游戏丛谈》中的《清话图》(图 4-41)、《说听图》(图 4-42)为例,二图对乡村生活的刻画入木三分,疏简晓畅的线条既表现出了乡村环境舒适静谧的风貌,亦刻画出身在其间的人们劳作与休闲时的不同状态,两图从不同角度真实而形象地反映出村居耕织生活的辛苦与夜晚纳凉时的片刻清闲。

图 4-40　　图 4-41

图 4-42　　图 4-43

再如明万历间新安刊本《忠义水浒传》图《火烧翠云楼》(图4-43),插图主题虽以水浒人物拼杀打斗为主,但是却在营造环境背景时,自然地呈现了宋代街道建置以及元宵佳节期间张灯结彩、鞭炮齐鸣的欢乐场景。特别是在表现手法上,借鉴《清明上河图》将多个连续场景做共时性处理的手法,每个场景中的人物群体又都选取"顷刻"的经典动作加以刻画,最大限度地展示出时空的覆盖面。整个画面呈现出清晰明亮的调子,跳动着民间生活的生命动感,洋溢着人民的朝气和活力。郑振铎先生曾高度赞扬此本插图的绘刻:

> 详尽地、工致地刻划了封建社会的现实生活的变化,插图作者的现实主义的作风,是不愧成为那绝代大创作《水浒传》的俪匹的。把它们附插在《水浒传》的卷首,乃是"锦上添花"之举,乃是"相得益彰"之作。这里面当然有不少战争场面,但绘写社会生活的场面却更多。……虽是明代万历晚期的画人们之所写的,却想来和水浒时代的社会生活情况不会有多大的歧异的。我们把这一百幅的插图,作为封建社会的生活写照,想来是不会有什么错误的。有一小部风神异斗法的故事画,却可以"存而不论",但其实,也便恰好表现了封建时代里的那末样的迷信和幻想的存在。……或正面,或侧面,或一般地绘写,或旁敲侧击地刻划,无不把那个封建社会的黑暗面,人民的如何受官僚地主恶霸们的欺诈、掠夺,被侮辱、被压迫者们的如何告诉无门,不得不铤而走险,造成"官迫民反"的局势,栩栩如生地表现在一百面的尺幅的版画里。①

郑振铎先生对《水浒传》插图的评价实际上说明了图像对社会现实的观照表现在两个层面,一方面它可以通过物质实体的描绘还原

① 郑振铎《明万历本忠义水浒传插图跋》,《影印善本书序跋集录》,中华书局,1995年版,第266—268页。

特定时代社会的生活，这正如明夏履先在《禅真逸史·凡例》中所说："俾观者展卷，而人情物理，城市山林，胜败穷通，皇畿野店，无不一览而尽。"另一方面，其所绘写的故事画背后则表现了特定时代的思想和信仰，当然这个思想理念中可能包含着否定的一面，但却正是民族思想理念的真实折射。

二、图像风格的呈现及其图式表征

在传统绘画中，不同主题由于表现内容及其隐喻意义各不相同，在风格上有各自倾向的追求及其对应的表现图式，插图在传承这些既有主题时，往往也沿袭了该主题所附带的风格倾向，这种风格常常表现出与传统绘画相关主题风格的密切互动关系，表现出图像经验在历史流传中的稳定性，也是构成视觉文化艺术精髓的主要凝聚力量。不过，更能体现出小说戏曲插图性格的是那些因袭既有主题但是却一改其固有图式风格的图像，这种图像明显是要在传统绘画所形成的既定秩序中找到一个突破口，意图以风格图式的改变来呈现插图独有的审美品格。这一富有创变意识的尝试不仅体现出绘刻者强烈的个人风格，同时也体现出小说戏曲插图作为中国古代通俗文艺的一个分支，在与传统绘画这种高雅艺术相比附时，自身所具有的灵活变通的力量。基于这种通俗艺术的独特气息，小说戏曲插图能够为读者奉献出具有丰富表现力的艺术作品。

下面我们来看两幅具有这种逆反风格的插图。首先来看明万历四十三年(1615)姑苏龚绍山刻本《新镌陈眉公先生批评列国志传》图《赵衰孤偃夺重耳》(图4-44)，这是一部历史演义题材的代表作品，传统的认知观念一般会将该类题材视作渲染着肃穆庄重的基调、意境雄浑辽阔的作品，而此图又是一幅有关权力争夺的实景描绘，按照常理推论，图像应该出以阴霾的调子表现出兄弟相残的杀机或是重重危机下的紧张节奏。孤偃夺重耳的故事就发生在这样一种险象环生的情境中，孤偃之父孤突作为“国之元亲”而被杀戮，孤偃忍辱负重，在重耳耽于安乐之际机智果敢地与姜氏共谋，迫使重耳离齐。然而小说插图对于历史演义的解读却并未按照既定的逻辑认知展开。相反，取材于百花园酒宴片段，而忽略掉那些危机重重的环节，整幅画面既没有强烈的黑白团块对比，也没有人物面目的丑恶狰狞亦或是节节逼迫中的慌乱，而是出以明亮简洁的色调。如果不了解文本内容，读者甚至可能会误以为是此回主题乃是一幅桑荫之下赏心悦目的游春图。这里姑且不论其风格与主题是否相匹配，人物性格刻画是否精到突出，仅从图像对以往历史主题风格的颠覆来看，是表现出求新求变的意识来的，在这个意义上看是富有独特价值和意义的。

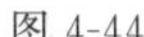

图 4-44

图 4-45

再如清康熙间刻本《笠翁评阅绘像三国志演义第一才子书》中图《刘玄德遇司马徽》(图 4-45)。绘画的主题是具有传统文化内涵的访贤。据文本所述，水镜先生乃世之高隐，其所处山野环境“满堆书卷，窗外盛栽松竹，横琴于石床之上，清气飘然”。然我们聚焦插图，就会发现图像展示的环境绝非“清气飘然”的世外仙境，相反的，画面近景和中景中的建筑景物主要采用斜线式布局，与远景中横向式展开的山峦呈现出视觉的交叉和冲突，乱石孤松的环抱、浓重的黑白对比以及朦胧的视觉效果都给人以强烈的不安感。这样一种图景建构迥异于传统绘画中山水隐贤居所的视觉印象，画面形象的设计与安排仿佛都是在有意地消解着既有的图式经验，使读者在主题与风格的鉴定上能够敏锐地察觉出其中的矛盾性。在这种矛盾中，读者就会发觉到插图绘刻者实际上无意于对锦绣山水的模仿，或者说无视于自然山水的真实面目，山水环境在这里实际上充当着汉末乱世的重要参照，暗示着归隐主题在现实与理想中不可调和的困顿无奈。

这里，我们不妨将视野再拓展一些，从中西方绘画比较的角度作进一步思考和判断。郑春泉博士在对比 15 世纪著名画家扬 · 凡 · 艾克(Jan Van Eyck)与马萨乔(Masaccio)的作品风格时总结：“一个是反映圣迹的心理需求，一个是表达日常生活的自然心理反映；一个是超越的信仰诉求，一个是现实生活的可感经验交流。这是 15 世纪欧洲风格多样性中最为显著的观念对比，这也是意大利绘画最终取得 16 世纪辉煌成就的优势所在。”①同样是对日常生活的描绘，两位著名画家在风格上却表现出多向度的诉求。明清小说戏曲插图虽然与西方绘画在形式、风格和观念上有巨大差别，但是在风格表现上又仿佛有相似之处，其在同主题的表现上呈现出风格的多样性，甚至是两极化的风格取向。这说明绘刻者主题选择上虽然对传统绘画有吸收和借鉴，但也十分注重插图设计的个体性。尽管这其中不乏插图整体流向风格的影响因素，但是有别于传统绘画经验图式的差异性，

① 扬 · 凡 · 艾克，早期尼德兰画派最伟大的画家之一，15 世纪北欧后哥德式绘画的创始人，被称为“油画之父”。马萨乔，意大利文艺复兴时代画家。郑春泉《十五世纪欧洲绘画风格史及哥特风格史研究》，天津人民美术出版社，2010 年版，第 4 页。

更能体现出插图创作在继承传统中潜在的革新意识。当然，我们不要忘记，这些经由绘刻者量体裁衣后亲自制定的插图主题及其所呈现的风格，是与传统绘画有着千丝万缕联系的，也就是说，插图的这种革新并没有彻底斩断与传统绘画的勾连，暗示出小说戏曲插图图像风格表征意图沟通通俗文学与高雅艺术中的情感纠葛。

第五章　明清叙事文学插图的图像传播

第一节　观看的冲动：从旁观者到参与者

明代末年，建阳的一位职业小说家邓志谟编著了一套由七部“争奇”小说组成的作品，分别是《山水争奇》《风月争奇》《梅雪争奇》《花鸟争奇》《童婉争奇》《蔬果争奇》《茶酒争奇》。当时著名的文人、画家朱一是[①]为其中的《蔬果争奇》写了一篇序言，其中有这样一段话概述了晚明时期的阅读盛况：

> 今之雕印，佳本如云，不胜其观，诚为书斋添香，茶肆添闲。佳人出游，手捧绣像，于舟车中如供壁，医人有术，检阅篇章，索图以示病家，凡此诸百事，正雕工得剞劂之力，万载积德，岂逊于圣贤传道授经也。

朱一是这段论述的信息量非常大，从阅读对象来看，“绣像”这样一种有图的书籍载体已经在社会上普及和流行；从阅读主体来看，包括书斋主人、茶肆闲人、佳人、医人百事在内的社会各个阶层；从阅读场所

---

① 朱一是，字近修，海宁人，崇祯壬午举孝廉，甲申后避地梅里。能山水，所画传世绝少，以诗文雄视一世，有《为可斋集》与古大家争衡。见［清］彭蕴璨《历代画史汇传》卷九，清道光刻本。

来看，既有陆地上的书斋、茶肆、车马，也有水上行船；从阅读方式来看，有舟车中移动式，有书斋内私人式，有茶肆中分享式，等等。阅读作为一种视觉活动，已经成为社会文化生活的重要内容，围绕它展开的视觉主体和客体，阅读的时间、空间、方式、态度等一系列具体环节，构成了明清视觉活动的历史事实。明清时期的视觉环境如何，人们又是怎样在这个环境中展开视觉实践的，这些亟待追问的议题不仅得到了如朱一是这样的文人的关心和记录，而且在绘刻者生花妙笔和"剞劂之力"的合作中得到了具象再现。在这个层面上看，小说戏曲插图作为一种"物"的形态，不仅仅是阅读视野中故事内容的阐释媒介，同时也是传递历史语境的视觉证据。

一、观看行为的自我映射

小说戏曲插图要运用图像语汇对语言叙述的内容进行修辞转换，以点线构图的形式将文本故事传达给读者，因此"再现"在图像呈像功能中是第一位的。明崇祯间云林聚锦堂刊《西湖二集》卷十七《刘伯温荐贤平浙中》图（图 5-1）描绘的是刘伯温与朱亮祖、朱亮元一起观看其叔父所著的《测海图经》，这个阅读情节在文字中是这样叙述的：

> 话说刘伯温举荐的是谁？这人姓朱，名亮祖，南直隶之六安人，兄弟共是三个，亮祖居长，其弟亮元、亮宗。朱亮祖字从亮，自幼倜傥好奇计，膂力绝人，刘伯温曾与其弟亮元同窗读书。刘伯温幼具经济之志，凡天文、地理、术法之事无不究心。亮元的叔祖朱思本曾为元朝经略边海，自广、闽、浙、淮、山东、辽、冀沿海八千五百余里，凡海岛诸山险要，及南北州县卫所，营堡关隘，山礁突兀之处，写成一部书，名为《测海图经》。凡某处可以避风、某处最险、某处所当防守，细细注于其上。亮祖弟兄因是叔祖生平得力之书，无不一一熟谙在心。亮元曾出此书与刘伯温

同看，刘伯温见其备细曲折，称赞道："此沿海要务经济之书也，子兄弟既熟，此异日当为有用之才。"

图像展示的正是刘伯温和朱亮元"同看"《测海图经》的情形，事实上，文字对于同看属于插叙性质，文字的着重点在于《测海图经》这部书内容的介绍，有关观看的时间、场所、形式等并没有具体描写，仅有"亮元曾出此书与刘伯温同看"一句带过。图像将其截取出来并给予具象展示恰恰说明了插图对于"观看"这一动态行为的浓厚兴趣。作为可视性文本，它的描绘正是作为一种视觉史料（source），弥补了文字所未能展示的部分。

图 5-1

图 5-2

从图文对应的角度看，画面展示的阅读主体是小说的主角刘伯温和朱亮元，阅读对象是《测海图经》。不过，当我们拉开一段距离来审视图像时，仅仅留意于画面内容，就会发现图像展示的实际上就是两个人一起读书的情形。在这个情境中，读者观看插图和图像中二人观看典籍两个具有相同性质的行为重叠在一起，这时，插图中的观看主体（刘伯温、朱亮元）与其观看对象（《测海图经》）共同成为读者眼中的观看对象。当阅读视角摆脱情节内容的束缚，以“观看”作为主题切入时，图中的观看主体、观看客体的地位都在不经意间发生了变化。换言之，构图形象以让位或变换特定角色的代价实现了“观看”主题的呈现。这一代价虽然是视觉再现中不可避免的某种遗憾，但是更深一层次的意义在于，这样一种观看行为的呈现意味着由观看主体、观看对象、观看场景构成的图像，展示的不仅仅是故事文本内容，同时也同构着读者的阅读行为——这是人类共同拥有的获得事实、经验、知识等信息的一种视觉行为方式。

这个视觉场域承载的观看活动是多样的，既有发生在野外的阅读，如图 5-1，也有发生在舟船上的阅读。明刊本《重校十无端巧合红蕖记》第十六出中，主人公在行船途中写诗吟诵以排遣内心情愁：“湖面征风且莫吹，浪花初绽月光萎。沉潜暗想横波泪，得共鲛人相对垂。”这个画面（图 5-2）不仅应和了朱一是在《蔬果争奇》序文中提到的“舟车中”阅读空间，而且与汹涌的波浪、倾斜的船身等视觉要素一起见证着阅读行为潜在的危险性。从结构功能来看，二图阅读主体和阅读对象属性截然不同，前者两位饱学之士共同观看地理类图籍《测海图经》，用以说明荐贤的合理性；后者吟诵的七绝则用以表现才子佳人之间的离情别绪。前者是对历史故实的演义，后者则是对风月世情的再现。

从图像表征的意义上看，以阅读为主题的插图，其文本内观看情景的再现和文本外观看行为的昭示蕴含着人类观看行为的自我映射。换言之，即观看插图的读者以一种同构性注意到自我的观看行为：自己是怎样观看的？看到了什么？观看的环境如何？为什么要观看？观看的效果怎样？观看的结果是什么？从最直观的角度来看，它是以“图中之图”的形态呈现出来的，在由插图所框定的图像界面内，通过观看行为的勾勒从而构成具有开放性表意的视觉场域。正如卡罗琳·范埃克和爱德华·温斯特所云，视觉性是“对于处于历史及其社会状况与政治状况中的主体的所见之物的话语阐释或者清晰表达”[①]。图像修辞呈现的观看行为以自反性映射着图像之外读者观看的社会时空图景。

二、观看空间的视觉想象

就明清视觉语境的整体建构而言，诗文书画阅读和创作活动占有举足轻重的地位，其所指涉的观看空间、观看情绪、观看方式具有巨大的包容广度。古代文人诗文书画创作有着特定的地理空间，一般名之为斋、堂或室，这个空间随着居室设计的逐步讲究出现了固定的准则或约定俗成的惯例。明代计成的《园冶》、文震亨的《长物志》都有专门篇章论及此：

> 书房之基，立于园林者，无拘内外，择偏僻处，随便通园，令游人莫知有此。内构斋、馆、房、室，借外景，自然幽雅，深得山林之趣。如另筑，先相基形：方、圆、长、扁、广、阔、曲、狭，势如前庭堂基余半间中，自然深奥。或楼或屋，或廊或榭，按基形式，临机应变而立。[②]

作为造园经验的总结，书房建构已然成为中华文化传统的一部分，是古代文人高雅文化品格的象征。遗憾的是，无论是计成或是文震亨，在其专著中对图像都采取了十分谨慎和保守的态度，以至于在造园这样一种急需具象艺术加以表现的主题上，也仅出以文字记录而彻底排斥图像。英国学者彼得·伯克在《图像证史》中曾特别强调具象

---

① [英]卡罗琳·范埃克、爱德华·温斯特编《视觉的探讨》，李本正译，江苏美术出版社，2010年版，第12页。

② [明]计成《园冶》卷一，民国二十年(1931)中国营造学社本。

艺术在呈现历史文化上的优势所在，“可以让我们这些后代人共享未经用语言表达出来的过去文化的经历和知识”，从而“让我们更加生动地‘想象’过去”[①]。所幸的是以通俗文学样式出现的小说戏曲在插图上下足了功夫，使其保存了大量与此相关的视觉材料，充分起到了强有力的补证作用。

明末刊本《情邮传奇》第二出《忆友》写书生刘乾初在书馆收到青州府差役送来书信，插图（图 5-3）所绘正是刘生读信的情形。明末刊本《泊庵芙蓉影》第二出《惊秋》写书生韩晋公抱恙书斋中，恰值表兄卢靖到访，月光式插图（图 5-4）描绘的是二人书斋中相谈的情形。两幅插图所展示的正是计成在《园冶》中讲到的“立于园林”中的书房。从宏观视角看，二者都呈现出“随便通园”的开放性，同时，在建筑、装饰、植物的布局配置上也体现出“借外景”的“山林之趣”。构图虽然十分精简，却不失造园设计中的规约。而出现在明文林阁所刊《四美记》

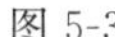

图 5-3

图 5-4

① ［英］彼得·伯克《图像证史》，第 9 页。

插图(图 5-5)中的书馆则将视角从室外转移到了室内,展示了书馆的内部布局。插图展示的是第二十一出《从学》中书生蔡端明跟随先生问学的情节。书馆中陈设的书桌"足稍矮而细,则其制自古"[①],是符合明代文人审美风尚的家具,四层书架脚相对较高,下格离地一定距离,也符合"近地卑湿"[②]、以防受潮的实用原理。背景中的山水屏风远山流水、点点帆影,简澹而隽永,增强了书斋的文化气息。

图 5-5

从上述三图书房基址的选择以及内部景观的设计来看,都是符合《园冶》《长物志》所提倡的审美取向的,换言之,图像所绘是富有明代文人理想书斋指涉意义的。美国学者高居瀚在评价文震亨的身份及地位时讲到:

① [明]文震亨《长物志》卷六,清粤雅堂丛书本。

② [明]文震亨《长物志》卷六,清粤雅堂丛书本。

> 优雅的、讲究立意的生活条则，以往旨在少数士绅家庭中经由口头及实例传播，这样一来就向众多有足够财力和余闲追求这种生活方式的读书公众敞开了大门。《长物志》的作者文震亨本人就是一名次要的画家，他是16世纪伟大画家文徵明的曾孙、名门望族之后，家族成员除了身为士绅地主和出任官员之外，几代人一直在艺术品交易场合充当赏鉴权威和顾问。因此，文震亨是最有资格为在教养和家庭背景方面稍逊的公众提供指导意见的人了。①

如果说《长物志》代表了少数士绅精英群体的审美追求，那么作为通俗文学的载体，小说戏曲面向的"读书公众"则更加广泛。插图中的书斋景观既显示出简练易读的观赏性，也呈现出类似于《长物志》提倡的审美建构。正是在这个意义上，我们说插图实际上充当了从"少数士绅家庭"到社会大众的传播纽带，一方面受到来自于文震亨所代表的精英群体审美取向的影响，另一方面也在知识商品化下促进这一审美理想在更加广泛的社会受众层面传播。当然，我们不能盖棺定论地说插图中呈现的书斋、书馆就一定对应历史中的真实环境，因为受到文本特定人物、事件、环境的制约，图像的"再现"必然会有一定的局限性。但是，它所展示的视觉空间却是富有借鉴意义的，是具有历史"痕迹性"的，在体现明清时期观看活动的视觉空间上是具有代表性的。

明万历间刻本《三遂平妖传》第一回《胡员外典当得仙画》配有这样一幅插图（图5-6），图中员外、管家、道士，三个人物身份各不相同，巨大的花卉屏风代表着员外存放琴棋书画的解库，三人就立于此地观看绘有小像的画卷，图像展示的是一个发生在私人空间内的赏鉴行为。清顺治刊本《一笠庵新编两须眉传奇》第十七折《题功》图（图

---

① ［美］高居瀚《画家生涯：传统中国画家的生活与工作》，第37—38页。

5-7)描绘的是史可法在公廨中为邓夫人题写匾额,这个原本是邓夫人点兵发令的所在,在邓夫人、隅长、执事、仆役的共同注视和见证下,史可法在此郑重挥毫。与图 5-6 藏品库隶属私人的性质不同,这个富有历史意义的视觉活动选择在了具有开放性和分享性的场所举行,从而突显题匾事件的政治意义和道德价值。

图 5-6

图 5-7

明万历间顾曲斋刊本《杜蕊娘智赏金线池》第一出写在济南府尹石好问所设宴席上,秀才韩辅臣和杜蕊娘相会于此,一见钟情,韩辅臣写下了定情之词《南乡子》:"袅娜复轻盈,都是宜描上翠屏,语若流莺声似燕,丹青,燕语莺声怎画成?难道不关情,欲语还羞便似曾,占断楚城歌舞地,娉婷,天上人间第一名。"插图(图 5-8)描绘了这样一幅弥漫着浪漫气息的题词场景:餐桌上满置各种茶具器皿,周围散落着几个杌凳,四周栏杆蜿蜒,梧桐高耸,奇石异草环绕。画面中央杜蕊娘持纸,韩辅臣提笔酝酿,右侧僮仆手持砚台侍立,左侧僮仆手捧菜肴正要上菜。

图 5-8

诗酒书画的意象在传统视觉语境中并不陌生,特别是当书画活动和园林美景结合起来时,很容易让人联想到历代不断被咏叹的题材——雅集图。所谓雅集图,指以文人或官员为绘画主体,主要描绘其聚会时的各种活动,渲染盛会气氛并抒写雅致情趣的图画。如果将图 5-8 与宋人绘《十八学士图》(图 5-9)相联系,会发现在人物形象群体的设定以及背景元素的配置上,二者都体现出很多相似性。《十八学士图》的绘制展示了升平时期千秋翰苑之盛世,背景中青槐翠竹、白玉栏杆相掩映,中心放置案桌,内嵌石纹理天然韵致,文士有站有坐,凝神观画,四周小童有奉画者,有奉盥者。二图可以说是雅俗文学的两个代表，元杂剧图用以表现才子佳人之美好爱情，传统绘画《十八学士图》旨在展示与自然时序相契合的理想的文人仕宦生活，虽然绘画媒介和图像旨趣不尽相同，但是在呈现阅读书写议题上却具有相似性，特别是在营造读写环境时采用的修辞语汇具有很多相似性。在跨越历史时空的视觉语境中，不同绘事媒介在刻画相似主题上是具有互通性的，传统绘画作为图像资源为后世保存和提供了丰富的素材和灵感，通俗文学图像从这个绵延不断的传统中积极地借鉴和吸收优质资源进行视觉表达。二者之间的互动，一方面促成了图像经验的有效流通和传承；另一方面，在读写议题的刻画上，通俗文学图像在携带上传统艺术的因子后亦有力地激活了该议题所蕴含的文化内涵。

图 5-9 [宋]佚名《十八学士图》绢本设色

74.1cm×103.1cm 台北“故宫博物院”藏

这里仅有的论述无法将数量庞大的观看主题图像一一列举出来，不过稍作罗列，即有邓安道与夫人女儿在官署中观赏吴道子水墨观音像（图 5-10 明末刊本《怀远堂批点燕子笺》第三出《授画》），隋炀帝与众妃嫔在大殿之上观看《广陵图》（图 5-11 明崇祯间人瑞堂刊《隋炀帝艳史》第十七回《袁宝儿赌歌博新宠 隋炀帝观图思旧游》），众人在婚宴上围观郭酒痴醉后题额“十香楼”（图 5-12 清顺治间刊《十二楼》第一回《不糊涂醉仙题额 难摆布快婿完姻》），等等。可以说，聚集着集体观看行为和个人观看行为的小说戏曲插图是对公众文化空间的动态反映，其所展示的视觉活动场合多样、观看人物身份多元，涉及物品器具丰富，它是明清时期视觉活动的生动折射，其可观的图像数量和独具匠心的修辞手段传达着它所吐纳的时代声音。

图 5-10

图 5-11

图 5-12

三、女性书写空间

上文所列举的图像中，读写的人物虽有女性参与，但主角基本以男性为主，事实上，在中国古代的文化语境中，向来不缺乏秀外慧中的才女。尽管男性占据了文化话语的主导权，但是还是有相当数量的女性作品留在了文学历史的坐标上，得到认可的作品还通过书坊刊刻或手抄的形式流传和保存下来，如宋代出版家陈起书籍铺刊刻过精彩夺目的《唐女郎鱼玄机诗》（图 5-13），明代海虞毛氏汲古阁辑刻过《花蕊夫人宫词》（图 5-14），清代浙江望族查氏女才子查若筠有家刻本《珮芬阁焚余草》传世。在经过几百年的岁月沉淀后，依然可以手触目验这些文献珍品可谓难能可贵。

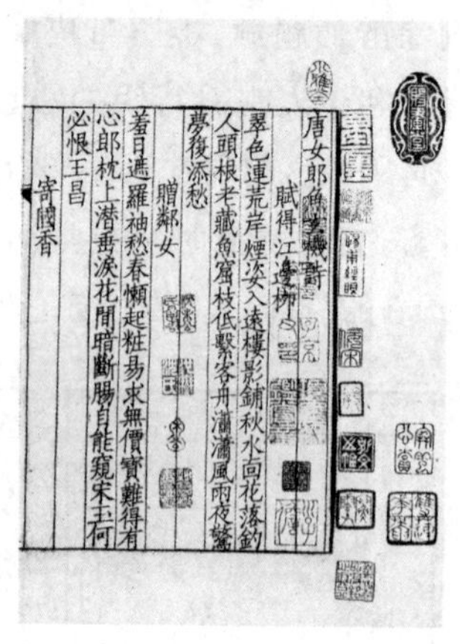

唐女郎魚玄機詩
賦得江邊柳
翠色連荒岸煙姿入遠樓影鋪秋水面花落釣人頭根老藏魚窟枝低繫客舟蕭蕭風雨夜驚夢復添愁
贈鄰女
羞日遮羅袖愁春懶起粧易求無價寶難得有心郎枕上潛垂淚花間暗斷腸自能窺宋玉何必恨王昌
寄國香

图 5-13

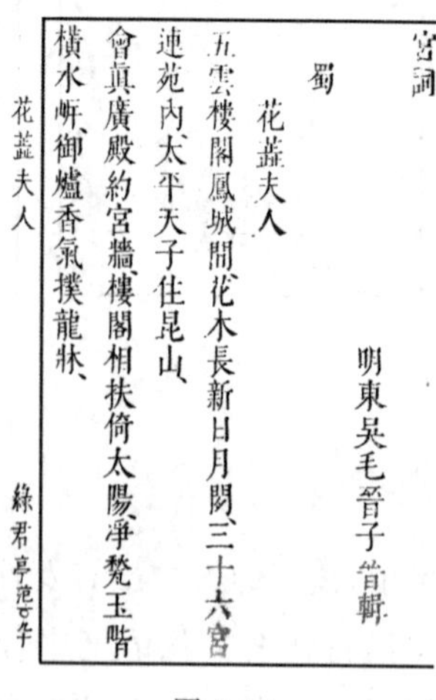

宮詞
明東吳毛晉子晉輯
蜀
花蕊夫人
五雲樓閣鳳城開花木長新日月閑三十六宮
連苑內太平天子住昆山
會眞廣殿約宮牆樓閣相扶倚太陽淨甃玉堦
橫水岸御爐香氣撲龍牀
花蕊夫人
綠君亭

图 5-14

面对这些弥足珍贵的文学佳作，我们不由得会追问：当时的闺阁才女是怎样进行创作的？其书写的时空环境又是怎样的？某些题跋或书画史料以文字的形式作为回答提供了蛛丝马迹，如查若筠之子和梅、鼎权在其诗词集卷尾的跋中记载："（先母）案头置《全唐诗》一册，暇即批阅。"[①]遗憾的是，类似的记录并不多见，而与文字并行的具象艺术也并不多见。与此不同，对男性创作空间加以描摹的绘画作品却比比皆是，如上文提及的《十八学士图》，再如自宋及清一直绵延不衰的"雅集"题材绘画，都热衷于表现文人创作的诗意空间。宋代著名画家李公麟所绘《西园雅集图》（图 5-15）以白描入画，描绘了李公麟与苏东坡、黄庭坚、米芾、蔡襄、秦观等当世名流做客驸马都尉王诜府中聚会的情景。文士们在松柏梧桐之下，挥毫泼墨，吟诗赋词，宾主尽享风雅。米芾为此图作《西园雅集图记》云："水石潺湲，风竹相吞，炉烟方袅，草木自馨。人间清旷之乐，不过如此。嗟呼！汹涌于名利之域而不知退者，岂易得此哉。"清代冯宁绘《西园雅集》扇页（图 5-16），山石树木环绕的自然风景巧妙地将画面分割成六个活动场景，文士们有的挥毫写画，有的题壁留墨，有的拨阮演乐，有的畅谈佛理，成为展示文人文化活动的一道独特景观。

图 5-15　[宋]李公麟《西园雅集图》（局部）水墨纸本 26.5cm×406cm

① [清]查若筠《珮芬阁焚余》，清道光十三年（1833）刻本。

图 5-16 [清]冯宁《西园雅集》扇叶 纸本设色 19cm×57.1cm 故宫博物院藏

可以说,传统绘画在描绘男性诗文学问、畅叙幽情的行为和场景上是独有创见的。不过,他也并不吝啬于对女性题材的表现,晋代画家顾恺之的《女史箴图》、唐代周昉的《簪花仕女图》、明代唐寅的《王蜀宫妓图》等就都是经久不衰的传世名作。遗憾的是,在这些有关女性的题材之中,女性书画创作活动却并未受到青睐,个中原因值得深究和玩味。不过这个议题并非此文重点,此处不作赘述。我们所关注的是在正统文人画家那里缺失的环节在通俗文学图像中得到了弥补。郑振铎先生在评论木刻版画时曾经讲到:"它有力地扶持着中国人物画的优秀传统。这个传统在号称'正统派'的中国绘画里是摇摇欲坠,'为细已甚'的。"[①]郑振铎先生的概括是就木刻画"表现人间,表现社会生活"的整体覆盖面而言,这里却不妨援引此观点来探讨其对女性书画活动的表现。

清康熙间文治堂刊本《广寒香传奇》第十三出《巧赚》写员外殷文蔚听信道士之语,在家中遣将招神,又要延请刺客杀人,其女殷天眷担心不已,遂写刺客论帖置挂帐上予以警示,插图(图 5-17)表现的就是殷天眷书写的情景。女子执笔书写,书桌上摆放着文房和装饰用

① 郑振铎《中国古代木刻画史略·绪言》,第 2 页。

的花瓶，背景是休息用的床铺。与男性理想的创作环境书斋或者高山水渚、自然园林不同，女性的书写主要局限在闺房之内，假山月洞视野内以聚焦的形式呈现了闺阁中有限的视觉活动空间。

图 5-17

再来看明崇祯间刊本《古今名剧合选》中《萧淑兰》，演绎了才子佳人张世英和萧淑兰之事。萧淑兰初赋词重在写她遇见爱情时之果敢："君心情远迷蓬岛，妾心命薄连芳草。芳草正凄凄，君心知不知？妾身轻似叶，君意坚如铁。妾意为君多，君心弃妾何。"张虽得词，但却拒而不纳，萧因之再赋欲挽回："无情水满西典渡，多情人往西典去。西典去路遥，教奴鬼梦劳。今将心内苦，聊作相思句。君若见情词，同谐连理枝。"重在写其抱病多愁，相思成泪。第三折中先后采用《双调》《落梅风》《折桂令》《庆宣和》《鸳鸯煞》几段唱曲表现其"病淹煎苦”。与此照应，插图（图 5-18）一方面以妆容表现其病态，另一方面详细刻画了闺房环境。前景是束腰圆形机蹬；中景书案“中心取阔大”“四周镶边”“足稍矮而细”[①]，上设笔筒、纸、砚台、茶杯，俱小而雅；背景左侧是露出一半的天然几，放置书籍、香炉、花瓶，瓶中花枝瘦巧奇古，右侧是挂有花纹布帐的床榻。整个卧室精洁素雅、不设绚丽，这是一个容休憩和创作于一体的闺阁空间，其装饰布置既富有美人居所身份表征意义，同时也是一个不受外人扰攘的封闭式书写空间，具有青春女子闺阁的私密性。

图 5-18

小说戏曲中人物的地域流动性是很强的，这是推动情节开展的内部动力，相应地，其所展示的女性活动也并非局限在绣房这一方天

① ［明］文震亨《长物志》卷六，清粤雅堂丛书本。

地中,而是有着非常广泛的社会覆盖面,与之相伴的书写空间也得以延伸。明末刊本《情邮传奇》的插图就为我们展示了开放性场域的创作空间。传奇故事以相似情节反复叠加形式推进:男主人公刘乾在路过黄河驿站邮亭时,题诗壁上,后王慧娘、贾紫箫先后路过此处分别接续和诗,此后刘生再过此地,见二女和诗,再后来刘生与紫箫成婚重过此亭壁,刘嘱紫箫复和诗一首。《题驿》《补和》《见和》《三和》四出剧目上演了在同一个地点、不同的时间点上发生的类似的写诗、和诗、读诗行为。随着情节的展开,我们先后看到了这样四幅具有相似构图要素、举止行为的图像(图 5-19 至图 5-22)。

图 5-19

图 5-20

邮亭本是中国古代供传递官府文书和军事情报的人或来往官员途中食宿、换马的场所,这个由许多人共同分享的地方具有开放性和共享性,交替出现的男女主人公说明了女性也同男性一样可以在公共场所进行书写创作,走出闺门的才女在公共空间的诗词创作亦毫不逊色。四幅插图均取景邮亭,空庭高柳,薰风轻摇,邮亭粉笔新匀、

图 5-21

图 5-22

阔大平展,男女主角舒臂援笔,赋诗壁上。图 5-19 中才子题诗潇洒自如、一气呵成,笔尖不曾离壁。图 5-20 中,佳人题诗娉婷多娇,搁笔费思量,百感俱生。男女主人公单独出现的画面充分说明了不同性别身份利用同一空间场所进行创作的可能性,同时展示了不同性别书写创作的各自特征。而图 5-22 男女主人公同时现身于这一场所,则坐实了这一开放性空间摒除性别界限的适用性。

综上,由一系列出以读写主题的插图所构成的图像,为我们展示了图像视觉性话语的修辞力量,它以再现的形式、以区别于文字叙述的另一种媒介形式,将距离读者一定时空领域之外的视觉活动呈现出来。从阅读书写主体来看,既有个体行为,也有群体行为,这之中又有主从、伴侣、宾主等多样关系;从阅读书写对象来看,多种多样,书籍、画卷、册页、榜文、石壁等在内容、形制等方面各不相同;从阅读书写行为发生的环境来看,既有个人的私有空间,也有群体参与的公共空间。读者阅读书写行为从来不是孤立的,它发生在某一时空中由特定社会群体所组成的社会结构关系网之中，明清小说戏曲插图正是以其可观的图像数量和独具匠心的修辞手段传达着它所吐纳的时代声音，从而促使我们发现和注意到人类阅读书写行为的发展历史。

第二节　《大观园图》联结的图像经验及清代视觉文化

在中国古代说部文学中，像《红楼梦》这样在文学、艺术、社会生活等各个方面显示出巨大包容力的作品实属罕见。在有观止之叹的人物和故事的吸引下，一大批画家、画工被卷入到《红楼梦》绘画作品、印刷作品、工艺制品的制作热潮中，数量庞大的绣像和故事画开始以小说刊本、单行图谱、工艺品、建筑等物质为载体进入到从图像生产到图像观赏的活动中，可以说它的问世为已见式微的小说戏曲插图注入了一股活力。清代视觉文化出现了一道独特的风景，即一种题材视觉材料的极大丰富，它直接证明了《红楼梦》在制造视觉热点上的优势，“再现”话语领域呈现出将文本虚拟空间转变为具象艺术空间的极大热忱。

小说中最能突显空间和地点属性的莫过于那座人间仙境“大观园”，这座大观园是《红楼梦》儿女最主要的居住空间和文化生活场所，是贾府兴衰的见证，也是清代贵族家园的缩影。作者不仅详细描摹了这座园子的样貌和布局，而且通过惜春作画一节讲述了《大观园图》的绘制过程。大观园静态的庭园场景以及动态的绘图活动，使它在从自然景观到与艺术世界的联系中享有特殊地位，它所唤起的一方面是“这园子却是像画儿一般”所具有的视觉观赏效果，另一方面是绘事活动中联结的图像经验所裹挟的艺术史传统。

一、《大观园图》概说

在小说《红楼梦》中，大观园是以文字线性叙述呈现在读者面前的,它的建造起因是贾元春晋封凤藻宫尚书,加封贤德妃后,皇帝降谕:“诸椒房贵戚,除二六日入宫之恩外,凡有重宇别院之家,可以驻跸关防之处,不妨启请内廷鸾舆入其私第,庶可略尽骨肉私情、天伦中之至性”(第十六回)。大观园最初并非宝玉和贾府姊妹居住之地,而是元春省亲之所,要与贵妃身份相匹配,它的建造势必具有皇室风范。皇帝此旨一下,“周贵人的父亲已在家里动了工了,修盖省亲别院呢。又有吴贵妃的父亲吴天佑家,也往城外踏看地方去了”。可见,贾府所修建的这座极尽奢华的大观园只是众多省亲别院中的一个,在这个意义上,它不仅是贾府兴衰的见证,同时也是那个分享着同样奢靡生活的整个清贵族王室生活的缩影。

贾府大观园的选址依凭自身府邸格局,“从东边一带,借着东府里的花园起,转至北边,一共丈量准了,三里半大,可以盖造省亲别院了”。大观园的筹划打通了荣宁二府,园林和居室相辅相成自然融合在一起,从而创建了一个闭合式的集居、游、行、乐于一体的贵族生活空间。这个空间集合了设计精巧的各类亭台水榭,收藏着各种价格不菲的珍奇异宝,上演着红楼世界一出出喜怒哀乐。尽管这些都是以叙述形态出现在作家笔下,但是在叙事进程中,却不断暗示着大观园与具象世界的密切关联。在其筹建之初,贾蓉就已说明“已经传人画图样去了”,待“审察两府地方”之后,则进入到“缮画省亲殿宇”的阶段。到第四十二回惜春正儿八经地和众姊妹商量画这园子,大观园图其实已经从草稿图样一步步进入到完型状态了。

或许是受到小说叙事的刺激,或许是建筑与绘画之间原本就存在的密切关系,在《红楼梦》文本问世后不久,大观园图开始循序渐进地进入到书籍之中。之所以说渐进,是因为,图绘形式的大观园图最终出现在刊本中有一个过程。在《红楼梦》各类刊本中,清道光十二年(1832)王希廉刊刻的《新评绣像红楼梦全传》具有重要的图像史意义,它以六十四幅人物绣像配合《西厢记》题句和花卉的形式丰富了程甲本以来《红楼梦》插图既定的人物绣像种类，这一刊本人物插图数量的扩大以及形式的设计都说明了它在插图上的用心。值得注意的是，相较于此前刊本大多仅收入程伟元和高鹗的序，其卷首收入的诗文数量得到了扩充，包括王希廉《红楼梦批序》《红楼梦总评》《音释》，读花人戏编的《红楼梦论赞》、《红楼梦问答》二十三则、《大观园图说》，以及古吴女史绿君周绮的《红楼梦题词并序》。这篇《大观园图说》的主要内容是将《红楼梦》文本中与大观园建筑相关的文字集合编纂在一起。尽管王希廉本止步于有“说”而缺“图”的阶段，但却是《红楼梦》刊刻风向转变的一个标志。首先它说明了书坊主在插图上的匠心渗透着其对文本独特的思考体验[①]，《大观园图说》收入到卷首的重要位置正是在重视图像这一大前提下实现的。其次，如果将此本与后来真正出现大观园图的刊本相比较，会发现其卷首内容都得以保存下来，成为具有《大观园图》刊本的保留名目。这也说明这个刊本的确是《大观园图》的先声，《大观园图》系统刊本图像的完型正是沿着这个刊本设计的轨迹向前迈进的。

清光绪年间大观园图开始广泛出现在小说刊本中，这一趋势一直延续至民国间。现存于小说刊本中的《大观园图》基本可以分为两类，按照惜春所言，一类是“单画园子”的，一类是“连人都画上的”。下面我们就举例加以说明。

一是署名“山阴陆子常绘”的《大观园图》。陆子常，原名鼎恒，又名陆安，山阴人，清代画师，善画人物，尤善画仕女，曾经绘制过《最新式时装百美图》[②]，作为仕女画的高手，因而被《红楼梦》延请绘制插图。国家图书馆藏有三种刊本，一部是清光绪三十四年(1908)求不

---

① 关于此本插图图像特征，可参见拙文《〈红楼梦〉插图的“闺阁空间”》，《红楼梦学刊》2012年第6辑。

② 陆子常传世作品有《陆子常画谱》，民国三年(1914)绍兴育新书局石印；《最新式时装百美图》，民国四年(1915)上海才记书局石印。

图 5-23

图 5-24

图 5-25

图 5-26

负斋石印本《增评补像全图金玉缘》,《大观园精细全图》(图 5-23),朱印,58.4cm×43.8cm。此本卷首有《重刊金玉缘序》,可知应有原刊本,《大观园精细全图》出现时间当更早。此本尚有人物绣像二十四幅,回目画二百四十幅,可见其在插图制作上的用力,其序就特别点明"图绘传神"是此本一大特征。《大观园精细全图》容纳的景点有省亲别墅、大观楼、议事厅、怡红院、潇湘馆、缀锦阁、藕香榭、秋爽斋、牡丹亭、芍药圃、木香棚、蘅芜院、紫菱洲、凹晶馆、凸碧山庄、晓翠堂、含芳阁、暖香坞、蔷薇院等景点。另外两部是民国三年(1914)上海石印《全图增评金玉缘》,《大观园图》(图 5-24),朱印,51.8cm×39.4cm;清末石印本《增评加批金玉缘图说》,墨印,《大观园图》(图 5-25),29.5cm×23cm,图像景点基本相同,全图绘有省亲别墅、大观园、议事厅、怡红院、潇湘馆、缀锦阁、藕香榭、稻香村、秋爽斋、牡丹亭、木香棚、蘅芜院、凹晶馆、凸碧山庄、晓翠堂、碧荷池、含芳阁、暖香坞、蔷薇院等景点。

清光绪三十二年(1906)桐荫轩石印本《足本大字全图评注红楼梦》,也有《大观园图》(图 5-26)一幅,朱印,33.3cm×25.2cm,构图与陆子常本又有不同,全图绘有省亲别墅、大观楼、议事厅、怡红院、潇湘馆、缀锦阁、牡丹亭、稻香村、芍药圃、蘅芜院、紫菱洲、凹晶馆、凸碧山庄、晓翠堂、含芳阁等景点。

以上四种大观园图都采用斜右侧俯视视角,三图所绘景点虽略有不同,但是园中总体布局大致相同。与此不同,国家图书馆藏民国间铅印《金玉缘》中的《大观园图》(图 5-27)则采用正面俯视视角构图,该图尺幅 34cm×25.3cm,所绘景点较陆子常本图更多,包括省亲别墅、大观楼、议事厅、怡红院、潇湘馆、梨香院、缀锦阁、藕香榭、稻香村、花溆、芭蕉坞、芍药园木香棚、凸碧山庄、晓翠轩、嘉荫堂、榆荫堂、含芳阁、暖香坞、素竹洲、栊翠庵、达摩庵、玉皇庙、蔷薇院等景点。除图绘建筑景观的差异外,还增加了多处景点,扩充了东边一带包括栊翠庵、达摩庵、玉皇庙在内的景致。其次,还将稻田、水路、山洞、聚锦门、东角门等细微景点方位标示出来。此外,最大的不同在于图中景点与陆绘本景点在方位上的差别,如陆本潇湘馆皆位于园子东侧,而此本则位于西侧等。关于大观园的结构,如园中景致具体方位及其建筑样式、园景图比例是否适当等问题,许多红学家都曾发表过见解,此处不再赘述①。

图 5-27

上述五图都是单纯的景观画,纯粹描绘大观园园景。国家图书馆藏清光绪十五年(1889)上海石印本《增评补像全图金玉缘》和清光绪十八年(1892)上海石印本《增评补像全图金玉缘》大观园图则有所不同,它们将人物收入图中,构成了具有人物活动的一幅园景图。两

① 相关研究可参见徐恭时《芳苑应赐大观园——〈红楼梦〉大观园新语》,《红楼梦研究集刊》,上海古籍出版社,1980 年版。顾平旦《大观园风景建筑名录》,《红楼梦学刊》1990 年第 3 辑。周善毅《大观园十议》,《红楼梦学刊》1993 年第 1 辑。

幅图尺幅略有不同，前者 21.2cm×16cm(图 5-28)，后者 8.4cm×12.4cm，所绘内容一致，将不同时间段的人物事件加以剪裁整合作共时性处理，几组人物群体共置于同一画面中。所绘人物场景主要有扶栏观鱼、弹琴唱曲、赏花、弈棋等等。

图 5-28

在小说刊本中，为配合文本叙述，《大观园图》多以上述园景图的形式展示出现，不过在这之外，还曾经出现过很多其他图形样式以及物质载体。如清嘉庆年间，范锴[①]曾经撰写过一部《痴人说梦》，在为《红楼梦》人物编年、考订之外，还在此书最后专门绘制了《大观园图》平面图(图 5-29)。

伴随《红楼梦》文本的流传，《红楼梦》的受众群体亦不断扩大，《红楼梦》生产的物质载体形态不断扩展，《大观园图》也跨越刊本的

---

① 范锴(1765—1844)，清代藏书家、文学家。原名范音，字声山，号白舫，别号苕溪渔隐、苕溪渔叟，浙江乌程(今湖州)人，贡生，工诗词。

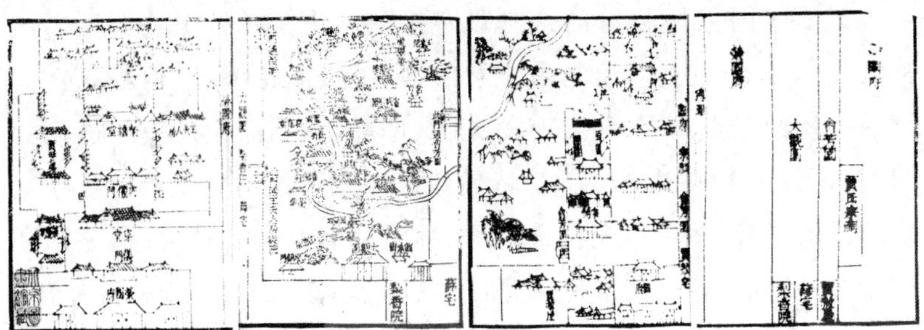

图 5-29

局限开始以多样形态在社会中传播，画谱、壁画、年画、屏风等很多媒材都成为《大观园图》视觉展示的平台。较为有名的大观园彩绘图有以下几种。国家图书馆藏朱印本《红楼梦游戏大观园全图》(图 5-30)为民间掷骰游戏，将大观园所在金陵府城相关景致一并绘制在游戏图像中，以宝玉、宝钗、妙玉、黛玉、凤姐、香菱作为游戏主角，囊括大观园中蘅芜院、怡红院、缀锦阁、紫菱洲等各色建筑。

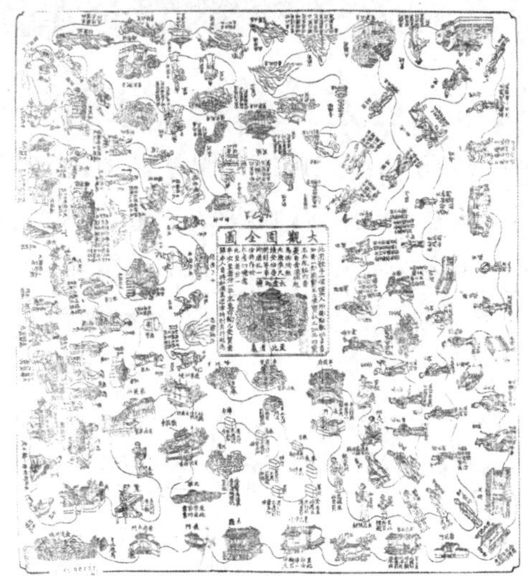

图 5-30

现藏于国家博物馆的纸本设色《大观园图》(图 5-31),尺幅达 362cm×137cm。此图绘制精工细致,画主虽尚待考证,但当属富贵之家。图绘景点不多,主要有蘅芜苑、凹晶馆、凸碧山庄、蓼风轩、牡丹亭,所绘人物多达 173 人。依凭建筑景点图绘内容主要包括秋爽斋偶结海棠社、蘅芜苑夜拟菊花题、林潇湘魁夺菊花诗,薛蘅芜讽和螃蟹咏、占旺相四美钓游鱼、憨湘云醉眠芍药茵、凸碧堂中秋赏月。

图 5-31 [清]佚名《大观园图》362cm×137cm 国家博物馆藏

现藏于旅顺博物馆由清代画家孙温绘制的《清孙温绘全本红楼梦图》为大幅绢本工笔彩绘画册,画幅 76.5cm×43.3cm,共有图二百三十幅,表现了三千多人物形象及各类场景。其中,首图是正向鸟瞰构图的大观园全景图(图 5-32),园中诸多景致悉数入画,笔法精细,设色浓丽。

除上述园景图或平面图以外,还有一些大观园图是选取园中局部建筑和相关人物进行绘制的,如北京故宫长春宫四围廊壁亦绘有大观园图十八幅[①],孙温绘本中部分图绘,如描绘第十七回《大观园试

① 关于故宫壁画,可参见吴美渌《记故宫〈红楼梦〉壁画》,《红楼梦研究集刊》。

图 5-32 [清]孙温《清孙温绘全本红楼梦图·大观园图》 旅顺博物馆藏

图 5-33 [清]孙温《清孙温绘全本红楼梦图·大观园试才题对额》 旅顺博物馆藏

才题对额》贾政游览大观园景(图 5-33)等。再如国家博物馆所藏《红楼梦怡红夜宴图》,画幅 233.5cm×87cm,以第六十三回《寿怡红群芳开夜宴》故事为依据,以半开放式的方式展示了怡红院室内外的空间环境(图 5-34)。类似的构图具有代表性的还有清改琦绘制的画谱《红楼梦图咏》,虽然是以描摹人物为主,但很多时候是将其置于与之相关的大观园场景中,如《黛玉》图(图 5-35)就取自第三十五回黛玉在潇湘馆戏鹦鹉之事,图中翠竹环绕,正是对文中“竿竿青欲滴,个个绿生凉”的生动再现,难怪淮浦居士在序言中称誉其“人物之工丽、布景之静雅,可与六如、章侯相抗行”[①]。清末流行的杨柳青年画特别钟

图 5-34 《红楼梦怡红夜宴图》233.5cm×87cm 国家博物馆藏

图 5-35

① [清]淮浦居士《序》,见[清]改琦《红楼梦图咏》,中国书店,1984 年版。

情于《红楼梦》题材，留存至今的很多作品都是以大观园为背景进行创作的，如《大观园元春省亲》《潇湘馆林黛玉抚琴》《牡丹亭艳曲警芳心》等。现藏于俄罗斯国立东方艺术博物馆的《史湘云醉卧芍药裀》图（图 5-36）创作于清光绪年间，画幅 105.5cm×61cm，采用木板套印技术，色彩浓艳，构图井然，是不可多得的年画珍品[①]。

图 5-36　《史湘云醉卧芍药裀》105.5cm×61cm

[俄罗斯]国立东方艺术博物馆藏

二、如画之园：追仿与再现

《红楼梦》第四十二回关于惜春作画有详细的描述，从画什么、怎样画都有具体讨论，历来被认为是体现作家绘画功力的关键段落。这其中，有这样一段文字：

① 有关《大观园》的年画作品，可参见李福清《苏联中国民间木版年画珍品集》，人民美术出版社，1990 年版。王树村《中国年画史》，北京工艺美术出版社，2002 年版。《中国木版年画集成》，中华书局，2009 年版。

> 黛玉忙拉她笑道："我且问你，还是单画这园子呢，还是连我们众人都画在上头呢？"惜春道："原说只画这园子的，昨儿老太太又说，单画园子成个房样子了，叫连人都画上，就像行乐图似的才好。我又不会这工细楼台，又不会画人物，又不好驳回，正为这个为难呢。"

通过黛玉和惜春的对话，可以了解到大观园图并非是一个原生观念，它的诞生虽然是以作者笔下的故事为原型，但是真正具象艺术的创作却是有着往昔绘画传统的依凭和借鉴，包括"工细楼台"和"人物"在内的"行乐图"就是最重要的图像经验来源。既然如此，我们当然要探寻二者之间的关系，大观园图是如何体认并传承既往的视觉经验，它的创作又与我们分享了怎样的审美感受？其中又包含了怎样的视觉文化语境？

行乐图，中国画像史到明代发展出来的新兴画种，为个人画像冠上行乐此一语汇，又为图面的像主植入愉悦情境下的悠闲神貌①。明清时期最富盛名的行乐图要数帝王行乐图，明清几代帝王都有行乐图传世，如《明宣宗宫中行乐图卷》《胤禛行乐图轴》《雍正行乐图轴册》《弘历宫中行乐图》等，这些行乐图"生活气息更浓，形象也较生动。其内容主要描绘皇家的日常生活，或在宫中娱乐、赏景、过节，或外出游览、围猎、野宴。作品在炫耀帝王高贵气派的同时，也流露出家庭生活的欢悦之情"②。《红楼梦》作品中贾家独特的政治身份及其与皇族特殊的关系让我们十分自然地将惜春口中的"行乐图"与历史上的帝王行乐图勾连在一起，大观园作为元春省亲之所的政治功用性也坐实了其皇家廷苑的本质。艺术史研究者巫鸿先生看到了《红楼梦》建筑空间与皇族宫室之间的密切关联，指出"存放十二钗档案

---

① 毛文芳《盛世画廊：由〈李煦行乐图〉到〈读画斋偶辑〉的画像文本》，《曹雪芹研究》2015年第2期。

② 单国强《明清绘画的社会文化内涵刍议》，《美术研究》1995年第3期。

的天宫与太和殿之间的联系有助于重建《红楼梦》的历史阅读”，并说明采用的方法是“探讨小说中的建筑景观与18世纪某种特殊建筑类型之间的相似性和矛盾性”①。巫鸿所说的“天宫”是想象空间中的那座太虚幻境，而它对应的现实标本正是人间这座集牌坊、院落、门殿于一体的大观园。

“连人都画上”的大观园图对古代行乐图的追仿包括这样两个方面：首先在景观层面，通过按图索骥的方式为自然之境提供客观标记，以绘事的形式标示空间景致及其相互之间的方位关系，体现了现实自然与想象绘画之间的辩证关系。如图5-23、5-27、5-32，它首先为观者提供了园景的空间结构，将文本中的亭台水榭、画栋雕檐、鲜花异草转化为视觉现实。其次，在风景名胜或江山林苑之间注入人的行为和活动，为自然之境提供情感依存，以人类记忆的力量造成历史空间感性气息的流传。这两种诉求要求大观园图的绘制一方面要采用写实的风格重现园林景致的处所和建筑样式，另一方面则要考量如何筛选叙事时间，从而将典型人物事件置于既定的空间画面中。如果说前者作为客观再现框定了自然描绘的界限，后者则体现了小说插图图像创作的独特性，视觉感受恰恰在此发生了转化，体现出绘图者对将线性时间和叙事进程进行交叉处理的能动功能。

为这片园景中留下哪些驻足的痕迹，其实意味着通过视觉展示为读者提供怎样的园景印象，“连人都画上”的大观园图实际上完成了一次情境重构的过程，它将原本以时间线条散落在文本叙事进程中的人物重新整合，将不同时间段做共时性处理。绘图者仿佛潜在的园中主人，邀请他所选定的各色人物在约定的时间来到园中。海棠诗社发生在第三十七回，凸碧堂中秋赏月发生在第七十五回，卧眠芍药裀发生在第八十回，四美垂钓发生在第八十一回，黛玉抚琴发生在第八十六

① [美]巫鸿《时空中的美术》，第260—263页。

回。图 5-28、5-31 分别选择,结集了不同人物和场景。分割来看,每一个局部都可还原到文本中,综合来看,却是对不同时空的有序重组。

不同时间段落的剪截和拼接在此形成了摆脱时间局限的便利,在视线所及的这一个大观园场域内,不必执着于每个人物、每个事件发生的时间序列,而她们正在做什么及其事件的象征意义反而突显出来。我们注意到,绘图者所选取的吟诗、弹琴、写画、弈棋、赏月、观花等活动虽然是《红楼梦》文本的叙事内容,但同时也是行乐图常见的中心主题。如意大利传教士、宫廷画家郎世宁曾绘有《弘历观荷抚琴图》(图 5-37)、《乾隆帝写字像轴》(图 5-38),而在《雍正十二月令图轴》中也有赏月、观花、画像等活动(图 5-39)。这些相同类型的绘画所分享的相同主题首先使我们意识到《大观园图》在展示贵族生活上的视觉可信性,这个空间除了满足读者对大观园图是什么样子、贾府姊妹在园中怎样生活的定型化图像需求外,通过具有程式化的生活场景和文化活动为我们呈现了清代贵族的生存图景。

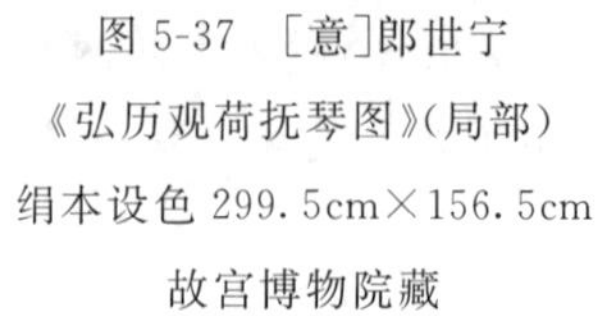

图 5-37 [意]郎世宁

《弘历观荷抚琴图》(局部)

绢本设色 299.5cm×156.5cm

故宫博物院藏

图 5-38 [意]郎世宁

《乾隆帝写字像轴》(局部)

绢本设色 100.2cm×95.7cm

故宫博物院藏

图 5-39　《雍正十二月令图轴》(局部)台北"故宫博物院"藏

《大观园图》因为涵纳着表现传统图像议题的艺术惯例,让我们意识到它与另一种传统题材——雅集图有着密切关联。所谓雅集图,指以文人或官员为绘画主体,主要描绘其聚会时的各种活动,从中渲染盛会气氛并抒写雅致情趣。明代学者汪循提及文人雅集情形:

> 佳辰美景,皓月清风,设旨酒具山肴,良朋玉立,益友清谈,投壶雅歌,吹笙鼓瑟,或登高远眺,或徐步郊园,坐茂树、临清泉、友鱼虾、偶麋鹿,忘机垂钓,寓意奕棋,心旷神怡,陶然自乐,恍疑身在清虚境界,初不自知其为尘世中人也。"①

历史上著名的《西园雅集图》(图 5-40)就是对这一主题的描摹,饮酒赋诗、议论学问、琴棋书画是构成文雅定义最富代表性的活动,是与自然时序相契合的理想的文人仕宦生活。在雅集图画风格定型的过程中,其所展示的文化行为也变得富有仪式表征性,而发生在大观园中游赏、书画、题咏、品茗等文化行为则呈现出与雅集图同构性的绘图风格,在与自然呼应的同时渗透出雅致化的追求和讲究。我们对大观园的认识,其依据不仅仅是具有中国传统古建样式和装饰风格的院墙、曲径、山石、亭台这样一些静态元素,同时也倚靠对生活在这

① [明]郑履准《山居日辑序》,见[清]黄宗羲《明文海》卷二二六,清涵芬楼抄本。

个空间内的人物活动的动态考察。从这个意义上来看，大观园图描绘的人物事件具有了超文本性，它的视觉描绘在一定程度上使图像从文本再现中解脱出来，通过对雅集主题的历史指涉构成了具有互文性的视觉传统。图像中的人物事件除了具有《红楼梦》文本原本的个体叙事因子外，还携带上了传统艺术中具有共性的群体体验，通过提供具有反复咏叹的经典主题意象，使其和不断以各种视觉形式呈现的传统图像议题相衔接，从而有力地激活了大观园图所蕴含的文化内涵。

图 5-40 ［明］仇英《西园雅集图》
61cm×131.5cm 台北“故宫博物院”藏

值得注意的是，与传统雅集图不同的是画面主体身份的性别转换，《大观园图》在追仿文人雅集这一理想生存情境的同时置换了画像主体，其呈现的效果是女性空间的生成，巫鸿先生定义女性空间为“一个空间性的统一体——一个由山水、花草、建筑、空气、氛围、色彩、香味、光线、声音，以及被选中而得以居住在这里的女性和她们的活动所构成的人造世界”①。在图 5-28、5-31、5-36 中，众姊妹的动态活动营造了画面的喧嚣声感，呈现出来的是一幅欢喜园景，生长于此间的宝玉也同样分享着温柔乡中的这份怡然和快意。不过，“或读书，或写字，或弹琴下棋，作画吟诗，以至描鸾刺凤，斗草簪花，低吟悄唱，拆字猜枚”的“雅集”主题，让我们在联想比较中意识到大观园图潜在的危机，与传统雅集图的男性自发活动不同，贾宝玉的快乐是由包裹着他的所有姊妹丫鬟创建的女性空间所营造的，也就是说是以丧失男性空间为代价而换来的。再者，元春作为大观园真正的女主人尚且受到各种仪式性的惯例局限，除了省亲之日短暂逗留外，从未酣畅淋漓地享受过人伦之情、姊妹之乐。这也难怪清代画家改琦在绘制元春像时并未选择大观园作为背景，反而选择宫墙禁苑，展示其作为宫廷女子的孤寂落寞(图 5-41)。这中间的反差，发人深思。

图 5-41 [清]改琦《红楼梦图咏·元春》

① [美]巫鸿《重屏：中国绘画的媒介与表现》，上海人民出版社，2009 年版，第 184 页。

三、从媒介动力到图像效应：问世和传播

英国学者柯律格借用“图像环路”(iconic circuits)这一概念来研究具象艺术体系中某一类特定图像在涉及图绘的不同媒介之间的流通[①]，其视角主要集中在明代这一时段内，探寻同一时代不同媒介领域里分享相同主题的图像是怎样进行图像交换、移动和传播的。图像环路的研究方式既指向图像内部的语汇、风格等修辞手法，同时也指向图像外部的社会关系。图像环路倾向共时性分析和处理，从而发现和解释同主题图像在若干视觉领域内的流动。《大观园图》在清代的视觉呈现恰好表现出跨媒材的传播现象，图像环路的研究思路具有方法论的启示意义。

《大观园图》的流传实际上经历了两个阶段，第一个阶段是从无到有的问世阶段。《大观园图》最初之所以能够出现有赖于《红楼梦》文本的传播，而早期《红楼梦》版籍的刻印恰好赶上明清易代之际木刻事业的衰落期，因此这部中国古代的经典著作最早的插图本是以缺少故事画、数量有限的绣像本形态传播的，如清乾隆五十六年(1791)萃文书屋排印本绣像仅二十四幅，清道光十二年(1832)双清仙馆本绣像六十四幅，而这两种刊本系统内的各个刊本都没有《大观园图》。究其原因，木刻事业式微的整体格局固然是造成这一事实的直接原因，木板印刷工艺的高成本造成的书籍价格昂贵亦是一个重要的因素。《大观园图》的绘制不同于一般人物绣像或故事画，它的构图要素更加密集、开本更加扩大，这些对于衰落期的木刻印刷来讲殊非易事。

转机出现在清光绪间石印技术的引进推广，在上文列举的各类大观园图像中，图 5-23 至 5-26 皆采用石印技术。这种技术“但将原

---

① [英]柯律格《明代的图像与视觉性》，第 50 页。

本一照于石，数千百本咄嗟立办，而浓淡深浅，着手成春，此固中华开辟以来第一巧法也"[①]。石印之术省却了木刻印刷中的刻工环节，克服了数量大、开本广、构图繁复等诸多困难。中外学者都曾给予高度评价，德国学者本雅明指出石版印刷术是视觉再现技术中的一个分水岭，因为它能够廉价、高速地大批复印图像。由于这项技术能够提供和水墨线描分毫不差的摹本，而水墨线描是中国传统绘画和插图的主要风格之一，所以石版印刷术在当时的中国格外具有优势，特别适合复制图文并茂的出版物。[②] 潘建国先生从晚清小说文献入手，认为西洋照相石印技术在中国古典小说图像本的近代复兴上具有重大作用："对中国近代文学和文化产生重要影响的，主要是照相石印术，而非普通石印术。照相石印术在晚清时期的传入，恰好填补了因木刻版画衰落而造成的技术空缺，从而引发种种图像类书刊（包括书画碑帖、画谱、年画以及新兴的新闻画报等类）的出版臻于繁盛，小说图像本亦藉此重新焕发出晚明的光彩。"[③]《大观园图》正是借此东风，在画师精巧的布局匠心之下，在越过刻工一环后，以超出小说刊本固有的开本、以多次折叠的形态走进了书籍装帧之中。

第二个阶段，大观园图像的流传跨越了小说刊本的局限，扩展到多种视觉领域，如上文提到的画册、年画、壁画等等。在不同视觉领域登场的《大观园图》见证了该主题备受推崇的程度，流动性成为了《大观园图》获得鲜活生命力的关键因素。从历史坐标的纵轴来看，《大观园图》图像内容的规范过程受到行乐图、雅集图的影响，从历史的横截面来看，《大观园图》的绘制则是借鉴了清代以来的实景图的视觉经验。引起我们注意的是阿英对程甲本《红楼梦》绣像的一段评

① 清光绪八年(1882)十二月八日《申报》登载点石斋"楹联出售"广告。

② 转引自[美]巫鸿《废墟的故事：中国美术和视觉文化的"在场"和"缺席"》，人民出版社，2012年版，第136页。

③ 潘建国《西洋照相石印术与中国古典小说图像本的近代复兴》，《学术研究》2013年第6期。

论:“其风格,显然已受当时画院木刻:如焦秉贞、冷枚等《耕织图》影响,迥然不同于明代木刻。”[①]针对程甲本插图的这条论述实际点明了《红楼梦》图像绘制的一个本质特征,即绘图风格的转化,它与宫廷画师笔下的廷苑图具有密切关联。就《大观园图》而言,则与出自内廷画院冷枚之手的《避暑山庄图》(图 5-42)和唐岱《御制圆明园四十景图咏》(图 5-43)关系密切。廷苑图多采用焦点透视布局,从俯视鸟瞰的角度将园景内包括山区、湖泊、院落等各种景致和庭园建筑,按照

图 5-42　[清]冷枚《避暑山庄图》(局部)
绢本彩绘 172cm×254.8cm 故宫博物院藏

---

① 阿英《漫谈〈红楼梦〉的插图和画册》,《小说四谈》,第 119 页。

图 5-43　[清]唐岱《御制圆明园四十景图咏》(局部)
绢本彩绘 64cm×65cm　[法国]国家图书馆藏

方位、大小一一精细绘出。图 5-23、5-27、5-32 的构图方式和绘图风格在主体建筑上采用与冷枚、唐岱相似的界画线描用笔,达到工笔严谨、造型精准的画面风格,极尽精工细腻,不仅增添了富丽堂皇的气氛,而且增加了画面的立体质感。

绘画的任务是“表达”,《大观园图》在从无到有实现视觉表达的任务过程中,共享着传统绘画中丰富的视觉资源,同时也在利用线条、形状、结构等视觉修辞手段逐渐形成自身独立的图像品格。在《大观园图》视觉题材不断发展的过程中,其所构成的图像环路实际上分化出来两个环路:一者是属于私人的,由贵族、商人、文人等精英阶层掌管的,仅在有限空间内为特定人群所欣赏,如故宫长春宫中的四围壁画、贵族世家中装饰欣赏的大型画幅。一者是公共的，可在民间普罗大众中传阅保存，如民间广为流传的年画等等。这两个图像环路虽然具有不同的受众群体，但却以共同的主题为纽带得以沟通，正如学者何惠鉴所言："一旦这些图像的权威性通过'约定俗成'这一社会文化过程得到确立，如果巧妙地操作，有效的施行，仅仅提到某人或某地就会立刻唤起一种难以抗拒的抒情性共鸣，指向所示空间和事件，并通过人事结合起来。"[①]图像主题的同质性制造了共同的注意焦点，预示着在图像生产和消费领域不同阶层的受众群体在《大观园图》题材上产生了共同的"拟态式联想"，这一情感共鸣促使大众对《大观园图》抱以巨大热情并将其投射到实用、阅读、装饰等社会生活各个层面。视觉需求的利用和满足使其摆脱了对《红楼梦》文本的依赖，《大观园图》开始指向作品之外广阔空间中数量众多的画本史料，从而关涉这些图像题材所依存的不同视觉空间场域及其交织而成的社会关系。

2017 年 7 月至 8 月，北京恭王府举办了主题为"京华何处大观园"的系列讲座，这是继 1962 年上海《文汇报》发表吴柳先生《京华何处大观园》后的又一次讨论热潮。今天大观园的探讨并未过时，仍然是备受期待的研究热点，依然具有巨大的发掘空间，《大观园图》的研究正属题中之意。笔者试图勾勒其对历史上的相关图像经验的处理方式及其在清代视觉领域的整体轮廓，传统绘画资源的文献支撑和印刷手段进步的技术支撑在《大观园图》问世和流传的过程中起到了关键作用。一幅图像尚且如此，那么拥有绣像和故事画配置的《红楼梦》插图又将如何？它的传播过程是否和《大观园图》具有相同频率的契合性，亦或是具有更加广泛的社会振幅和波及面，关涉着人类活动和历史文化的探讨从来都不简单，是值得我们进一步深入思考的问题。

---

① 何惠鉴 *The Literaray Concepts of "Picture Like"*，P366。见[英]柯律格《明代的图像与视觉性》，第 47 页。

结　语　视觉文化格局中的叙事文学插图研究

英国学者柯律格在谈到他对中国古代视觉文化的认识时，讲到这样一种现象："就视觉文化历史在中国所涉极度丰富的材料而言，这一话题几乎从未被涉及。"①中国古代的视觉材料的体量是相当庞大的，从时间和类型上看，自史前时期的岩壁画，以及此后出现并一直绵延到清世的书画、陶瓷、漆器、纺织品、印刷品，等等，不但出现过盛世景象，而且还曾经远销海外，对世界很多地方的文化生活产生过不同程度的影响②。毫不讳言，中国是一个视觉材料在数量、种类上存量巨大的国度。不过，我们也不得不承认柯律格讲到的事实，即古代社会传统文化主要以文字书写而非图像绘画的方式记载我们民族历史的形态和流传，当然这其中有文字和图像属性和功能区别的原因，但是对于保有源源不断的图像资料的历史而言，仍然是一个不小的遗憾。

聚焦古籍领域，以印刷文本为载体进行传播的各种文学作品实际上一直都携带并包裹着视觉文化这样一个背景，比如说，历代图录

---

① [英]柯律格《明代的图像与视觉性》，第 128 页。

② 1752 年（乾隆十七年），荷兰货船——海尔德马森号在从广州开往阿姆斯特丹的航程中沉没了。1985 年，英国船长迈克尔·哈彻（Michael Hatcher）打捞出了这艘沉船，使得 15 万件以上的瓷器重见天日。打捞出的物品于 1986 年在阿姆斯特丹佳士得拍卖行的拍卖中售出。见[德]雷德侯《万物：中国艺术中的模件化和规模化生产》，张总等译，生活·读书·新知三联书店，2012 年版，第 129 页。

中囊括的形形色色的图案纹饰，小说戏曲等通俗文学中充斥的大量插图，画谱墨谱等艺术类书籍中汇集的各样绘画，这些分散在不同体裁、不同装帧形态、不同刻印手段中的图像实际上是对中国古代社会、文化、科技、民俗等诸多方面的形象化再现和记录。与传统的占据主流地位的文字书写系统相比较，图像作为一种书写和记录的途径，对于文字记录的世界观和价值观无疑是一个巨大的冲击和挑战。当然，与文字所累积的历史记录相比较，能够形成体系的图录、图谱的数量是有限的，因此，能够以图形方式记录社会历史的图像著作就更加值得我们重视了。

就中国古代叙事文学的阐释和建构而言，图像学研究无疑打开了一扇大门，因为它对于意义的分析和解读始终依凭着文学、文化、历史、社会、视觉等多元体裁和媒介之间的相互依赖和相互作用的关系。换言之，即对叙事文学插图进行图像学阐释时，很多时候都将其与其他某个或多个领域的知识和观念进行互文性联系和判断。就一门学科覆盖的范围来看，图像学研究的跨学科性在开辟和拓展图像学内部领域时，显而易见会带来各种困难，不过，如果能在这样一种博大的视野中实现学理性的深入，那么也可以使得图像学意义和价值的建构获得不断增值的反馈和成效。

西方世界关于“图像学”的探讨和批评自 20 世纪以来取得了前所未有的成绩，从马丁・海德格尔的（Martin Heidegger）“世界图像时代”①到 W. J. T. 米歇尔的（W. J. T. Mitchell）“图像转向”②，再到尼古拉斯・米尔佐夫（Nicholas Mirzoeff）的“视觉文化时代”③，不过，在概念和理论渐次深入时也产生了许多质疑的声音，这其中就包

---

① [德]马丁・海德格尔《海德格尔选集》卷下，孙周兴选编《海德格尔选集》（*Selected Words of Martin Heidegger*），上海三联书店，1996 年版，第 899 页。

② [美]W. J. T. 米歇尔《图像理论》，第 2 页。

③ [美]尼古拉斯・米尔佐夫《视觉文化导论》，第 286 页。

括由现代电影、摄影、互联网等多媒体组成的视觉产品引起的剧烈冲击是否已经导致传统印刷文本根基的松动。与西方现代图像学研究的对象和理念有所不同，传统中国尚未迈入工业文明和信息社会的明清时期还未受到近现代电子媒介和数字媒介的干扰，由小说戏曲印刷文本参与构成的视觉文化格局依然显示出更多的古典意味和东方特色，刊本插图的静态文本属性及其古典审美风格一直是图像保有本土特色的核心魅力。当然，在几百年的历史传承中，伴随刊印技术的进步和提高，时代审美风尚的流荡和变迁，不断累积的视觉材料在形态、风格、地域、流派、刊印手段等诸多方面均表现出多样特征。图像学的任务就是探寻在特定历史时期视觉因子是怎样汇聚在一起的，视觉结构的形态又是什么样子的，它是怎样运作并发挥效力的，谁能够看到这些效力并受其影响，这些命题正是图像学研究的题中之义。当然，世界范围内特定历史时期的社会历史条件所决定的具体图像语境是各不相同的，在摸索出共性规律和制度时如何跳脱出来找到中国本土视觉文化的特色，是关系到古籍图像学学科定位和学科建设的重要问题。

一、视觉文化格局中的权力配置

一套插图本的制作和诞生需要经过许多分工和不同身份人士的参与才能最终问世呈现，从历代典籍保存下来的资料看，书籍的出版者或编辑者十分重视和推崇的就是名笔名工，争取到名笔名工也就意味着争取到了最佳的市场资源，获得了提升作品质量的前提保证，这已经成为具有商业眼光的出版者的共识，许多书籍的出版前言和凡例中都保存了相关记载。如：

按古今传奇行于世者靡不有图，乃此编尤脍炙人口而未之见。因广购海内名笔，仅得仇十洲家藏稿十二幅，精工摹刻以弁诸简端。俾观者目炫心飞，足称一时之大快云。——明末刊本

《玉茗堂摘评王弇州先生艳异编·识语》

兹编特恳请名笔妙手,传神阿堵,曲尽奇妙。展卷而奇情艳态,勃勃如生,不啻顾虎头、吴道子之对面,岂非词家韵事,案头珍赏哉!——明崇祯四年人瑞堂本《新镌全像通俗演义隋炀帝艳史·凡例》

图像荟萃近时名手而成。其中楼阁山水,人物鸟兽,各尽其长。每图俱就篇中最扼要处着笔,嬉笑怒骂,确有神情。——清光绪十二年上海同文书局广百宋斋主人刊《详注聊斋志异图咏·例言》

事实上,古籍插图的研究者已经意识到刻工的重要性,对刻工文献资料性的整理已经成为研究印刷史的重要内容,如王肇文先生编有《古籍宋元刊工姓名索引》①,李国庆先生编纂过《明代刊工姓名索引》②等等。其实,除了作为版刻资料以外,他们还是我们进行图像志研究的重要参照。

上述援引的三部作品《玉茗堂摘评王弇州先生艳异编》《新镌全像通俗演义隋炀帝艳史》《详注聊斋志异图咏》,都可以称得上是插图本中的经典作品,其图像呈像构图、刻印质量皆具有"古典美"典范性。而它们之所以能够穿过历史的长河经久不衰,出版者引入名笔名工的决策可谓先决条件。当然,这其中不乏商业竞争因势利导的结果。明清之际印刷业与小说戏曲的结合不仅促成了出版热潮,而且造成了批量化生产下规模化、商品化的现象,很多书籍在进入商品生产流通的渠道后彻底沦为了大众短暂性的娱乐消费品,作品的内涵性、艺术性均大打折扣。在这种氛围中,名笔名工的介入首先意味着出版者对所要出版的书籍给出了明确的定位,要以"勃勃如生""确

① 王肇文《古籍宋元刊工姓名索引》,上海古籍出版社,1990年版。

② 李国庆《明代刊工姓名索引》,上海古籍出版社,1998年版。

有神情”的图绘造成“目炫心飞”的视觉效果和审美观感。这样精工摹刻的作品首先从源头上保证并提升了刊本的格调和威望，特别是像《玉茗堂摘评王弇州先生艳异编》那样有明季大家仇英的参与，更是世所罕有，其在一众书籍中的竞争力自然无可匹敌。

明崇祯四年(1631)人瑞堂刊本《新镌全像通俗演义隋炀帝艳史》卷首冠图八十幅，而且每幅插图后选集古人佳句与图相配，此外，还为诗句制锦为栏，“以见精工郑重之意”。从图版经营意图来看，这是一个融图、字、栏为一体的完整的视觉体系的策划视角，这一视觉呈现反映出的不仅是出版人的煞费苦心，而且可以看到图版策划中已然形成较为完整、立体、成熟的视觉思考理念。而这样一种精心打磨的作品其实也就设定了受众的身份和接受群体的范围。正如其《凡例》中所言，读者看到书中这些插图“不啻顾虎头、吴道子之对面”。不可否认，这种声音意在宣扬此书图绘质量之高，可以与历史上著名的画家顾恺之、吴道子相媲美，虽然略显夸张，但是也从一个侧面说明了他对读者的期待，即采取怎样的态度对待我们的插图，你要像观赏名家画作那样阅读，而绝对不可小觑。众所周知，顾恺之是晋代绘画大家，被后世尊为画祖，吴道子是唐代名家，号为画圣，能够领悟到二人画作的真谛，绝非贩夫走卒之辈可以做到，最少也要对绘画知识和技巧有所了解，这也就意味着在出版者的视线内，那些目不识丁的大众或者文化层次较低的读者在最开始就被排除到了读者群体的范围外，而兼具绘画修养和文学素养的文化学者阶层才是其定位的读者群体。也正是在这个意义上，出版者道出了对此书的终极期待，即“非词家韵事，案头珍赏哉”！

在中国古代文人那里，案头珍赏是局限于个人或者少数志趣相同的同道间浏览阅读的观看活动，是一种较为私人的阅读行为。明刊本《新镌歌林拾翠》的编辑者在卷首《凡例》中更直接点出了该书阅读场所的私密属性：“雅择精工，极为绘梓，骈于卷首，用佐秘观。”可以说这些出版者对于所制作书籍最终完型的阅读设定锁定在隶属于文人个人空间中的视觉实践活动。这样一种私人的、封闭的、不与他人共享的阅读方式和阅读场所正是古代文人对于珍品善本持有的极端态度。这也从另一个层面进一步证明了出版者对于刊本高规格的期待以及对受众的界定。

出于这种心思策划的书籍在当时整个出版事业中是具有独特性的，尤其是与福建地区出版的同样体裁的小说戏曲相比较，差异性就更加突出。涂秀虹教授曾经撰文系统论述建本的地域特征及其生成原因，并得出结论，认为“建阳刻工没有专业意识，建阳书坊不重视刻工素质”“销售定位于文化层次较低、消费能力较弱的普通民众”[①]。笔者在本书第二章也谈到建本插图图像的结构特征及其历史表征，指出建本插图所折射出的是普罗大众的共同价值追求和理想。可以说，建本广泛的群众基础印证了通俗文学经由印刷技术所获得的社会集体效应和商业增值，图像素材在参与民众知识结构体系形成和建构的过程中，充分证明了其存在的意义和价值，正如纪德君先生所云：“对民间社会的生活实践、道德观念与宗教信仰等产生了深广的影响，而且参与了国家与民族意识的建构，增强了民众的民族文化认同感，促进了明代中后期社会文化的历史变迁。”[②]但是，就在印刷领域上演着视觉文化的盛宴时，仍然有类似于《玉茗堂摘评王弇州先生艳异编》《新镌全像通俗演义隋炀帝艳史》这样的出版物——出版者通过控制话语权的方式固守着视觉机制的局限性，视觉产品在这些人手中走上了高端消费的路径，进入了高层次文化学者的私人空间，而不是用来满足大众代偿性的情感宣泄或日常性的娱乐消遣。

在印刷业特别是书坊活动繁荣的明清时期，在缺少版权意识和法制监督的机制下，覆刻覆印甚至盗版翻印成为了无法避免的社会

---

① 涂秀虹《论明代建阳刊小说的地域特征及其生成原因》，《文学遗产》2010 年第 5 期。

② 纪德君《明代通俗小说对民间知识体系的建构及影响》，《南京大学学报》2017 年第 3 期。

现象,尽管它导致一批粗制滥造的刊本大量流行,在一定程度上拉低了视觉产品结构的格调,但是从其传播的渠道和方式来看,则扩大了经典文本的覆盖面和影响力。近现代著名学人黄摩西回忆他经眼过的插图本时讲到:“曾见芥子园四大奇书原刻本,纸墨精良,尚其余事,卷首每回作一图,人物如生,细入毫发,远出近时点石斋石印画报上。而服饰器具,尚见汉家制度,可作博古图观,可作彼都人士视读。”[①]芥子园本是清初著名文学家李渔的别墅,后借其名和家人刻印销售书籍,曾经刊刻过很多传世经典作品。芥子园出品的图籍是十分考究的,他注重改进印刷技术,提升图版刊刻质量,高标准、严要求擦亮了“芥子园”这块招牌,成为清初极富竞争力的印刷主体。也正因此,芥子园出版的书籍成为了当时以及后世纷纷效仿摹印的范本,以《西游记》为例粗略统计,自乾隆四十五年(1780)芥子园刊刻《西游真诠》后,就有金阊书业堂、常德同善社、吴县朱记荣扫叶山房以芥子园插图为底本再次刊刻发行。这些覆刻本分散在全国不同地区,芥子园本作为一个视觉产品的优势和影响力凭借着多地域的流播得到了推广,这个过程不仅显示出印刷事业在不同地域的交互影响,同时也说明经典视觉产品诱导下视觉格局形成的路径,通过少数文人精英和富有资源的书坊主在源头掌控视觉产品的制作原则和导向,在市场商业化和资本化的参与过程中,从而在整个视觉文化格局的形成和建构上产生不可忽视的作用和影响。

二、传统文化语境的现代转化

从 17 到 19 世纪,以小说和戏曲为代表的通俗文学展示出的图像生命力是如此如火如荼,体量庞大的图像材料在视觉文化格局中绝对占据着重要的地位,特别是代表着民族传统文化中视觉文化的

---

① 朱一玄等编《三国演义资料汇编》,第 225 页。

有机组成部分,是以有别于文字的形态保存着整个民族的文化记忆。对于这个储存着民族文化内涵的资料库,以今天的知识结构和世界视野来看待和整合它们,一方面要处理好纵向历史时空中现代和历史之间的关系,一方面要联系横向时空中中国与世界的关系。

我们已经认识到,并非所有已经发生的历史事件都会进入到插图表现的视域,历史事件与图像文本之间的关联受制于多方面的影响,比如说书坊主、绘图者、刊刻者、受众阅读倾向等等。笔者在本书第一章从文本主题和图像主题的对应上详细分析过图文、图史之间的关系。历史史实与图像文本之间的结构性差异体现了主体性在图像媒介再现中的话语主导地位。图像在权衡历史事件的筛选时,除了要考虑文本与历史之间的必然联系外,还要最大限度地满足读者阅读的期待视野。图像所呈现的特定时期的历史空间不一定是全面的,但其中包容的却是社会共同关注的历史事件。正如周心慧先生指出的那样:

> 既然图像也是历史中的人们创造的,那么它必然蕴含着某种有意识的选择、设计和构想,而有意识的选择、设计和构想之中就积累了历史和传统,无论是它对主题的偏爱,对色彩的选择,对形象的想象,对图案的设计,还是对比例的安排,特别是在描摹图像时的有意变形,更掺入了想象,而在那些看似无意或随意的想象背后,恰恰隐藏了历史、价值和观念,于是在这里就有思想史所需要研究的内容。①

从这个角度来看,叙事文学插图所反映的历史语境因为图像主体有意识的汰泽,是携带着某种伦理意识和道德倾向的,这一思想意识和价值精神层面的诉求,造成了一种具有相似情感和经验累积起来的历史氛围的连续和延展。比如说,我们在第一章第三节列举的苏武

① 周心慧《中国古代版刻版画史论集》,第 76 页。

牧羊的例子，叙事文学插图中的图绘与其他视觉对象互为佐证，共同形成了苏武典故的图像史上下文，其中沉潜的是对儒家伦理中忠贞不屈、正气凛然气节的追慕和膜拜。图像文本所构造的历史文化空间卸下了沉重的负重和理性的思辨意识，而携带上了道义和情感上的伦理属性。

当然，我们也要认识到图像话语虽然在一定程度上突显了历史想象的重要作用，但这种历史构建在一定程度上包含着审美化的内在体验，在视觉媒介勾勒出的历史图景与历史真实之间应该保持审慎和警惕的态度，不可轻易将二者等同看待。就比如我们分析建本插图的暴力主题图像时提到，尽管它表征着普罗大众对于暴力事件潜在的猎奇心理和观看欲望，那也只是潜意识的反映和情感的宣泄，现实中很少有人会因此混淆想象图景与现实秩序之间的界限，而因此越轨跨出法律制约的藩篱。

当代视觉文化理论关注人类在图像世界中的文化体验，思考这一世界中在新媒体和资本推动下所构成的图像系统表达的方式和途径。这里，我们无疑面临“我们的”和“他们的”两种文明的对比，视觉文化作为一种研究策略所要完成的任务，正是建立一种有效的文化框架和机制与视觉材料打交道，从而“寻找新的方式用时间和空间去与视角相交叉”①。视觉解释难题也正在于此，什么样的框架和机制才能有效地解决“我们的”和“他们的”之间的异同，既能弥合二者之间的界限，又能彰显各自独特的魅力。跨文化的指向在这里凸显出来，世界图像背景和中国本土背景之间的联系和张力成为接受视觉转向必要的前提视域。当然，这里还存在时空的差异性，这个时空间隔迫使我们不得不接受这样一种事实，即在“获取一种新文化的某些方面时，必然伴随着一种较早时期的文化的丧失或灭绝——这可以

① [美]尼古拉斯・米尔佐夫《视觉文化导论》，第 8 页。

定位为'文化'剥离(deculturation)",在这个过程之后所要做的工作是"分解这些新旧文化的碎片,把它们粘合成一个完整程度不等的躯体"[①]。跨文化的背景实际上提供一种观照视角,即如何理解和看待"我们的"和"他们的"之间混杂、对立或是融合的现象。

传统中国视觉文化体系是在相当长的一段时间内由社会各个阶层、多种身份群体共同参与建构起来的,这中间虽然存在个体、群体间的差异,但是从视觉语言表达的共性来看,却是集体智慧长期实践的结晶。今天我们对明清小说戏曲插图的图像学研究,是借助现代图像学理论和视觉文化理论穿越遥远的时空,对静态文本插图进行细致解析,实现对其图像史地位和视觉功能的确准和评定:一方面对我们所依凭的这个民族所富有的精神内涵进行整合和文化想象,从而达到保存和传承传统图像资料的目的;另一方面将这一整合和想象的结果置于现代全球化的视觉语境下,来挖掘和评定传统中国图像的文化特性和地位,更进一步在全球化视野下的比较中获得文化的肯定和认可,更深入地进行图像文化的交流和对话。

影响视觉阐释的另一重困境在于所面临的图像对象自身跨媒介的多重属性,就中国古代小说戏曲插图而言,基于固定文本创作出来的图像无法用文学、绘画或是印刷任何一个领域的知识全部覆盖。作为一个视觉对象,图绘内容既包含文本叙事中的故事情节,也必然囊括绘事技巧中呈像构图的修辞手段,同时也因为典籍的装帧形式涵盖着作为"物"的印刷性功能和价值。地域群体、印刷工艺、传统绘画许多方面都曾以不同身份、不同形式介入到小说戏曲插图不断生长和发展的过程中。这些携带着丰富历史文化信息的图像就静静地分散在数以万计的印刷品中,有一些伴随收藏或采购得以流通,有一些则因为禁书、兵火、水灾等各种历史原因默默无闻或饱经风霜。现

① [美]尼古拉斯·米尔佐夫《视觉文化导论》,第164页。

代学术规范的建立，使我们开始逐步认识到这些图像资源的丰富性和重要性，系统性的整理和研究促使这些分散的、无序的图像资料开始渐渐变得规整化、体系化，其所内涵的社会历史信息也慢慢得以解析和呈现。图像学研究方式的介入让我们以新的文化框架和机制来再次对特定图像素材进行分类、品评，重新审视和质疑原有文学理论、印刷史论所评定的褒贬，从而再次解释和还原这些图像在视觉文化格局中所扮演的历史角色以及其中包含的视觉实践活动。

三、叙事文学插图研究的层次和立场

研究中国古代小说戏曲插图的青年学者往往面临这样的困扰，怎样对批量的视觉材料进行分类和解析，研究内容的方向怎样确定，用哪种理论框架来进行阐释才适当。正如上文所讲到的那样，这些困境既来自于视觉文化全球背景广阔视域的难以把握，也来自于叙事文学插图自身跨媒介多重属性的复杂性。当我们将中国古代小说戏曲插图整合起来进行对象化研究时，首先意味着图像不仅仅是作为刊本的一部分而存在，而且是以“图”为纽带，联结着图像的生产、消费、鉴赏、收藏等一系列行为和事件。对图像的研究实际上是对所谓图像标签和名录内容的追寻和拷问。当然，我们无法针对某个人给出明确的指向，但是却可以归纳出以下这些共性问题，它们是图像学研究中出现频率很高的常规命题，包括图像的创作者、图像的创作理念、图像的生产过程、图像的意义效果、图像的传播链条，等等。在这些追问和诉求中，有这样几组相互关联的关系是我们研究的重要指向和立场，厘清这些关系，或许对我们进行更深一步的图像学探索具有重要意义。

1. 图像的文学性诠释

小说戏曲插图的出现是文学和艺术交叉的结果，意味着不同文化空间领域内多个媒介的转换和交流。插图进入刊本一方面促使艺术史和文学史的书写将不再局限于一种单一的内容，而是有了更加广泛的叙述要素；另一方面，图像在依托文学作品所形成的虚拟空间中，其图像品格和意义的实现不仅有了特定内容的旨归，而且拥有更为广阔的表征形式，其图像结构、叙事、主题、风格、传播意义的实现在媒介载体的转化下发生着不同程度的转变。从结构上来看，在文学作品所织成的关系网络中，图像的文学性解读促使图像修辞具有了更加丰富的表现层次，以及更为立体而复杂的关联性框架体系。从情感上来看，图像的文学性解读让我们发现图像再现并非只局限在客观文本事实的冷静呈现上，在图像叙事因子的组织和图像符号的象征隐喻中，也涵盖了人类精神和心理上的抽象观念和主观意识。

2. 图像的文献性诠释

史学家对历史的考察有赖于由各种“史料”(source)所建构起来的档案，“史料”包括纸质文献留存下来的文字、图像、照片、绘画等，也包括各类立体造型艺术留存下来的建筑、雕像、家具、瓷器等。被称为“社会史学家”的 19 世纪美国画家乔治·加勒布·宾厄姆(George Caleb Bingham)曾说过，“制作历史档案就像‘用艺术作品’记录他那个时代的社会和政治生活，在他看来，就是年复一年、日复一日地用画像的方式来‘展示’他们。画像的力量在于它们‘能永久保持事件的记录，其清晰程度仅次于亲眼所见’”[①]。小说和戏曲作为文学的一种文体，首先在反映社会历史的广度和深度上具有相当大的包容性，当这些带着历史事实信息的符码进入到插图中时，图像作为造型艺术的视觉资料，通过刊本这一载体流传下来，它所传递的不仅仅是历史中曾经存在的一种“物”的形态，而且还作为历史的“痕迹”将其存在的社会历史语境传达给我们。正如英国艺术批评家 T. J. 克拉克(T. J. Clark)强调的那样：“艺术品只有在展示其复杂的‘境

① 转引自[英]彼得·伯克《图像证史》，第 140 页。

遇性'(situatedness)的阐释中,在与其他形式的历史迹象的多重关系的文脉中展示其生命力的说明中,才能真正为人们所理解。"[①]插图是视觉艺术的重要构成部分,是经过岁月沉淀所流传下来的重要文化遗产,它们作为历史记忆的碎片,储存了丰富的社会历史信息,是我们考察特定时期社会历史风貌的重要实物文献资料。在这个意义上,插图的文献性研究重在通过图像文本的分析以及插图史的梳理,揭示和还原特定历史阶段中围绕图像生产、消费和传播等问题所发生的各类社会历史关系。

3.图像的视觉性诠释

英国艺术批评理论学者马尔科姆·巴纳德(Malcolm Barnard)为视觉产品下的定义是:"视觉产品就是人类生产、表现或创造且又有或被赋予功用、传达美学意图的人和可视的东西。"[②]从广义上看,视觉文化的研究对象是一切可视性产品,其研究指向可视性产品的生产、表现、功用、效果等共性问题;从狭义上来看,视觉文化的研究对象和研究指向则会因为具体国家、民族、性别等方面的差别产生不同变化。中国古代小说戏曲插图作为视觉文化产品的重要组成部分,是我们考察和了解古代视觉文化的重要依据。不过,有别于其他视觉艺术样式,刊本中的图像因其特殊的文学语境,还将生成或附带某种潜在的象征隐喻意义,成为构成视觉文化话语的重要佐证。从这个意义上看,图像作为小说戏曲刊本中的一个维度,虽然它们的出现看似没有语言、没有动作、没有表情,可以说是一种无声的存在,但是其作为一种视觉语料,从"观看"的视角,实则联系着一系列问题:它们为什么展示?展示什么?怎样展示?展示给谁看?谁可以看、谁不可以看?看到了什么?聚焦图像,由观看主体、观看对象、观看内容所串联起来的观看活动的动态考察不仅仅体现了图像作为视觉

① 转引自[英]乔纳森·哈里斯《新艺术史批评导论》,第43—44页。

② [英]马克科姆·巴纳德《艺术、设计与视觉文化》,第2—9页。

材料的本质属性，同时还将映射出特定时代环境中视觉文化的原生面貌。

当然，研究的指向并非仅仅上述几种，不同层面和立场的探索意在告诫我们自己要避免分析和思考上的片面性和单一化。正如前文所述，叙事文学插图自身的属性及其依托背景的复杂性需要多重视角和知识结构的支撑。不过，也应该认识到多向度的研究指向虽然开辟了诸多可能的路径，体量庞大的图像材料及其与其他各个学科领域的牵连，也的确赋予我们展开研究的极大自由和广阔视域，但是路径过多、交叉点过于驳杂，也充分说明了图像学研究路途上存在着各种各样的危险和陷阱，这也正是造成视觉文化研究热潮不断，但却在术语的使用、概念的界定、结论的认同上存在诸多质疑声音的原因。对插图素材本身的理解，对图像学理论的运用，对文化框架的选用，都应当持之有据，一方面能够在分析和整合的过程中发现那些稳定的、本质的核心特征和规律，注意总结富有学科范式意义和价值的规范和程式；另一方面能够跳脱出固有的模式和话语，在新的文化格局和框架中发现和解放那些原本陌生化但却富有生命力和挑战性的因素。这对于相隔遥远的那个历史时空的客观化揭示和还原，以及现代性视角下历史经验的体验和文化功用的判断都是富有积极意义的，对于推动传统叙事文学插图图像学研究的深入发展，都是具有重要作用和影响的。

附录　图版目录

图 1-13 《大和尚假意超升》，清顺治间刊本《豆棚闲话》

图 1-14 《柳浪闻莺》，清康熙间王衙刊本《西湖佳话》

图 1-15 《李月仙割爱救亲夫 香菜根乔装奸命妇》，明崇祯间山水邻刊本《欢喜冤家》

图 1-16 《甄士隐梦幻识通灵 贾雨村风尘怀闺秀》《贾夫人仙逝扬州城 冷子兴演说荣国府》，清光绪三十四年上海求志斋石印本《增评加批金玉缘图说》

图 1-17 《卢太学诗酒傲公侯》，明崇祯年间刊本《今古奇观》

图 1-18 《新倾盖风流出陈》，清名山聚刊本《女开科传》

图 1-19 《纳聘》，明刊本《望湖亭》

图 1-20 《闻召》，明广庆堂刊本《新编全像点板宝禹钧全德记》

图 1-21 《观世音甘露活人参》，明万历二十年金陵唐氏世德堂刊本《新刻出像官版大字西游记》

图 1-22 《附权》，明徽州汪氏环翠堂刊本《义烈记》

图 1-23 《限时刻焚香出去 怕违条忍饿归来》，明笔耕山房刊本《醋葫芦》

图 1-24 《人物龙凤》，战国楚墓出土，湖南省博物馆藏

图 1-25 [晋]顾恺之《女史箴图》，英国国家博物馆藏

图 1-26 《梦玉》，清嫏嬛斋藏刊本《红楼复梦》

图 1-27 《程咬金》，清同治十三年刊本《绣像大唐瓦岗寨演义全传》

图 1-28 《娇娘像》，明末刊本《新镌节义鸳鸯塚娇红记》

图 1-29 《尤三姐》，清乾隆五十六年萃文书屋排印本《新镌全部绣像红楼梦》

图 1-30 《武曌》，清道光二十二年刊本《镜花缘》

图 1-31 《汉献帝 伏皇后 董妃 王允》，清光绪三十年上海商务印书馆铅印本《绣像三国志演义》

图 2-37 《寻梦》,明朱墨刊本《牡丹亭》

图 2-38 《当垆》,明末刊本《凤求凰》

图 2-39 《梦激书生》,明末刊本《魏监磨忠记》

图 2-40 《史庄义释》,明万历间新安刊本《忠义水浒传》

图 2-41 《三僧大战青龙山 四星挟捉犀牛怪》,清光绪十四年邗江味潜斋石印本《新说西游记》

图 2-42 《周瑜喝斩曹公来使》,明万历间双峰堂刊本《新刊京本校正演义全像三国志传评林》

图 2-43 《观音院僧谋宝贝 黑风山怪窃袈裟》,清光绪十四年邗江味潜斋石印本《新说西游记》

图 2-44 《二僧缢死甘氏》,明万历间余氏三台馆刊本《皇明诸司公案》

图 2-45 《妲己剖比干心》,明万历三十四年三台馆重刊本《春秋五霸七雄列国志传》

图 2-46 《匡胤滁州城下掤战》,明万历间建阳余氏三台馆刊本《南北两宋志传》

图 2-47 迎宾图拓片,山东省苍山县西城前村北汉画像石墓

图 2-48 《李逵拳打死殷天锡》,明崇祯元年富沙刘兴我刊本《全像水浒志传》

图 2-49 《推府明判二犯就辟》,明万历天启间建邑刊本《新镌国朝名公神断陈眉公详情公案》

图 2-50 《项王乌江自刎》,明万历三十三年詹秀闽刊本《两汉开国中兴传志》

图 2-51 《王章下狱自缢死》,明万历十六年余氏克勤斋刊本《全汉志传》

图 2-52 《要离投江而死》,明万历三十四年三台馆重刊本《春秋五霸七雄列国志传》

图 3-4 《浣纱记·采莲》,明万历间刊本《吴歈萃雅》

图 3-5 [明]朱邦《采莲图》,中国美术馆藏

图 3-6 [明]仇英《采莲图卷》

图 3-7 《琵琶记·赏荷》,明末刊本《听秋轩精选乐府万锦娇丽传奇》

图 3-8 《怆别》,明刊本《玉茗堂批评种玉记》

图 3-9 《赏灯》,清初刊本《扬州梦》

图 3-10 《写意》,明万历年间杨尔曾刊本《图绘宗彝》

图 3-11 《宗一生非》,明刊本《裴度还带记》

图 3-12 《坐衙》,明刊本《灵宝刀》

图 3-13 《勘首》,清刊本《一捧雪》

图 3-14 《马嵬杀妃》,明世德堂刊本《新锲重订出像附释标注惊鸿记》

图 3-15 [元]钱选《贵妃上马图》,美国弗利尔美术馆藏

图 3-16 《景阳冈打虎》,明万历间新安刊本《忠义水浒传》

图 3-17 《武大捉奸》,明万历间新安刊本《忠义水浒传》

图 3-18 《杀西门庆》,明万历间新安刊本《忠义水浒传》

图 3-19 《醉打蒋门神》,明万历间新安刊本《忠义水浒传》

图 3-20 《血溅鸳鸯楼》,明万历间新安刊本《忠义水浒传》

图 3-21 《武松改换行装》,明万历间新安本《忠义水浒传》

图 3-22 《赴湘》,明末崇祯间刊本《咏怀堂十错认春灯谜记》

图 3-23 [明]沈周《柳荫坐钓图轴》,故宫博物院藏

图 3-24 《改艳》,明末崇祯间刊本《咏怀堂十错认春灯谜记》

图 3-25 《托赘》,明末崇祯间刊本《咏怀堂十错认春灯谜记》

图 3-26 《西厢记·送别》,明末刊本《玄雪谱》

图 3-27 《水浒记·野合》,明末刊本《玄雪谱》

图 3-28 《望湖亭·丑叹》,明末刊本《玄雪谱》

图 4-1 《伯夷叔齐谏武王》,元至治间建安虞氏刊本《新刊全相武王伐纣平话》

图 4-2 《夫人同莺莺修斋事》,明弘治间刊本《新刊大字魁本全相参增奇妙注释西厢记》

图 4-3 [唐]孙位《高逸图》,上海博物馆藏

图 4-4 [明]陈洪绶《雅集图》,上海博物馆藏

图 4-5 《补陀山四海龙王献宝》,明万历二十五年三山道人刊本《新刻全像三保太监西洋记通俗演义》

图 4-6 [明]董其昌《山水》,上海博物馆藏

图 4-7 [清]石涛《长松老屋图》,美国普林斯顿大学艺术博物馆藏

图 4-8 《手擒大寇》,明刊本《麒麟罽》

图 4-9 《思鲈返棹图》,明弘治元年莫旦刊本《吴江志》

图 4-10 《说三阮撞筹》,明万历间新安刊本《忠义水浒传》

图 4-11 《藏春》,明汪氏环翠堂刊本《彩舟记》

图 4-12 《岳统制楚州解危》,明崇祯间天德堂刊本《新镌全像武穆精忠传》

图 4-13 《韩公别友》,明刊本《麒麟罽》

图 4-14 [明]杜琼《江亭饯别图》,上海博物馆藏

图 4-15 《豆棚架下》,清康熙间翰海楼刊本《豆棚闲话》

图 4-16 《度世》,明天启元年闵光瑜朱墨刊本《邯郸梦记》

图 4-17 平衡质感结构示意图

图 4-18 《归棹发秋江》,明嘉靖间玉兰草堂刊本《辍耕录》

图 4-19 《洛神》,明天启间吴兴闵氏刊朱墨套印本《玉茗堂摘评王弇州先生艳异编》

图 4-20 《洛神赋图》(宋摹本),故宫博物院藏

图 4-21 《发伏》,明汪氏环翠堂刊本《彩舟记》

图 4-43 《火烧翠云楼》，明万历间新安刊本《忠义水浒传》

图 4-44 《赵衰孤偃夺重耳》，明万历四十三年姑苏龚绍山刊本《新镌陈眉公先生批评列国志传》

图 4-45 《刘玄德遇司马徽》，清康熙间刊本《笠翁评阅绘像三国志演义第一才子书》

图 5-1 《刘伯温荐贤平浙中》，明崇祯间云林聚锦堂刊《西湖二集》

图 5-2 “吟诗”图，明刊本《重校十无端巧合红蕖记》

图 5-3 《忆友》，明末刊本《情邮传奇》

图 5-4 《惊秋》，明末刊本《泊庵芙蓉影》

图 5-5 《从学》，明文林阁刊本《四美记》

图 5-6 《胡员外典当得仙画》，明万历间刊本《三遂平妖传》

图 5-7 《题功》，清顺治间刊本《一笠庵新编两须眉传奇》

图 5-8 《杜蕊娘智赏金线池 · 题诗》，明万历间顾曲斋刊本《古杂剧》

图 5-9 [宋]佚名《十八学士图》，台北“故宫博物院”藏

图 5-10 《授画》，明末刊本《怀远堂批点燕子笺》

图 5-11 《袁宝儿赌歌博新宠 隋炀帝观图思旧游》，明崇祯间人瑞堂刊本《隋炀帝艳史》

图 5-12 《不糊涂醉仙题额 难摆布快婿完姻》，清顺治间刊本《十二楼》

图 5-13 [唐]鱼玄机《唐女郎·鱼玄机诗》，宋陈起书籍铺刊本

图 5-14 [五代]花蕊夫人《花蕊夫人宫词》，明海虞毛氏汲古阁刊本

图 5-15 [宋]李公麟《西园雅集图》

图 5-16 [清]冯宁《西园雅集》扇页，故宫博物院藏

图 5-17 《巧赚》，清康熙间文治堂刊本《广寒香传奇》

图 5-38　[意]郎世宁《乾隆帝写字像轴》,故宫博物院藏

图 5-39　[清]《雍正十二月月令图轴》,台北"故宫博物院"藏

图 5-40　[明]仇英《西园雅集图》,台北"故宫博物院"藏

图 5-41　[清]改琦《元春》,清光绪间刊本《红楼梦图咏》

图 5-42　[清]冷枚《避暑山庄图》,故宫博物院藏

图 5-43　[清]唐岱《御制圆明园四十景图咏》,法国国家图书馆藏

参考文献

一、国内著作

郑振铎:《中国历史参考图谱》,上海:上海出版公司,1951。

《古本戏曲丛刊》初集,上海商务印书馆,1954。

《古本戏曲丛刊》二集,上海商务印书馆,1955。

《古本戏曲丛刊》三集,上海商务印书馆,1957。

郭味蕖:《中国版画史略》,北京:朝花美术出版社,1962。

傅惜华:《中国古典文学版画选集》,上海:上海人民美术出版社,1981。

阿英:《小说四谈》,上海:上海古籍出版社,1981。

一粟编著:《红楼梦书录》,上海:上海古籍出版社,1981。

朱一玄、刘毓忱编:《西游记资料汇编》,河南:中州书画社,1983。

[清]改琦:《红楼梦图咏》,北京:中国书店,1984。

《善本戏曲丛刊》,台湾学生书局,1984—1987。

朱一玄编:《红楼梦资料汇编》,天津:南开大学出版社,1985。

黄霖编:《金瓶梅资料汇编》,北京:北京大学出版,1985。

马蹄疾:《水浒书录》,上海:上海古籍出版社,1986。

陈曦钟等辑:《三国演义》会评本,北京:北京大学出版社,1986。

[明]陈洪绶:《水浒叶子》,成都:四川美术出版社,1986。

陈曦钟等辑:《水浒传》会评本,北京:北京大学出版社,1987。

张正明:《楚文化史》,上海:上海人民出版社,1987。

周芜主编:《中国版画史图录》,上海:上海人民美术出版社,1988。

郑振铎:《中国古代版画丛刊》,上海:上海古籍出版社,1988。

郑振铎:《郑振铎艺术考古文集》,北京:文物出版社,1988。

张秀民:《中国印刷史》上海:上海人民出版社,1989。

刘世德等主编:《古本小说丛刊》,北京:中华书局,1991。

《古本小说集成》第一辑,上海:上海古籍出版社,1991。

《古本小说集成》第二辑,上海:上海古籍出版社,1992。

《古本小说集成》第三辑,上海:上海古籍出版社,1993。

《古本小说集成》第四辑,上海:上海古籍出版社,1994。

《古本小说集成》第五辑,上海:上海古籍出版社,1995。

皮道坚:《楚艺术史》,武汉:湖北教育出版社,1995。

吴希贤:《所见中国古代小说戏曲版本图录》,北京:中华全国图书馆文献缩微复制中心,1995。

陈翔华主编:《三国志演义古版丛刊》,北京:全国图书馆文献缩微复制中心,1995。

金沛霖主编:《古本小说四大名著版画全编》,北京:北京线装书局,1996。

郭英德编著:《明清传奇综录》,石家庄:河北教育出版社,1997。

李泽厚:《美学三书》,合肥:安徽文艺出版社,1999。

任继愈主编:《中国国家图书馆古籍珍品图录》,北京:北京图书馆出版社,1999。

李瑞良:《中国古代图书流通史》,上海:上海人民出版社,2000。

缪咏禾:《明代出版史稿》,南京:江苏人民出版社,2000。

周心慧:《中国古版画通史》,北京:学苑出版社,2000。

肖东发:《中国图书出版印刷史论》,北京:北京大学出版社,2001。

《中国古代小说版画集成》,北京:汉语大词典出版社,2002。

王伯敏、任道斌主编:《画学集成》,石家庄:河北美术出版社,2002。

朱一玄、刘毓忱编:《水浒传资料汇编》,天津:南开大学出版社,2002。

薛冰:《中国版本文化业书插图本》,南京:江苏古籍出版社,2002。

邵宏:《美术史的观念》,杭州:中国美术学院出版社,2003。

翁连溪:《清代内府刻书图录》,北京:北京出版社,2004。

方彦寿:《建阳刻书史》,北京:中国社会出版社,2004。

钱存训:《中国纸和印刷文化史》,桂林:广西师范大学出版社,2004。

肖东发:《插图本中国图书史》,桂林:广西师范大学出版社,2005。

李鸿祥:《视觉文化研究:当代视觉文化与中国传统审美文化》,上海:东方出版中心,2005。

陈翔华主编:《三国志演义古版丛刊续辑》,北京:全国图书馆文献缩微复制中心,2005。

鲁迅:《中国古代小说史略》,北京:人民文学出版社,2006。

罗一平:《历史与叙事:中国美术史中的人物图像》,广州:岭南美术出版社,2006。

滕守尧:《艺术社会学描述》,南京:南京出版社,2006。

洪振快编:《红楼梦古画录》,北京:人民文学出版社,2007。

[清]叶德辉:《书林清话》,扬州:广陵书社,2007。

刘勇强:《中国古代小说史叙论》,北京:北京大学出版社,2007。

李松石:《绘画艺术形式》,长春:吉林美术出版社,2007。

戚福康:《中国古代书坊研究》,北京:商务印书馆,2007。

武振玉注释:《诗经》,长春:吉林文史出版社,2007。

徐小蛮、王福康:《中国古代插图史》,上海:上海古籍出版社,2007。

俞剑华编:《中国画论类编》,北京:人民美术出版社,2007。

齐裕昆主编:《中国古代小说演变史》,兰州:敦煌文艺出版社,2008。

程国赋:《明代书坊与小说研究》,北京:中华书局,2008。

姜澄清:《中国绘画精神体系》,兰州:甘肃人民美术出版社,2008。

郑振铎:《中国古代木刻画史略》,上海:上海书店出版社,2010。

韩丛耀:《图像:主题与构成》,北京:北京大学出版社,2010。

林若熹:《中国画线意志》,北京:中国人民大学出版社,2010。

郑春泉:《十五世纪欧洲绘画风格史及哥特风格史研究》,天津:天津人民美术出版社,2010。

石守谦:《从风格到画意:反思中国美术史》,北京:生活·读书·新知三联书店,2015。

乔光辉:《明清小说戏曲插图研究》,南京:东南大学出版社,2016。

二、国外专著

[俄]瓦西里·康定斯基(Wassily Kandinsky):《点·线·面——抽象艺术的基础》(*Point and Line to Plane*),罗世平译,上海:上海人民美术出版社,1988。

[德]莱辛(Lessing G. E.):《拉奥孔》(*Laocoon*),朱光潜译,北京:人民文学出版社,1979。

[德]汉斯-格奥尔格·伽达默尔(Gadamer, Hans-Georg):《真理与方法》(*Wahrheit und Methode*),洪汉鼎译,上海:上海译文出版社,1992。

[德]雷德侯(Lothar Ledderose):《万物:中国艺术中的模件化和规模化生产》,张总译,北京:生活·读书·新知三联书店,2015。

[法]热拉尔·热奈特(Gérard Genette)《叙事话语　新叙事话语》,王文融译,中国社会科学出版社,1990。

[法]丹纳(Hippolyte A. Taine):《艺术哲学》(*Philosophie De L'Art*),傅雷译,天津:天津社会科学院出版社,2007。

[法]弗雷德里克·巴比耶(Frederi Barbier):《书籍的历史》(*Histoire du livre*),刘阳译,桂林:广西师大出版社,2005。

[法]《法国汉学》丛书编辑委员会编:《徽州:书业与地域文化》,北京:中华书局,2010。

[美]艾尔文·潘诺夫斯基(Erwin Panofsky):《视觉艺术的含义》(*Meaning in the Visual Arts*),傅志强译,沈阳:辽宁人民出版社,1987。

[美]简·布洛克(BlockerGene):《原始艺术哲学》(*Aesthetics of Primitive Arts*),沈波、张安平译,上海:上海人民出版社,1991。

[美]苏珊·桑塔格(Susan Sontag):《论摄影》(*Photography*),艾虹华、毛建雄译,长沙:湖南美术出版社,1999。

[美]詹姆斯·费伦(James Phelan):《作为修辞的叙事:技巧、读者、伦理、意识形态》,陈永国译,北京:北京大学出版社,2002。

[美]海登·怀特(Hayden White):《后现代历史叙事学》,陈永国、张万娟译,北京:中国社会科学出版社,2005。

[美]苏珊·朗格(Susanne K. Langer):《艺术问题》(*Problems of Art*),滕守尧译,南京:南京出版社,2006。

[美]尼古拉斯·米尔佐夫(Nicholas Mirzoeff):《视觉文化导论》

(*An Introduction to Visual Culture*),倪伟译,南京:江苏人民出版社,2006。

[美]方闻:《心印:中国书画风格与结构分析研究》(*Images of the mind*),西安:陕西人民美术出版社,2006。

[美]史蒂芬·梅尔维尔(Stephen Meville)、比尔·里汀斯(Bill Reading)编:《视觉与文本》(*Vision and Textuality*),郁火星译,南京:江苏美术出版社,2009。

[美]巫鸿:《时空中的美术》,梅枚等译,北京:生活·读书·新知三联书店,2009。

[美]巫鸿:《重屏:中国绘画中的媒材与再现》(*The Double Screen: Medium and Reprsentation in Chinese Painting*),上海:上海人民出版社,2009。

[美]高居瀚(James Cahill):《气势撼人:十七世纪中国绘画中的自然与风格》(*The Compelling Image: nature and style in seventeenth-century Chinese painting*),李佩华译,北京:生活·读书·新知三联书店,2009。

[美]高居瀚(James Cahill):《山外山:晚明绘画》(*The Distant Mountains: Chinese Painting of the Late Ming Dynasty*),王嘉骥译,北京:生活·读书·新知三联书店,2009。

[美]高居瀚(James Cahill)、黄晓、刘珊珊:《不朽的林泉:中国古代园林绘画》(*Garden Paintings in Old China*),北京:生活·读书·新知三联书店,2012。

[美]巫鸿:《废墟的故事:中国美术和视觉文化中的"在场"和"缺席"》(*A Story of Ruins: Presence and Absence in Chinese Art and Visual Culture*),肖铁译,上海:上海人民出版社,2012。

[美]W. J. T. 米歇尔:《图像学:形象,文本,意识形态》(*Iconology: Image,Text,Ieology*),陈永国译,北京:北京大学出版

社,2012

[美]高居瀚(James Cahill):《画家生涯:传统中国画家的生活和工作》(*The painter's Practice: How Artists Lived and Worked in Traditional China*),杨贤宗等译,北京:生活·读书·新知三联书店,2014。

[美]孟久丽:《道德镜鉴:中国叙述性图画与儒家意识形态》(*Mirror of Morality: Chinese Narrative Illustration Confucian Ideology*),北京:生活·读书·新知三联书店,2014。

[美]何谷理(Roberte Hegel):《明清插图本小说阅读》(*Reading Illustrated Fiction in Late Imperial China*),刘诗秋译,北京:生活·读书·新知三联书店,2019。

[斯洛文]阿莱斯·艾尔雅维茨(Aleš Erjavec):《图像时代》(*Toward The Image*),胡菊兰、张云鹏译,长春:吉林人民出版社,2003。

[日]栗山茂久:《身体的语言——古希腊医学和中医之比较》,陈新宏、张轩辞译,上海:上海书店出版社,2009。

[英]E. H. 贡布里希(E. H. Gombrich):《艺术与错觉——图画再现的心理学研究》(*Art and Illusion: a Study in the Psychology of Pictorial Representation*),林夕、李本正、范景中译,杭州:浙江摄影出版社,1987。

[英]E. H. 贡布里希(E. H. Gombrich):《秩序感——装饰艺术的心理学研究》(*The Sense of Order*),范景中等译,长沙:湖南科学技术出版社,1999。

[英]E. H. 贡布里希(E. H. Gombrich),范景中编选:《艺术与人文科学:贡布里希文选》(*Focus on the Arts and Humanities, Selected Essays of E. H. Gombrich*),杭州:浙江摄影出版社,1989。

[英]马尔科姆·巴纳德(Malcolm Barnard):《理解视觉文化的

方法》(*Approaches To Understanding Visual Culture*),常宁生译,北京:商务印书馆,2005。

[英]卡罗琳·范埃克(Caroline Van Eck)、爱德华·温斯特(Edward Winters)编:《视觉的探讨》(*Dealing With the Visual: Art History, Aesthetics and Visual Culture*),李本正译,南京:江苏美术出版社,2010。

[英]彼得·伯克(Peter burke)《图像证史》(*Eyewitnessing: The Uses of Images as Historical Evidence*),北京:北京大出版社,2009。

[英]乔纳森·哈里斯(Jonathan Harris):《新艺术史批评导论》(*The New Art History: A Critical Introduction*),徐建译,南京:江苏美术出版社,2010。

[英]柯律格(Craig Clunas):《明代的图像与视觉性》(*Pictures and Visuality in Early Modern China*),北京大学出版社,2011。

[英]柯律格(Craig Clunas):《长物:早期现代中国的物质文化与社会状况》(*Superfluous Things: Material Culture and Social Status in Earley Modern China*),高昕丹、陈恒译,北京:生活·读书·新知三联书店,2015。

后　记

在书稿即将付梓之际，回忆整部书从课题申请、立项、撰写、结项到可以出版问世，感触最多的除了写作的甘苦以外，最多的还是整个过程中得到的各种襄助，这些助力和关注总是在我彷徨和茫然时赐予我温暖和鼓励。因此，在这里，我愿意细细回味和感谢这些曾经给予我的帮助和力量。

2014 年，我出版了个人第一部学术著作《中国古代四大名著插图研究》。此后，以其为基础，又相继申报并完成了教育部人文社科基金项目《中国古代小说插图研究》和国家社科基金项目《明清叙事文学插图的图像学研究》。这部书稿就是在国家社科基金项目的基础上修改完善而成的，也是我完成的第三个关于古籍插图的课题。书稿的出版，一方面令我感到十分惭愧，从 2012 年课题申请成功到出版付梓历时七年多时间，由于各种工作和生活的琐事，无法在课题进行中始终如一的投入时间和精力，以至于课题的撰写总是一拖再拖；另一方面又稍觉欣慰，自己兴趣所在的课题终于在付出心血后能够有机会向学界展示和分享，特别是对那些曾经热心为我提供指导和帮助的师长朋友，这部小书也算是对他们的一个回报吧！

我要深深感谢我的硕士导师北京语言大学的段江丽教授，我的本科论文和硕士论文都是在段师的悉心指导下完成的，可以说我在学术上很多思考方式和治学习惯都是在段师最初的培养中逐渐形成的，至今我还记得段师在我的论文稿上一个标点一个句子的详细批注，她的严格要求为我的学术之路立下了最初的标杆，可以说是我真正踏入学术门槛的领路人。也正是在这一期间，我开始对古籍插图这一领域产生兴趣。段师在《红楼梦》研究中用力颇深，这些年来我撰写的有关《红楼梦》的文章很多都得到了段师的指正，本书第五章有关《红楼梦》的部分，其思路和结构的形成不乏段师的影响。现在书稿即将付梓，又有幸得蒙恩师垂青赐予美序，甚是感激。

我还要深深感谢我的博士导师北京师范大学的郭英德教授，郭师在我读博期间给予的系统而全面的指导，确立了个人治学的学术个性和研究方向，为我进行插图研究奠定了第一块扎实的基石。特别是郭师叮嘱我在治学道路上要树立可持续性研究的思路，这样才更加有利于后续课题的开展，有利于个人研究专长的形成。郭师的远见不仅使我在古籍插图这方天地中迈出了小小的一步，并且能够一直保持着耐心和热情，循序渐进坚持不懈地努力和探索，并小有所得。

这个课题在最初申请时，在选题的确定上其实经历了一段彷徨无措的阶段，要感谢我的师兄中国艺术研究院的李志远研究员提供了宝贵的意见，令我顿开茅塞，顺利确定了本书的题目；同时，也要感谢北京大学的刘勇强教授，与我的博士导师郭英德先生一起作为该课题的推荐人，促成本课题成功申报，也才能有了今日出版的幸事。

书稿撰写过程中，课题中的部分篇章得到了诸如《中国博物馆馆刊》《戏曲研究》《红楼梦学刊》《中国古代小说戏剧研究》《艺术学》《贵州文史丛刊》等期刊的收录和发表，在这里，我要衷心感谢马国梅、张芸、王萍、王瑜瑜、赵轶峰、杨梦娇等几位责编老师，在篇章结构、行文、标题等方面提出了很多宝贵建议，使文稿生色不少。

感谢我亲爱的小伙伴们，国家图书馆的杜萌女士，协助我整理并辑录出本书图录初稿，感谢国家图书馆的彭福英博士，为多篇已发表文章的英文标题和摘要纠错。她们的工作都使得书稿最终定型更加完善。

感谢首都师范大学周文业老师、东南大学的乔光辉教授、人民大学的李萌昀教授、中央民族大学的叶楚炎副教授、北京曹雪芹学会，先后邀请我参加了“古代小说文献暨数字化研讨会”“读图时代的中国古代小说创新论坛”“中国古代小说知识学”“曹雪芹《红楼梦》与中国文化”等学术会议，让我能够及时获得学术前沿信息，并在与各位学者交流探讨中获得学界的批评和反馈。

特别感谢我的好友国家图书馆的徐慧研究馆员，感谢浙江古籍出版社的陈小林副总编，不遗余力地促成了书稿出版和沟通各项事宜，二人为我联系出版事宜时，正值新冠病毒肆虐之际，单位尚未正式复工，他们克服了很多阻力和困难，才促成了书稿最终的问世，在此表示衷心的感谢！感谢国家图书馆为本书出版提供文津出版基金资助，作者本人已向国家图书馆做出学术承诺。同时，感谢此书的文字编辑、也是我北师大的校友屈钰明女士在出版过程中付出的辛勤努力。

插图研究涉及大量图像资料，为搜集和整理这些资料，我先后在京津沪、浙江、江苏、湖北、辽宁、吉林等多地图书馆、美术馆、博物馆借阅和参观，过程虽然辛苦，但是手触目验一部部古籍、一幅幅绘画、一个个工艺制品，却不啻为一次美的历程。图像学研究是一门跨学科研究，它的“跨界”性对研究者提出了更高的要求，最好是具有统合艺术、文学、文献、图像、历史等学科的知识结构和科研能力。在治学过程中，虽然尚无法做到样样精通，但是却也时刻提醒自己要打开视野、拓展维度，这也是为什么这部书稿在规划篇章时试图做到涉及图像研究中的更多内容和向度，希望体现出古籍插图研究覆盖面的广度，以及未来可以继续深入的可能性。

古籍插图是中华典籍中的一块宝藏，是炙手可热的一项学术议题，与七年前我的书稿《中国古代四大名著插图研究》出版时相比，近年来有了更多学者参与到插图研究的队伍中来，出现了很多获得好评的文章和论著。当然，由于研究视野和方向的区别以及其他诸多原因，插图研究中依然存在不少争议。不过，这样一个历史悠久、数量众多、内容丰富的宝贵资源，是值得我们花费更多心思进行思考和探索的。在本书出版之际，我正在努力投入到我的下一个插图研究相关的课题：国家社科基金项目“西谛图谱文献整理和研究”，我愿意用更多的时间和精力深入到古籍插图的长河中，为传递古籍插图的魅力付出自己的一点劳动和贡献。

中国古籍插图的数量是相当丰富的，精品佳作异彩纷呈，面对这样一种优秀的传统文化资源，这部小书显然是微薄的，书稿虽然尚存在不完善之处，却也希望能够与同行和读者一起分享，既作为对于过去七年间努力的纪念，也恳请得到更多的批评和指正。

颜　彦

2021 年 5 月 9 日

图书在版编目(CIP)数据

明清叙事文学插图的图像学研究 / 颜彦著. —杭州：浙江古籍出版社，2021.9
(有学)
ISBN 978-7-5540-2047-0

Ⅰ.①明… Ⅱ.①颜… Ⅲ.①中国文学—古典文学—叙事文学—插图(绘画)—研究 Ⅳ.①I206.2

中国版本图书馆 CIP 数据核字(2021)第 106977 号

明清叙事文学插图的图像学研究

颜 彦 著

出版发行 浙江古籍出版社
(杭州市体育场路 347 号 邮编：310006)
网　　址 https://zjgj.zjcbcm.com
责任编辑 伍姬颖
文字编辑 屈钰明
责任校对 吴颖胤
封面设计 吴思璐
责任印务 楼浩凯
照　　排 浙江时代出版服务有限公司
印　　刷 浙江海虹彩色印务有限公司
开　　本 880mm×1230mm 1/32
印　　张 10.125
字　　数 240 千
版　　次 2021 年 9 月第 1 版
印　　次 2021 年 9 月第 1 次印刷
书　　号 ISBN 978-7-5540-2047-0
定　　价 68.00 元